Cães de Babel

OBJETIVA

CAROLYN PARKHURST

Cães de Babel

Tradução
Thelma Médici Nóbrega

OBJETIVA

Título original
THE DOGS OF BABEL

Todos os direitos desta edição reservados à
EDITORA OBJETIVA LTDA., rua Cosme Velho, 103
Rio de Janeiro – RJ – CEP: 22241-090
Tel.: (21) 2556-7824 – Fax: (21) 2556-3322
www.objetiva.com.br

Capa
Glenda Rubinstein

Revisão
Renato Bittencourt
Elaine Bayma

Editoração Eletrônica
Abreu's System Ltda.

P246c

Parkhurst, Carolyn
Os cães de Babel / Carolyn Parkhurst, tradução de Thelma Médici Nóbrega. – Rio de Janeiro : Objetiva, 2004

271 p ISBN 85-7302-598-0
Tradução de : *The dogs of Babel*

1. Literatura americana - Romance. I. Título

CDD 813

Para Evan, com todo o meu amor

UM

Eis o que sabemos, nós que podemos falar e contar uma história: na tarde de 24 de outubro, minha mulher, Lexy Ransome, subiu até o topo da macieira de nosso jardim e sofreu uma queda fatal. Não houve testemunhas, a não ser nossa cadela, Lorelei. Era um dia de semana, e por isso nenhum vizinho estava em casa, sentado na cozinha com as janelas abertas, para dizer se, naquele breve momento de suspensão, minha mulher gritou, soltou uma exclamação abafada ou não produziu som algum. Nenhum deles cuidava do jardim, aproveitando os últimos dias de calor, para ver se seu corpo se dobrou antes de atingir o chão, ou se ela tentou endireitá-lo enquanto caía, ou se simplesmente abriu os braços em direção ao céu.

Eu estava na biblioteca da universidade quando isso aconteceu, pesquisando para um trabalho que apresentaria num congresso. Daria uma aula naquela noite e, se não tivesse ligado para contar a Lexy uma coisa interessante que lera sobre um filme que ela queria ver, provavelmente teria dado minha aula, saído para tomar a cerveja semanal com meus alunos de pós-graduação e vivido algumas últimas horas de normalidade, na feliz ignorância de que meu quintal estava cheio de policiais ajoelhados na terra.

Mas o que aconteceu foi que eu liguei para casa, e um homem atendeu o telefone.

— Aqui é da casa dos Ransome — disse ele.

Eu não disse nada por um instante, confuso. Percorri meu catálogo mental de vozes masculinas, de amigos e parentes que, por algum motivo, pudessem estar em casa, mas nenhuma delas correspondia à voz do outro lado da linha. Além disso, fiquei um pouco perplexo com o enunciado "Aqui é da casa dos Ransome"; meu sobrenome é Iverson, e ouvir um estranho referir-se à minha casa como se apenas Lexy morasse lá deu-me a estranha sensação de que de alguma forma, no decorrer de um dia, eu havia sido cortado do roteiro da minha própria vida.

— Lexy está? — perguntei enfim.

— Quem fala, por favor? — perguntou o homem.

— O marido dela, Paul. Iverson.

— Sr. Iverson, aqui é o inspetor Anthony Stack. O senhor precisa vir para cá agora mesmo. Aconteceu um acidente.

Ao que tudo indicava, Lorelei havia sido a responsável pela chegada da polícia. Ao voltarem para casa do trabalho, nossos vizinhos ouviram o uivo angustiado e ininterrupto que vinha do nosso quintal. A maioria deles conhecia Lorelei e estava acostumada com seus latidos graves e guturais quando ela corria atrás de passarinhos e esquilos no quintal. Mas nunca a tinham ouvido ganir assim. Nosso vizinho da esquerda, Jim Perasso, foi o primeiro a espiar por cima da cerca e fazer a descoberta. Já estava escuro — os dias estavam ficando mais curtos e o anoitecer chegava cada vez mais cedo —, mas, ao correr freneticamente entre a macieira e a porta dos fundos da casa, Lorelei havia ativado as luzes do sensor de presença de nosso jardim. A cada círculo que fazia, Lorelei parava para empurrar o corpo de Lexy com o nariz, detendo-se o bastante para que as luzes se apagassem. Depois, quando retomava sua corrida desenfreada até cada canto do quintal, as luzes se acendiam de novo. Foi sob essa luminosidade trêmula, estroboscópica, surreal, que Jim viu Lexy caída debaixo da árvore e chamou a polícia.

Quando cheguei, um cordão policial demarcava o portão do quintal dos fundos. O homem com quem eu havia falado ao telefone veio ao meu encontro enquanto eu atravessava o gramado. Apresentou-se de novo e guiou-me até a sala. Eu o segui estupidamente, todas as minhas perguntas hesitantes sufocadas pelo temor que parecia interromper a passagem de ar para os meus pulmões. Acho que eu já sabia o que vinha pela frente. A casa já parecia silenciosa e vazia, como que despida de toda a complexidade viva que eu havia deixado ao sair. Até Lorelei havia sumido — fora sedada e levada para passar a noite num abrigo para animais.

O inspetor Stack me contou o que havia acontecido enquanto eu ficava ali sentado, anestesiado.

— Tem alguma idéia do que sua mulher podia estar fazendo na árvore? — perguntou ele.

— Nenhuma — falei.

Desde que eu a conhecera, ela nunca havia manifestado nenhum interesse por subir em árvores, e não deve ter sido fácil começar justamente com aquela. A macieira de nosso quintal é extraordinariamente alta, um monstro comparada às variedades anãs que vemos em pomares e em sítios do tipo "colha e pague". Havíamos nos descuidado dela, sem nunca podá-la desde que havíamos nos mudado para lá, e ela havia atingido a anárquica altura de quase nove metros. Eu não conseguia imaginar um motivo que pudesse ter levado Lexy a subir na árvore. O inspetor Stack me observava com atenção.

— Talvez ela quisesse colher maçãs — sugeri debilmente.

— Parece ser a explicação lógica. — Ele olhou para mim e para o chão. — Parece bastante claro que a morte de sua mulher foi acidental, mas, em casos como esse, em que não existem testemunhas, precisamos fazer uma rápida investigação para descartar a hipótese de suicídio. Deixe-me fazer uma pergunta: sua mulher andava deprimida ultimamente? Chegou a falar em suicídio, mesmo que de passagem?

Sacudi a cabeça negativamente.

— Foi o que pensei — disse ele. — Mas eu precisava perguntar.

Quando os homens no quintal terminaram de tirar fotos e colher indícios, o inspetor Stack conversou com eles e me informou que estavam todos de acordo. Havia sido um acidente, não restavam dúvidas. Aparentemente, existem dois tipos de queda, e cada um quer dizer uma coisa. Se a pessoa pular de uma grande altura, de até sete ou oito andares, consegue controlar a queda; se cair de pé, pode sofrer graves lesões nas pernas e na espinha, mas é capaz de sobreviver. E, caso não sobreviva, as particularidades de suas fraturas, o modo como tornozelos e joelhos se rompem com a força do impacto, indicam que o salto foi intencional. Mas uma pessoa que sobe até os últimos galhos de uma macieira, a oito ou nove metros do chão, e simplesmente escorrega, não tem controle sobre a queda. Pode girar no ar e cair de barriga, de costas ou de cabeça. A pele pode permanecer intacta, ainda que todos os ossos e cada órgão sejam esmagados. É assim que se decide se uma queda foi acidental ou não. Quando encontraram Lexy, ela estava de costas, com o pescoço quebrado. Por isso sabemos que ela não se lançou.

Mais tarde, quando a polícia foi embora e o corpo de Lexy foi removido, fui até o quintal. Debaixo da árvore, encontrei maçãs espalhadas. Será que Lexy havia subido na árvore para colher as últimas maçãs antes que apodrecessem nos galhos? Talvez quisesse fazer uma torta ou arrumá-las numa fruteira bonita e deixá-las num lugar ensolarado, à nossa disposição. Recolhi-as com cuidado e as levei para dentro. Conservei-as na mesa da cozinha até que o cheiro de sua doce putrefação começasse a atrair moscas.

Só alguns dias depois do enterro comecei a encontrar certas pistas — bom, hesito em usar a palavra "pistas", que exclui a possibilidade de mera coincidência ou de excesso de análise de minha parte. Dizer que encontrei pistas pode sugerir que alguém preparou uma cuidadosa trilha de informações incompletas com o intuito de me conduzir a uma conclusão muito bem escondida, mas tão óbvia a ponto de ser de uma exatidão indiscutível. Não conto com essa sorte. Prefiro dizer que comecei a descobrir certas anomalias, certas incongruências, que sugeriam que o dia da morte de Lexy não havia sido um dia comum.

A primeira dessas anomalias estava relacionada a nossas estantes de livros. Lexy e eu éramos leitores ávidos, e nossas estantes, como as de qualquer um, imagino, eram organizadas de modo vago, segundo vários sistemas diferentes. Em algumas prateleiras, os livros eram agrupados por tamanho — livros grandes e massudos reunidos na prateleira mais baixa e livros de capa mole comprimidos onde nada mais poderia caber. Havia enclaves de livros agrupados por assunto — nossos livros de culinária ficavam todos na mesma prateleira, por exemplo —, mas esse tipo de classificação era minucioso demais para ser mantido. Finalmente, havia os livros dela e os meus livros — os livros cujos temas refletiam nossos interesses individuais e os que já tínhamos antes de nos casarmos acabaram ocupando setores próprios. Fora isso, era uma miscelânea. Mesmo assim, acabei me tornando capaz de saber onde cada livro deveria ficar. Uma impressão mental de ter visto o romance que eu havia adorado aos vinte anos aconchegado entre um livro de poemas que havíamos ganho de casamento e um *thriller* de ficção científica que eu havia lido na praia certo verão. Se alguém me perguntasse onde encontrar um determinado livro didático do qual eu era co-autor, eu apontaria imediatamente seu lugar entre uma biografia dos Beatles e um livro sobre como fazer cerveja caseira. É por isso que sei que Lexy reorganizou os livros antes de morrer.

A segunda anomalia está relacionada a Lorelei. Até onde consegui reconstruir os fatos, Lexy tirou da geladeira uma carne que pretendíamos assar aquela noite na churrasqueira, cozinhou-a e a deu à cadela. No começo, achei que ela mesma a havia comido e dado apenas o osso para Lorelei roer — encontrei o osso vários dias depois, escondido num canto do quarto —, mas não encontrei pratos ou talheres sujos, apenas uma frigideira sobre o fogão, onde ela a havia deixado. O lava-louças estava fechado, tendo sido usado de manhã após o café — quando o abri, reconheci minha própria autoria no modo como a louça havia sido encaixada. O lava-louças não fora tocado, o escorredor ao lado da pia estava vazio e os panos de prato não estavam sequer úmidos. Fui obrigado a escolher entre duas conclusões — ou Lexy presenteou Lorelei com uma inédita abundância de carne ou ela entrou na cozinha no último dia de sua vida e comeu um bife inteiro de meio quilo com as mãos. Pensando nisso hoje, ocorre-me uma terceira possibilidade, e talvez ela seja a melhor de todas: talvez as duas tenham dividido a carne.

Talvez essas circunstâncias não signifiquem nada. Afinal, sou um homem enlutado, e tento com todas as forças encontrar algum sentido na morte da minha mulher. Mas os indícios que encontrei são tão estranhos que fico imaginando o que realmente aconteceu naquele dia, se foi mesmo o desejo pelas maçãs que levou minha encantadora mulher a subir até o topo daquela árvore. Lorelei é minha testemunha, não só da morte de Lexy em si mas também das circunstâncias que levaram a ela. Ela observava os movimentos de Lexy noite e dia. Presenciou o desenrolar de nosso casamento do primeiro ao último dia. Resumindo, ela sabe de coisas que não sei. Sinto que devo fazer tudo que estiver ao meu alcance para trazer à tona esse conhecimento.

DOIS

Talvez vocês já conheçam alguns dos casos mais célebres de aquisição de linguagem por cachorros, mas permitam-me fornecer um breve histórico para refrescar sua memória. Em primeiro lugar, naturalmente, temos o caso do cão-criança, ocorrido em Lyon, no século XVI. Esse cachorro, que, segundo relatos, era um *keeshond* levado para a região por comerciantes holandeses, foi adotado ao nascer por uma mulher desesperada cujo filho havia morrido logo depois do parto. Ela amamentava o cão como se fosse um bebê e o vestia com camisolinhas e gorros. Enquanto o filhote crescia, a "mãe" se desdobrava para ensiná-lo a falar, e graças à pura perseverança até certo ponto conseguiu, embora os ouvintes muitas vezes tivessem que pedir para a mulher traduzir. O cachorro tornou-se um membro célebre da comunidade, mas nunca aprendeu a brincar e saltitar como os outros cães. O cão e sua mãe viveram felizes juntos durante 13 anos, até que ela adoeceu. Enquanto jazia em seu leito de morte, o cão nunca saiu de seu lado. Na noite em que ela fechou os olhos para sempre, o cão disse suas últimas palavras: "Sem seus ouvidos, eu não tenho língua." (Não é preciso ressaltar o duplo significado tanto da palavra "língua" em português quanto da palavra *langue* em francês, que se referem tanto à língua física quanto à linguagem.) Embora tenha vivido mais um ano após a morte da mãe, o cão nunca voltou a produzir outro som, seja canino ou humano. Quando ele morreu, o povo de Lyon o homenageou com uma estátua, com suas últimas palavras gravadas no pedestal.

Creio que essa história, cheia da tristeza e magia dos contos de fadas, mas muito bem documentada pelas melhores mentes científicas da época, será a abertura perfeita para o meu livro, minha pesquisa séria e acadêmica, em que tentarei explicar para meus atônitos colegas por que, depois de 20 anos dedicados ao estudo da lingüística, decidi concentrar minhas energias a ensinar uma cadela a falar.

Terei de começar com antecedentes, para provar que pelo menos abri um livro antes de perder completamente a sanidade. Esperarão que eu recorde o estranho caso de Vasil, um húngaro do século XVIII que, influenciado por um filósofo chamado Geoffrey Longwell, para quem os cães eram a tribo perdida de Israel, realizou uma série de experimentos com uma ninhada de filhotes de *vizsla*. Vasil inspirou-se na passagem bíblica sobre o Jardim do Éden. Embora a Bíblia não esclareça se havia cachorros no Éden, Vasil concluiu que Deus certamente não teria excluído uma espécie animal tão superior. Baseando-se na conversa da serpente com Eva, Vasil postulou que todos os animais deviam ter sido abençoados com o dom da fala no paraíso terrestre, mas o perderam quando Adão e Eva foram expulsos. Achou que, se pudesse restituir esse dom, que fora injustamente subtraído aos animais, descobriria a língua primordial.

Para recuperar essa língua, Vasil colocou os filhotes num jardim murado, cada um separado de seus irmãos e irmãs, e tentou recriar as condições que existiam no Éden. Dava bastante alimento e água aos animais e massageava-lhes o pescoço diariamente para estimular a fala. Os resultados foram variados. Um dos filhotes nunca chegou a falar, outro produziu sons que pareciam um francês abafado (embora mais tarde pesquisadores tenham descoberto que se tratava de um dialeto alsaciano) e outro aprendeu apenas a palavra húngara que designa rosbife. Os cinco filhotes restantes simplesmente latiam, embora todos parecessem se entender entre si.

As teorias de Vasil foram condenadas pela Igreja, principalmente a premissa de que Deus havia agido injustamente ao privar os cães do dom da fala, e ele passou os últimos 20 anos de sua vida preso. Os cães *vizslas* colaboraram para sua prisão — fugiram e correram pelas ruas, o falante de francês latindo rimas ofensivas e maliciosas e o falante de húngaro pedindo rosbife, até que a multidão atônita os seguisse até a casa de Vasil.

Mas meu argumento decisivo, acho eu, será o trágico caso de Wendell Hollis, que, como meus colegas certamente recordarão, é o exemplo mais famoso desse tipo de pesquisa na era moderna. Durante um período de sete anos, Hollis operou mais de cem cães, mudando o formato de seu palato de modo a torná-lo mais propício à articulação de palavras. Vários animais morreram como resultado das cirurgias, que ele realizava em seu apartamento em Nova York, e muitos outros fugiram. Hollis foi preso depois que a polícia recebeu uma queixa de barulho; após suportar durante anos os latidos lacerados, um vizinho chamou a polícia quando um dos cães aprendeu a gritar por socorro. Foi esse o cachorro que, com uma cicatriz cruzando a garganta e a boca deformada, testemunhou no julgamento. Embora não pronunciasse frases completas, foi capaz de dizer "ódio" e "queimação" e "irmãos morreram". O júri levou apenas uma hora para chegar ao veredicto, e Hollis foi condenado a cinco anos de prisão.

Naturalmente, nenhum desses casos pode ser considerado completamente bem-sucedido. Mas é a forma que esses fracassos assumiram, a sensação de "ter chegado quase lá" de cada experimento, que me leva a pensar que há muito na área a ser explorado.

Na verdade, ultimamente não consigo pensar em mais nada.

Mas, para manter minha reputação no meio acadêmico, algo que não sei mais se faz diferença para mim, não posso me permitir essa subjetividade. Preciso começar dizendo a meus colegas que já existe todo um corpo de estudos na área, quase tão antigo quanto o próprio estudo da linguagem. Tenho que lhes dizer que não estou fazendo nada de novo.

Mas, se pudesse, eu começaria à maneira dos poetas quando contavam histórias de amor, guerra e desgraças enviadas pelos céus. Começaria assim:

Canto uma mulher com tinta nas mãos e imagens escondidas entre os cabelos. Canto uma cadela com o pêlo como veludo que se afaga no sentido contrário. Canto o desenho que um corpo traça na terra ao cair. E canto um homem comum que desejava saber o que nenhum ser humano podia lhe dizer. Este é o verdadeiro começo.

Deixem-me retomar brevemente meus comentários preliminares sobre o projeto que estou prestes a iniciar. Como já mencionei, tenho uma cadela chamada Lorelei, uma *rhodesian ridgeback*. Ela era de minha mulher antes de se tornar minha também. Pretendo realizar com Lorelei uma série de exercícios e experimentos com o fim de ajudá-la a adquirir linguagem da maneira que for possível, tendo em vista suas capacidades fisiológicas e mentais. Pretendo ensinar Lorelei a falar.

Sei a impressão que isso deve causar. Há um ano, eu reagiria com tanto ceticismo quanto vocês. Mas vocês precisam entender como os fatos que ocorreram nos últimos meses mudaram meu modo de pensar. Devo lembrar-lhes de que nós, cientistas, testemunhamos no último século o estranho espetáculo de macacos pronunciando frases inteiras com as mãos. Vimos papagaios que aprenderam a dizer a frase final de piadas obscenas, para deleite dos amigos de seus donos. Vimos cães-guia treinados para acender luzes e para prestar atenção ao choro de filhos de pais surdos. Eu mesmo vi, num vídeo amador, um cachorro que aprendeu a reproduzir o som de *I love you.*

Não estou sugerindo que os exemplos acima sejam provas conclusivas de que terei sucesso. Para começar, estou consciente de que os cães têm capacidade craniana consideravelmente menor do que os gorilas e outros primatas superiores, e sei muito bem que cachorros que dizem *I love you* e papagaios que dizem palavrões como marinheiros estão apenas fazendo números que lhes renderão agrados e comida.

Mas à noite, quando Lorelei me olha com seus olhos grandes e inescrutáveis, fico me perguntando o que ela diria se fosse capaz. Às vezes me sento no carpete a seu lado e falo com ela baixinho, fazendo-lhe perguntas enquanto repouso a mão sobre sua grande cabeça enrugada. Mais de uma vez acordei e me dei conta de que havia adormecido com a cabeça sobre seu flanco amplo e áspero.

A conclusão a que cheguei é que, acima de tudo, cães são testemunhas. Eles têm acesso a nossos momentos mais íntimos. Estão presentes quando nos julgamos sozinhos.

Imaginem o que seriam capazes de nos dizer. Eles se sentam no colo de presidentes. Assistem a atos de amor e violência, a discussões e brigas e aos jogos secretos das crianças. Se pudessem nos dizer tudo que viram, todas as lacunas de nossa vida seriam preenchidas. Sinto que não tenho alternativa a não ser tentar.

TRÊS

Tem uma piada de cachorro falante que é assim: um homem entra num bar com um cachorro. O *barman* diz: "Desculpe, mas não permitimos a entrada de cachorros." O homem diz: "Eu sei, mas você não está entendendo. Este é um cachorro muito especial. Ele fala." O *barman* faz cara de dúvida, mas diz: "Tudo bem, vamos ouvir." O homem põe o cachorro num banco do balcão e olha no fundo dos olhos dele. "Como se chama o irmão de Abel?" "Caim, Caim", responde o cachorro. "E quem é o maior jogador de beisebol de todos os tempos?" "Rrrrr Ruff, Ruth",* diz o cachorro. "Já chega", diz o *barman.* "Fora daqui, vocês dois." O homem puxa o cão e os dois andam para a porta. Antes de sair, o cachorro vira-se para o homem e pergunta: "DiMaggio?"**

É nisso que eu pensava sentado no chão ao lado de Lorelei, olhando em seus profundos olhos castanhos. Fazia duas horas que eu trabalhava com ela, aplicando alguns testes de

---

*Baby Ruth, famoso jogador de beisebol. [N. da T.]

**Joe DiMaggio, outro célebre jogador de beisebol. [N. da T.]

inteligência preliminares e resistindo à vontade de esquecer minha persona acadêmica e falar com ela tolamente, como falamos com cachorrinhos. "Para onde você foi, Joe DiMaggio?",* quero murmurar em tatibitate, como se ela fosse um bebê, levantando suas patas dianteiras bem alto até ela cair de costas, uma brincadeira meio turbulenta que nós temos. "Hemin, menina?", quero perguntar, acariciando sua barriga. "Onde está Joe DiMaggio?" Mas tínhamos um trabalho a fazer, e eu me limitei a lhe dar um tapinha na cabeça e dizer "Boa menina", num tom firme.

Os *rhodesian ridgebacks* são cachorros grandes. A cabeça de Lorelei bate acima do meu joelho quando nós dois estamos em pé. Esses cães foram originalmente criados para caçar leões, e são extremamente fortes e ágeis quando perseguem coelhos e outros animais de pequeno porte (já que leões são bastante raros em nossa pequena cidade universitária), mas, em situações domésticas, são excepcionalmente meigos e zelosos. O nome da raça, *ridgeback*, ou "crista nas costas", deve-se a uma saliência de pêlos que se estende por suas costas e parece crescer na direção errada, como um longo topete que se ergue da pelagem castanha e brilhante. São pêlos ásperos ao toque, como os cabelos à escovinha que os meninos usavam quando eu era pequeno. Acima de tudo, eles me lembram uma rija poltrona de veludo que minha avó tinha em sua casa; seu tecido espetava a pele não importava em que direção o alisássemos. Era impossível sentar nela com os braços ou as pernas descobertos, mas, quando pressionávamos o tecido levemente com o dedo, sentíamos a maciez por entre as fibras individuais.

---

*Verso da canção "Mrs. Robinson" de Simon and Garfunkel, que se refere ao famoso jogador. [N. da. T.]

Começamos a sessão matinal percorrendo uma lista que compilei com todas as palavras que Lorelei entende. Ela sabe seu nome, é claro; fiz uma breve experiência chamando-a por outros nomes — brócolis, colchão d'água, Papai Noel — no mesmo tom que normalmente uso para chamá-la. Ela sentou e olhou para mim quando ouviu minha voz. Pareceu escutar com uma espécie de enlevo, mas só se levantou e veio para mim correndo quando eu chamei "Lorelei". Boa menina, eu lhe disse. Boa menina.

Em seguida, passamos para as ordens. Aqui, sente, quieta. Deite. Uma pata, depois outra. Suba aqui (convite reforçado por tapinhas na almofada do sofá). Quer passear?

No começo do nosso casamento, Lexy ensinou-lhe a ordem "Cadê o Paul? Vá buscar o Paul", e, nas manhãs de sábado, quando eu dormia até tarde e Lexy se cansava de me esperar, eu acordava com Lorelei pairando sobre mim, com as patas da frente sobre a cama, olhando para a minha cara. Estranhamente, nunca consegui retaliar; nunca consegui fazer Lorelei entender "Vá buscar a Lexy". Ela reagia esplendidamente a "Vá buscar sua bola" ou "Vá buscar sua girafa" — um brinquedo de pano que ela adora porque tem um pescoço comprido, perfeito para brincar de cabo-de-guerra —, mas nunca a "Vá buscar a Lexy". Será que ela simplesmente não sabia o nome de Lexy? Ou me entendia perfeitamente, mas se recusava a me obedecer por respeito à brincadeira que ela compartilhava apenas com Lexy, sua primeira dona e seu primeiro amor?

Ao todo, Lorelei sabe o significado de cerca de 50 palavras. Jantar e biscoito. Carro e passeio. Bom e mau. Isso corresponde aproximadamente ao número de palavras que uma criança compreende com 13 meses de vida. Talvez esse paralelo não seja muito útil, já que aos 16 meses o bebê já terá duplicado ou triplicado esse número, e começará a formar frases rudimentares como "Mamãe suco" ou "Caminhãozão vrum", enquanto, para o cão, a lista de palavras, uma vez aprendida, continuará mais ou menos a mesma ao longo de sua vida. E, naturalmente, pelo menos para o observador, a capacidade de ligar palavras e conceitos formando frases continua além da capacidade desses animais.

O mais interessante, no entanto, é que as crianças começam a compreender a linguagem muito antes de produzi-la — entre um e três anos, as crianças entendem cerca do quíntuplo das palavras que conseguem falar. Por meio de qual mecanismo o bebê de 13 meses faz o salto da compreensão à fala? Creio que essa pergunta está no cerne do meu projeto.

A única vantagem que Lorelei leva sobre os bebês humanos é que seus sentidos aguçados permitem que apreenda sinais não-verbais que nós, humanos, mal notamos. Ela ouve sapatos sendo amarrados a dois cômodos de distância, e se levanta e se espreguiça, sabendo que alguém sairá de casa e que talvez ela vá junto. Ela entende o chacoalhar de talheres numa gaveta e o som de alguém se acomodando no sofá para ler o jornal. Sabia o que significava quando Lexy ficava diante do espelho do banheiro se maquiando, e quando sentia a combinação de aromas presentes nessas ocasiões — talvez o cheiro das cerdas dos pincéis de maquiagem de Lexy, combinado com o perfume da base cremosa e o cheiro forte do rímel — ela aparecia subitamente no limiar do banheiro e, encontrando a porta entreaberta, enfiava o focinho pela fresta, esperando para ver se seria convidada para acompanhar Lexy na aventura para a qual esta se preparava.

Continuando meus testes preliminares para avaliar a inteligência de Lorelei, peguei um biscoito para cachorros, mostrei-o para ela e depois o escondi sob uma xícara. Ela farejou a xícara, virou-a e resgatou o biscoito em seis segundos, segundo meu cronômetro. Era um resultado muito bom — demonstrava uma notável capacidade para resolver problemas. Em seguida, testei sua memória escondendo um biscoito ostensivamente num canto da sala. Depois, prendi-a em outro cômodo durante cinco minutos. Quando ela voltou para a sala, foi direto até o biscoito. Fiquei muito satisfeito.

Algo curioso aconteceu durante o terceiro teste, que consistia em cobrir a cabeça da cadela com uma toalha e medir quanto tempo ela demorava para se libertar. Era outro teste de solução de problema, e eu esperava que Lorelei passasse sem a menor dificuldade. Mas, quando coloquei a toalha sobre sua cabeça, ela simplesmente ficou parada, com o pescoço ligeiramente inclinado devido ao peso. Esperei um minuto inteiro, e depois mais um minuto e 15 segundos. Ela não fez nenhuma tentativa de se livrar, e seu corpo arqueado, o espesso tecido verde cobrindo seu rosto como um véu de viúva, de repente, me encheu de tristeza. Eu estava prestes a retirar a toalha quando o telefone tocou. Virei-me para atender e, quando voltei-me para Lorelei — era engano, e a ligação durou uns cinco ou dez segundos —, ela já havia se desvencilhado da toalha e estava sentada, olhando para mim. Ocorreu-me que ela não havia tentado se libertar enquanto eu a observava por não saber exatamente o que eu esperava dela. Talvez tenha achado que era para ficar quietinha, com a toalha sobre a cabeça. Foi o mais estranho dentre todos os jogos estranhos que passamos o dia jogando e, pela primeira vez, ela não conseguiu entender as regras.

De repente, senti-me cansado e achei que já bastava para ambos. Ajoelhei-me e abracei a cadela.

— Venha, menina — falei. — Vamos dar uma volta.

QUATRO

Um amigo meu da faculdade morava no 19º andar de um arranha-céu em Nova York. Seus vizinhos eram um casal razoavelmente jovem e um cachorro. Lembro-me de sentar com ele na varanda, bebendo noite adentro, e de ver a mulher sair até o balcão ao lado, com o cachorro, um pequeno buldogue. Eles haviam cercado a varanda com rede, para que o cão ficasse lá com segurança, sem correr o risco de escorregar pelas grades.

Quando já fazia um ano que meu amigo morava lá, o vizinho subiu no muro da varanda e saltou. Meu amigo estava na cama na hora — era cerca de uma da madrugada — e ouviu um grito curto e lancinante e nada mais. Só no dia seguinte, quando ouvia música alto e um dos parentes que estavam reunidos ao lado para chorar o morto foi lhe pedir para diminuir o volume, ele descobriu que grito era aquele.

Fui para Nova York cerca de um mês depois e dormi no sofá do meu amigo — foi durante o período jovem da minha vida, quando eu ficava feliz por dormir no sofá de outra pessoa. Enquanto bebíamos na varanda, não conseguíamos falar de outra coisa. O assunto nos perseguia, e todas as nossas conversas acabavam por retomá-lo. No final da noite, quando já havíamos bebido bastante e percorrido rapidamente os estágios do luto por aquele homem que não havíamos conhecido, começamos a brincar com o ocorrido. Olhamos da varanda e tentamos imaginar a trajetória que o corpo teria percorrido ao cair. Especulamos sobre onde exatamente ele teria caído — havia um prédio cujo teto ficava diretamente abaixo de nós, a uns dez andares, mas achamos que o vento podia ter empurrado o corpo em queda para a calçada —, e só quando começou a amanhecer nos demos conta de que estávamos falando alto e que a jovem viúva dormia ao lado. Nunca descobri se ela nos ouviu naquela noite — suspeito que não, porque, quando se mudou um mês depois, ela fez questão de agradecer ao meu amigo por sua gentileza durante aquele período difícil —, mas pensar nessa possibilidade ainda me deixa horrorizado. Se eu voltasse a encontrar essa mulher (e nem sei se a reconheceria depois de tantos anos), eu cairia de joelhos e imploraria que me perdoasse, diria que só agora entendo que aquilo que lhe fiz, tenha ela consciência ou não, foi a maior crueldade que já cometi em toda minha vida.

Eu tinha 39 anos quando conheci Lexy. Antes, havia sido casado durante muitos anos com uma mulher cuja voz se espalhava pela casa como espessa argamassa, selando todas as frestas e cantos. Maura, minha primeira mulher, falava tanto e dizia tão pouco que às vezes eu tinha a impressão de me afogar na pasta viscosa de suas palavras. Mesmo os detalhes mais prosaicos de nossa vida precisavam ser analisados e processados; em nossas conversas, eu tinha de escolher minhas palavras com cuidado, porque qualquer uma, por mais inócua que me parecesse, podia me enredar numa infindável discussão sobre os motivos pelos quais eu a havia pronunciado. Maura parecia ansiosa o tempo todo, nervosa por não estar fazendo tudo certo, e só conseguia controlar os pedaços de sua vida analisando-os até não restar neles mais nenhuma vida. Às vezes, no carro, enquanto rodávamos em silêncio, eu a olhava de relance quando seu rosto, em um raro momento, não estava na defensiva. "Com que você está se preocupando neste instante?", perguntava eu. E ela sempre tinha uma resposta.

Perto do fim, quando comecei a me recusar a participar desses diálogos, ela começou a me deixar bilhetes. No começo eles eram normais — "Por favor, traga leite" ou "Não esqueça do jantar na casa de Mike e Jane esta noite" —, mas, com o passar do tempo, tornaram-se cada vez mais complexos e hostis.

Nosso casamento terminou quando cheguei em casa tarde da noite e encontrei um bilhete dizendo "Já lhe pedi várias vezes para fazer o favor de colocar sua louça do café da manhã no lava-louças antes de sair para o trabalho, mas hoje eu cheguei e encontrei sua caneca de café mais uma vez sobre a mesa. Acho que me enganei quando pensei que você, meu marido, fosse capaz de me ouvir quando expresso minhas necessidades e de reconhecer meus desejos com sensibilidade e respeito. Precisamos conversar sobre isso O QUANTO ANTES". As três últimas palavras estavam sublinhadas duas vezes.

Peguei uma caneta — e admito que esse não foi meu momento mais nobre — e escrevi "Vá à merda. Estou de saco cheio dos seus bilhetes" no espaço no final do papel. Preguei-o na geladeira para que ela o encontrasse de manhã. Nós nos separamos no dia seguinte, mas não antes de ela tentar me envolver numa última discussão. Eu saí sem dizer palavra.

Conheci Lexy menos de um ano depois. Percebi em nossa primeira conversa que ela falava de um modo descontraído, simples e aberto, sem os rodeios e as ciladas bizantinas em que eu caía quando conversava com Maura.

Nós nos conhecemos graças a um bazar que ela fez em sua casa. Por acaso, eu segui pelas ruas as placas de indicação que ela havia feito a mão. Comecei a freqüentar bazares depois do divórcio. Gostava da caça ao tesouro, de percorrer bairros que nunca havia visitado antes, de investigar os pequenos mistérios das pessoas que encontrava — como haviam chegado a adquirir uma determinada combinação de objetos (rádios para banheiro e garrafas enfeitadas, casaquinhos de crochê para bebê e latas de Coca lançadas por ocasião da final do torneio de futebol, há muito esvaziadas) e o que, conforme o tempo foi passando, as fez decidir que esses objetos não tinham mais lugar em seus lares. Eu sentia uma emoção estranha, infantil, ao pensar que poderia descobrir algo que havia passado anos procurando sem saber o que era, e me tranqüilizava, me humanizava, ao ver que outras vidas também podiam se partir em pedaços e espalhar-se no gramado para que qualquer um as examinasse.

Nesse sábado em especial, parei em frente a uma casinha verde, separada da rua por um jardim arborizado. Lexy estava sentada nos degraus da frente, lendo um livro. Tinha cabelos louro-escuros, que chegavam logo abaixo de seu queixo, e usava um vestido solto de algodão com estampa de vinhas e flores. Era muito bonita — não vou dizer que não notei —, mas apenas registrei o fato e deixei para lá. Certamente tinha oito ou nove anos menos que eu, e logo a acrescentei à lista de "mulheres não interessadas em mim" que crescia na minha mente a cada dia que passava.

Quando saí do carro, ela levantou os olhos e sorriu.

— Oi — disse ela. — Se tiver alguma dúvida, é só perguntar.

Uma enorme cadela marrom estava deitada no gramado próximo. Olhou-me com interesse por um momento e voltou a pousar a cabeça sobre as pesadas patas.

Dei uma olhada nas mesas que haviam sido dispostas. Vi a previsível coleção de livros e CDs, um forninho velho, óculos de suvenir estampados com personagens de desenho animado. Não encontrei muita coisa que me interessasse, mas ainda não queria ir embora. No fundo do jardim, perto da casa, notei alguns cabides com vestidos formais, do tipo espalhafatoso e desalinhado usado por damas de honra. Um cartaz preso aos cabides dizia "De graça para quem gosta de se fantasiar. Um por cliente. Cada vestido vem com sapatos tingidos combinando".

— Alguém se interessou? — perguntei, apontando para os vestidos.

— Duas menininhas, que levaram a escolha muito a sério, e um cara que se apaixonou por um horrível vestido florido de decote canoa. Mas ficou muito bem nele. Às vezes acho que vestidos de damas de honra na verdade foram feitos para *drag queens*.

Eu sorri.

— Minha ex-mulher tem amigas que ainda não falam com ela. — Fiquei surpreso ao me ouvir dizendo aquilo. Estaria flertando? Anunciando que eu estava disponível? Com certeza, não costumava dar tantas informações a gente que nunca tinha visto.

Fiquei com medo de tê-la colocado de sobreaviso — *Alerta: homem solitário e patético à caça* —, mas ela riu.

— De que cor eram os vestidos? — perguntou.

— Lilás. Com mangas bufantes e um grande laço atrás.

— Ah, o laço na bunda. Por que sempre tem que ter o laço na bunda?

— Não faço idéia — falei. Afastei-me, sem saber mais o que dizer, e comecei a examinar uma coleção de objetos dispostos sobre um cobertor. Uma caixinha de papelão, com o rótulo Fôrma para Ovo Quadrado, chamou minha atenção. O desenho da frente mostrava um prato com cubos brancos sobre um leito de salsinha. Um dos cubos estava cuidadosamente fatiado, exibindo a gema amarela e quadrada. Abri a caixa e encontrei um cilindro de plástico duro com uma base quadrada. Segundo as instruções, devia-se colocar um ovo cozido, quente e descascado dentro da câmara quadrada e depois cobrir com um tipo de aba de plástico. Havia uma tampa de rosquear que, conforme supus, pressionava a aba, até fazer o ovo adquirir seu formato novo e artificial.

— Que negócio é este? — perguntei, voltando-me de novo para ela.

— Bom — disse ela, lendo as instruções da caixa —, parece que transforma ovos cozidos comuns numa exótica iguaria quadrada.

— E funciona? — perguntei.

— Sabe, eu nunca tentei — disse ela. — Era de uma amiga que morava comigo. Quando ela se mudou, deixou essa coisa aqui. Acho que também comprou num bazar. Ela estudava história da arte e escreveu um trabalho sobre isso para um curso sobre Surrealismo.

— "Surreal" é uma palavra adequada — disse eu. — Quanto está pedindo?

— Cinqüenta *cents* — respondeu ela, virando a caixa entre as mãos. Parecia pensativa e um pouco perturbada.

— Não acredito que tive isto durante todo esse tempo e nunca fiz um ovo quadrado.

— Bom, eu ia comprar, mas não precisa vender, se não quiser.

O ar preocupado sumiu de seu rosto, e ela sorriu.

— Não, não. É o tipo de coisa que deve ser passada adiante para o máximo de pessoas. Um dia, quando você não quiser mais, talvez venda para alguém.

— Com certeza. — Dei-lhe o dinheiro e fiquei lá, parado. — Bom, obrigado. Boa sorte com o bazar — continuei, e comecei a andar em direção ao carro.

— Obrigada — disse ela. — Boa sorte com os ovos quadrados.

Fui embora, sentindo um riso preso em meu peito. Fazia tempo que não me sentia tão feliz. E fui para casa fazer ovos quadrados.

O dia já estava acabando quando voltei, e ela começava a levar para dentro as peças que não haviam sido vendidas. Estava de costas para mim quando estacionei, com o sol do crepúsculo em seus cabelos, e eu fiquei sentado olhando-a por alguns momentos antes de sair do carro. O prato de ovos estava ao meu lado, no banco do passageiro. Eu os havia arrumado sobre um leito de salsinha, igual à foto da caixa, e cortado um deles em cuidadosos quadrados. Hesitei por um momento — que estranho ritual de acasalamento era aquele? —, mas, naquele instante, ela se virou e me viu, e eu percebi que teria de ir até o fim.

Andei na sua direção levando minha esdrúxula oferta.

— Trouxe isto para você — disse eu.

— Ovos quadrados — disse ela. Havia quase reverência em sua voz e, ao pegar o prato de minhas mãos, seu rosto mostrava um certo assombro. — Não acredito que você fez ovos quadrados para mim.

Ela levantou os olhos e estudou meu rosto. Sorriu um lento sorriso, que foi se abrindo até iluminar todo seu rosto.

— Vou convidar você para sair comigo — disse ela.

— Bom — disse eu. — Bom. E eu vou aceitar.

E ficamos ali, sorrindo, com o prato entre nós, os ovos cúbicos luzindo palidamente sob os últimos raios de sol.

CINCO

Lá vai outra piada de cachorro falante. Meus colegas têm me mandado várias por *e-mail*. Um homem entra num bar com um cachorro. Diz para o *barman*: "Quer comprar este cachorro por cinco paus? Ele sabe falar." "Sei...", diz o *barman*. O homem cutuca o animal: "Vamos, mostre a ele." O cachorro olha para o *barman* e diz: "Por favor, meu bom homem, compre-me. Meu dono me maltrata. Me deixa trancado numa jaula, nunca me leva para passear e só me alimenta uma vez por semana. É um homem muito cruel." O *barman* fica de queixo caído. "Você pode ficar rico com esse cachorro", diz ele. "Por que quer vendê-lo para mim por cinco paus?" "Porque estou de saco cheio das suas mentiras", diz o homem.

É só uma piada, mas suscita uma questão interessante: Quem garante que um cão falante normal seria mais honesto do que uma pessoa falante normal? Quem garante que Lorelei, se eu conseguisse soltar sua língua, diria a verdade?

Nunca tive um cachorro antes de me casar com Lexy — para falar a verdade, tinha medo deles. Quando eu era criança, conheci um cachorro colossal chamado Rufus, que vivia bravo. Seu dono era um homem rabugento e solitário chamado Bucky Jones, que costumava aterrorizar as crianças estripando carcaças de cervos em seu jardim e atirando pedaços de vísceras sangrentas na nossa frente quando passávamos a caminho da escola. Tenho certeza de que ele maltratava o cachorro regularmente, mas, mesmo assim, Rufus era afeiçoado ao dono. O mesmo cão que passava os dias preso a uma árvore, pulando e rugindo com fúria assassina, gania com alegria e doçura sempre que seu dono aparecia no jardim. Nas noites de verão, quando subia no telhado para beber cerveja e falar loucuras sozinho, Bucky arrastava Rufus consigo, e a estranha silhueta dos dois contra o céu noturno é algo que vejo em meus sonhos até hoje.

A primeira vez que vi Lorelei, fora o olhar cauteloso que trocamos no dia do bazar, foi quando cheguei para pegar Lexy em nosso primeiro encontro, um encontro que acabou durando uma semana inteira. Assim que toquei a campainha, ouvi o estrondoso latido de Lorelei, começando num ponto distante da casa e se aproximando da porta a uma velocidade alarmante. Dei um passo involuntário para trás e me encolhi junto a uma das colunas da varanda enquanto Lexy abria a porta. Lorelei logo saltou para fora e avançou sobre mim, apoiando as patas abaixo dos meus ombros. Fiquei parado, rígido, enquanto ela perscrutava meu rosto por um longo instante, não mais latindo, e senti uma calma inesperada me invadir enquanto olhava em seus olhos. Por um estranho momento, minha ansiedade em relação àquela noite desapareceu, e, sem pensar no que fazia, eu estendi a mão e a pousei delicadamente sobre a sua cabeça. Esse foi o começo de nossa história, minha e de Lorelei, uma história distinta de várias maneiras da que Lexy e eu começaríamos a construir naquela noite. Pela primeira vez, olhei naqueles olhos sérios e toquei aquele pêlo áspero-suave. Pela primeira vez senti uma ponta de ternura por aquela cadela que, por obra do tempo e da milagrosa confiança canina, tornou-se minha também. Tudo o que somos hoje, a soma de nossa dor e de nossos jogos, o movimento diário de um homem e de uma cadela por uma casa vazia, seguindo a passagem do sol de um cômodo a outro até o anoitecer, tudo isso começou naquela varanda, com Lexy aguardando mais atrás.

Quando ela se aproximou então, a minha Lexy, e eu finalmente me voltei para olhá-la pela primeira vez naquele dia — ela puxava a cadela para longe de mim e pedia desculpas, repreendendo-a baixinho enquanto a fazia entrar na casa e fechava a porta —, eu já não sentia o nervosismo arrebatado, o medo encravado na medula que sempre senti em todos os primeiros encontros da minha vida. Lexy, deliberadamente, não havia precisado os planos para a noite, o que me provocava uma inquietação, uma estranha sensação de desequilíbrio, de não saber onde eu iria parar; mas, naquele instante, enquanto eu a via em meio ao rebuliço habitual de acalmar a cadela, vestir o casaco, trancar a porta, soube que, de alguma forma, sem perceber, eu havia tomado a decisão de segui-la aonde quer que ela me levasse.

— Oi — disse ela, virando-se para mim e relaxando com um sorriso. — Desculpe pela Lorelei. Na verdade, ela é um doce, mas às vezes não dá para notar.

— Não, eu notei — falei.

Ela estava encantadora. Usava um tipo de camiseta preta sedosa e uma saia comprida e reta, e havia puxado o cabelo para trás, exibindo o rosto. Naquela semana, desde que eu a havia conhecido, parecia que eu nada fizera além de evocar sua imagem mentalmente, mas eu percebia agora que me lembrara de tudo errado. Via que o castanho de seus olhos era suavizado por tonalidades de âmbar, que seu rosto em forma de coração era mais redondo do que angular. Via as complexas camadas de ouro e mel em seus cabelos e o rubor rosado de sua pele. Via agora que ela era linda.

— E então? — perguntei, enquanto andávamos até o meu carro. — Para onde a gente vai?

— Bom — disse ela, em tom de desculpas. — Acho que a primeira coisa que a gente vai ter de fazer é ir a um casamento.

— Um casamento? — Fiz força para conter o pânico. Ser sociável com desconhecidos não é o meu forte, como qualquer um que me conhece pode confirmar.

Ela se apressou em continuar.

— Sei que é uma coisa muito estranha para se fazer num primeiro encontro, mas eles são meus clientes, e eu prometi que daria uma passada. A gente não precisa ficar muito. Não se preocupe, eu também não conheço ninguém que vai estar lá, e prometo que a gente vai fazer alguma coisa mais divertida depois.

— Ótimo — exclamei com resolução. — Parece uma boa.

— Não, não parece — disse ela, rindo. — Se você quiser desistir, tudo bem. Mas garanto que esse casamento vai ser diferente de todos os que você já viu.

Abri a porta do carro para ela.

— Então, o que a gente está esperando?

Partimos, seguindo um mapinha feito a mão que eu imaginava ter sido incluído no convite de casamento.

— Você disse que os noivos são seus clientes — comentei. — Mas eu nem sei o que você faz.

Ela sorriu.

— Você logo vai descobrir. Acho que vou guardar segredo mais um pouquinho.

— Estou vestido de acordo com a ocasião? — perguntei. — Não é formal demais, é?

— Não, nem um pouco. Na verdade, acho que vai ser uma coisa meio *new age*. Eles fizeram questão de dizer no convite que hoje é o dia do equinócio de primavera. Sabe, quando o dia e a noite ficam iguais. Chamaram de "o dia em que o sol se casa com a lua". — Ela riu. — Acho que queriam uma frase de mais impacto do que "o dia em que Brittany se casa com Todd".

Nós havíamos saído da cidade e estávamos no campo. Era fim de tarde, perto do pôr-do-sol. Depois de algum tempo, descemos uma longa estrada de terra que acabava num terreno com grama alta e flores silvestres. Uma trilha havia sido aberta entre a vegetação e enfeitada dos dois lados com guirlandas de rosas.

Uma mulher esperava na entrada da trilha, segurando uma grande cesta enfeitada com fitas. Ela sorriu quando nos aproximamos e estendeu a cesta para nós.

— Por favor, escolham suas máscaras — disse ela.

Olhei para Lexy, que me observava com um sorriso.

— Você primeiro — disse ela.

Inclinei-me desconfiado e olhei dentro da cesta. Acho que esperava algo como as máscaras de Halloween que eu usava quando criança, cabeças de monstro de plástico ou caras de super-heróis com elásticos presos de cada lado para impedir que as máscaras caíssem do rosto. Em vez disso, a cesta estava cheia de maravilhas como eu nunca havia visto antes. Eram rostos de papel machê que me olhavam com seus olhos vazados. Primeiro, vi um sapo, depois uma zebra. Um girassol com pétalas de um amarelo vibrante contornando o círculo. Uma longa pluma dourada com traços fantasmagóricos impressos em seus filamentos ondulados. Havia máscaras compridas, com testas franzidas e narizes obscenamente curvos, e bufões extravagantes vestidos como cartas de baralho. Uma Medusa com cobras no lugar de cabelos e um Baco coroado com folhas de parreira. A variedade me deixou tonto.

— Vamos lá — disse Lexy. — O que você quer ser hoje?

Enfiei a mão no cesto e peguei a primeira máscara que encontrei. Era um livro, grosso e antiquado, com as páginas abertas. Olhos, nariz e boca projetavam-se do texto dourado.

— Perfeito — disse Lexy. Enquanto ela se inclinava para revolver o cesto, examinei minha máscara. Pelas duas páginas estava escrita uma única frase, com letras compridas e inclinadas: *Você levou o melhor cavaleiro da minha companhia.* Prendi a máscara no rosto.

— Que bom! — ouvi Lexy dizer. — Estava torcendo para que esta ainda estivesse aqui.

Virei-me para ela. Ela havia coberto seu rosto adorável com o rosto sorridente de uma cadela. Um rosto sincero, familiar.

— É Lorelei — disse eu.

— Isso mesmo. Então, já adivinhou qual é a minha profissão?

— Foi você quem fez as máscaras? — perguntei.

— Hum-hum — fez ela, pegando minha mão. — Vamos para o casamento.

Andamos pela trilha até chegarmos a uma clareira. Cadeiras cercavam um corredor central, cada qual ocupada por uma pessoa mascarada. Vi uma ninfa marinha com estrelas-do-mar presas nos cabelos conversando com um homem com cabeça de touro. Vi um anjo com auréola falando ao celular. Tomamos nossos lugares ao lado de uma esplêndida mulher-borboleta e de um homem com um enorme *iceberg* sobre a cabeça e, no topo, o *Titanic* partido em dois.

Na frente, músicos de um quarteto de cordas, com trajes formais e estrelas prateadas salpicadas no rosto, começaram a tocar. Nós nos levantamos e, quando nos viramos, o sol e a lua caminhavam em nossa direção em meio aos convidados. A noiva trajava um vestido de seda amarelo-claro com várias camadas de gaze iridescente que refletiam a luz. Seu rosto era um deslumbrante círculo dourado de onde saíam raios faiscantes. O noivo usava um *smoking*. No rosto, uma grande lua crescente prateada. Estavam lindos.

Lexy se inclinou para mim.

— Estou curiosa para ver como eles irão fazer na hora do beijo — sussurrou ela. Peguei sua mão e a segurei enquanto assistíamos à sagrada união do sol e da lua, delineada contra a luminosidade do crepúsculo.

SEIS

Ah, mas eu já deixei escapar que nosso primeiro encontro durou uma semana, não foi? Ele não terminou ali, naquele momento perfeito ao pôr-do-sol, naquele casamento de sonhos. Há mais, sempre há mais para contar, e já estou me deixando levar pela sucessão de momentos desde o dia do casamento até o dia da queda de Lexy.

Mas, quanto mais eu penso nela, quanto mais tento esmiuçar tudo, mais deixo minha pesquisa de lado. A verdade é que, agora que consegui um ano de licença e tenho todo o tempo e espaço do mundo, não sei direito como prosseguir. Minha mesa está cheia de livros sobre a fisiologia e a psicologia dos cães, trabalhos sobre aquisição de linguagem em macacos e crianças, estudos sobre "o cão falante como tema" no folclore e na literatura. Tenho pastas cheias de notas que compilei sobre cães famosos, de Cérbero a Snoopy. Ontem mesmo passei várias horas no arquivo de microfilmes da biblioteca da universidade, recolhendo recortes sobre o julgamento de Wendell Hollis e sua espetacular testemunha de acusação. O cão que mandou Hollis para a cadeia havia recebido de seu algoz o nome de Cão J, simplesmente porque era o décimo de uma série de cães alfabeticamente classificados que Hollis havia comprado em *pet shops*, apanhado em abrigos ou recolhido das ruas. Porém, depois do seu resgate, o *New York Post* propôs um concurso para rebatizá-lo. As sugestões variaram do inocente e alegre Sortudo a Harriet Pupman, nome tolo e pomposo, além de equivocado quanto ao gênero. Mas o nome que pegou foi Herói, e mesmo a retumbante manchete do *Post*, "AQUI, HERÓI!", estampada sobre a famosa foto do cão sendo escoltado para fora do tribunal por sorridentes policiais, não conseguiu diminuir a dignidade e justeza do nome. Essa história me fascina enormemente por motivos óbvios: é um cachorro com quem eu gostaria de conversar.

Portanto, como vêem, tenho trabalhado — minha mesa está coberta com os textos que venho lendo, as tangentes que venho seguindo. Mas agora, remexendo nos papéis, com Lorelei a meus pés, inescrutável como sempre, percebo que não tenho idéia de por onde começar.

Suponho que o primeiro passo para ensinar um cachorro a falar seja ensiná-lo a "falar". Ou seja, ensiná-lo a latir quando ouvir uma ordem, no truque conhecido como "fazer um cão falar". Pego um biscoito e chamo Lorelei.

— Senta — eu digo, e ela senta.

— Fala. — Ela apenas olha para mim. — Fala — repito. Incerta, ela se deita.

— Levanta, levanta — eu digo. Ela se levanta.

— Muito bem. Agora senta. — Voltamos ao começo. Ela me olha atentamente, seu focinho vibrando devido à proximidade do biscoito que seguro. Dá uma espiada no "agrado": será que ainda não fez truques o suficiente?

— Fala — ordeno com firmeza. E começo a latir para ela. — Rrr, au, au! — faço eu, olhando nos seus olhos. — Au, au! Fala! Au, au!

Lorelei inclina a cabeça para o lado. Esse meu comportamento é inédito. Eu nunca havia me ajoelhado no chão e latido para ela. Ela espera para ver o que farei a seguir.

— Fala, Lorelei! — insisto, aproximando meu rosto do seu. Nossos narizes quase se tocam. — Grrr — faço eu, olhando em seus olhos. — Au, au! — Estou quase gritando. Finalmente, dá certo. Lorelei solta um ruído, nem um latido, nem um ganido. Mais do que tudo, soa como um suspiro de irritação — *O que você está esperando para me dar esse biscoito?* —, mas já e um progresso.

— Muito bem! — digo efusivamente. Quebro o biscoito em dois e lhe dou metade. Ela se acomoda no chão para roê-lo. Espero ela terminar e a mando sentar de novo. Mostro-lhe a outra metade do biscoito.

— Fala! — digo eu.

— Ruff, ruff! — Dessa vez ela dá um latido a plenos pulmões, e depois outro.

— Boa menina! — elogio. — Fala! Isso mesmo! — Estendo a outra metade do biscoito, mas ela o ignora. Olha nos meus olhos, a testa franzida, e continua a latir.

— Pronto, muito bem, pode parar agora — digo eu. Afasto-me lentamente, deslizando pelo carpete, ainda sentado. — Quieta agora!

Lorelei se ergue totalmente. Precisa se inclinar para continuar latindo na minha cara.

— Boa menina — digo, tentando confortá-la. Ela está me deixando nervoso. Levanto-me. Segundo meus livros, em situações como essa preciso afirmar minha posição de "macho dominante".

— Quieta! — digo com mais firmeza. Ela me olha atentamente e late de novo. Está menos agressiva, mas não consigo fazer com que pare. Estendo a mão e dou tapinhas delicados em sua cabeça. — Quer um biscoito? Que delícia, biscoito...

Finalmente, ela pega o biscoito. Recua até um canto, onde o derruba no chão e finge enterrá-lo, usando o focinho para empurrar as dobras do tapete sobre ele.

— Muito bem — digo, do outro lado da sala. Afundo no sofá e observo-a enquanto se concentra em sua tarefa. Pego meu caderno de anotações. "Ensinei a Lorelei a ordem Fale", escrevo. "Resultados inconcludentes." Recosto-me e fecho os olhos. Enquanto isso, Lorelei apanha o biscoito e o leva até outro canto, onde começa tudo de novo.

SETE

Tornei-me lingüista em parte porque as palavras me faltaram toda a minha vida. Nasci com a língua presa, literalmente: o tecido que liga a língua à superfície inferior da boca era curto e espesso, limitando o movimento lingual. É uma anomalia bastante comum. O médico cortou a membrana na sala de parto e aprendi a falar como qualquer criança normal, sem nenhuma seqüela. Mas a imagem me acompanhou como um tipo de metáfora para minhas subseqüentes operações com a linguagem: quando nasci, minha língua não era compatível com a fala e, apesar de todos os esforços artificiais para soltá-la, ela continuou presa em todos os momentos importantes de minha vida.

Mas, no meu primeiro dia com Lexy, não tive a menor dificuldade em falar. Na fila, esperando para cumprimentar os noivos, agora com os próprios rostos radiantes, pois, afinal de contas, haviam tirado as máscaras para se beijarem, eu conversei com os outros convidados, apresentando Lexy como a responsável por toda aquela magia.

Quando saímos da fila dos cumprimentos, parecia que já éramos um casal. A notícia de que Lexy era a criadora das máscaras se espalhou, e um grande número de convidados se aproximou de nós, cercando-nos de tanta admiração e entusiasmo que alguém de fora pensaria que éramos nós, e não Brittany e Todd, os recém-casados. Com a mão na base das costas de Lexy, assumi o papel de orgulhoso parceiro e promotor, louvando seu trabalho enquanto ela se fazia de artista modesta, aceitando timidamente os elogios. Corada e sorridente, ela respondeu perguntas sobre técnica e inspiração, e deu seu cartão para todos que o pediram, colecionadores de obras de arte, fãs de contos de fadas e gente que gosta de caprichar nas festas de Halloween.

Quando a multidão ao nosso redor diminuiu, Lexy apertou meu braço.

— Obrigada — disse ela. — Você é bom nisso.

— Obrigado. Mas é melhor avisar que geralmente eu não sou tão sociável e delicado. Deve ser a máscara.

— Não sei, não — disse ela. — Você foi bem delicado com os ovos. Aqueles ovos quadrados me conquistaram.

— Aposto que essa frase nunca foi dita antes, em toda a história da linguagem humana.

— Aqui vai outra: "Me ajude a tirar essa cadela da minha cara para eu poder beijar você".

— Ah, alguém deve ter dito essa frase antes. Na verdade, acho que ela aparece na primeira versão da cena do balcão em *Romeu e Julieta.*

Mas ela já estava me beijando.

— Vamos embora daqui — disse eu quando nos afastamos.

— Isso é que eu chamo de ser sociável — retrucou ela. De mãos dadas, atravessamos o gramado, passando pela multidão de dragões e princesas segurando taças de champanhe, de coelhinhas dançando com demônios, de volta ao mundo real do carro e do mato alto e da estrada longa e empoeirada.

— E então, para onde a gente vai? — perguntei a Lexy quando nos acomodamos no carro. — Que tal alguma coisa um pouco mais convencional para um primeiro encontro? Jantar, cinema, um papo constrangido durante o café...

Ela recostou a cabeça no banco, parecendo examinar o teto.

— Hum, vamos ver — disse ela. — Você já foi à Disney?

— Disney World — repeti. Devo informar que estávamos em algum subúrbio da Virgínia. Mesmo assim, fingi pensar no caso. — Acho que não.

Claro que eu nunca tinha ido à Disney. A da Flórida sequer existia quando eu era criança — eu tinha 15 ou 16 anos quando ela inaugurou — e, seja como for, meus pais nunca tiveram dinheiro para nos proporcionar férias extravagantes. Quando fiquei adulto, esse passeio nunca me ocorreu. Quando Maura e eu viajávamos, era para cidades — Londres, Roma, Atenas. Ambos gostávamos de ruínas. Maura gostava de férias compostas por dias tão cheios e refeições tão sofisticadas que nos sentíamos cansados e saciados ao voltar para o hotel. Em nossa lua-de-mel, fomos a um *resort* no Caribe, e os dias ensolarados e arenosos quase a enlouqueceram. Nós nos acomodávamos na praia, com um livro para mim e uma cesta cheia de romances, revistas e palavras cruzadas para ela. Vinte minutos depois, ela se levantava para caminhar na praia, dar um mergulho e se refugiar no ar-condicionado do bar escuro, com uma *piña colada*, ignorando o homem de camisa florida a postos ao nosso lado, com o único propósito de nos servir bebidas espumantes. Eu sabia sem precisar perguntar que a idéia de girar numa xícara de chá gigante e apertar a mão de um adulto fantasiado de rato não a agradaria nem um pouco. Não, eu nunca tinha ido à Disney.

Lexy se virou para mim com genuíno entusiasmo.

— Sério? Então a gente precisa ir. Agora, esta noite.

— Claro, vamos agora mesmo — disse eu, fingindo acreditar. — Mas a gente podia comer alguma coisa antes.

— A gente pode fazer uma parada — disse ela. — Mas vamos ter de comer só a entrada.

— Por quê?

— Porque, se terminarmos de jantar, nosso encontro vai acabar.

— Mas por quê?

— Pense bem. A gente já foi a um casamento. Depois de jantar, o que mais sobraria para fazer? Afinal, esta é a primeira vez em que a gente sai.

— Certo — disse eu. — E, se o encontro acabasse a gente não poderia ir à Disney porque...

Ela revirou os olhos.

— Porque seria uma loucura. A gente nem se conhece e vai fazer uma viagem juntos? Que absurdo. Mas, se a gente resolver que a Disney é o lugar perfeito para o nosso primeiro encontro, e acredito que seja, vai ter uma história para contar até o fim da vida.

— Está falando sério mesmo?

— Estou. — Seu rosto irradiava entusiasmo. — Semana que vem é feriado, certo? Você não tem que dar aulas. O que planejava fazer todos esses dias?

— Bom, eu tenho que corrigir uns trabalhos. E estava pensando em descongelar minha geladeira.

— Pois é, você *precisa* mesmo de uma viagem à Disney.

Eu não acreditava que estava considerando aquela proposta.

— E a sua cadela? — perguntei.

— Posso ligar para um vizinho.

— E roupas?

Ela me olhou de cima a baixo, avaliando minhas calças cáqui e minha camisa formal.

— Assim está bom até a gente chegar — disse. — Lá você pode comprar uma camiseta do Mickey. Não, do Mickey, não. Do Bisonho. É com ele que você parece. A gente vai procurar uma camiseta do Bisonho.

— Bisonho? — Puxei minhas lembranças de histórias infantis. — O burrinho triste? É com ele que eu pareço?

— É. Mas no bom sentido.

Paramos num restaurante italiano que vimos quando voltamos para a estrada. Eu ainda achava que ela ia desistir, mas, quando entramos, ela pediu licença e foi até o telefone público. Ao voltar, anunciou que estava tudo acertado com o vizinho; ele havia concordado em cuidar de Lorelei enquanto ela estivesse fora. Examinei o cardápio. Estava faminto, e os pratos pareciam deliciosos.

— Só a entrada? — perguntei. Ela fez que sim com a cabeça.

— Não parece suficiente, não é? — Lexy pareceu perder o ânimo. De repente, desejei, por ela, que todo aquele plano maluco desse certo.

— Bom, nada impede que a gente peça várias. — Examinei a lista de entradas. — Com tantas opções, dá para fazer uma refeição. A gente pode dividir a porção de *bruschetta* e a salada de mussarela. Olha, diz aqui que a gente pode pedir meio prato de massa. O importante é dividir.

Ninguém nunca divide o prato principal, mas todo mundo divide a entrada.

Ela me olhou e sorriu.

— Agora você está entrando no espírito. Mas eu acho que uma porção de mariscos também iria bem. Seria demais?

Balancei a cabeça.

— Não, seria perfeito — disse eu. — Perfeito.

Uma hora depois, estávamos no carro, satisfeitos e felizes, rumo ao sul.

— Então, você sempre convida as pessoas para ir à Disney no primeiro encontro? — perguntei. Depois de uma hora e meia rodando, a conversa tinha dado uma trégua. Eu me sentia estranhamente calmo, considerando minha natureza cautelosa e a enormidade da aventura em que estava embarcando.

— Não — disse ela. — Mas gosto de levar as pessoas para onde elas precisam ir.

— E por que, exatamente, eu preciso ir à Disney?

— É só uma intuição. Tem a ver com seus olhos tristes de Bisonho e com os trabalhos que precisa corrigir. Não sei como era sua ex-mulher, e não estou perguntando, não é um bom assunto para um primeiro encontro, mas aposto que ela nunca teria levado você à Disney.

— Aí você acertou. — Fiquei um instante em silêncio. — Mas, e você? Por que a gente não vai a um lugar aonde você precisa ir?

— Ah, eu já fui à maioria desses lugares. Seja como for, eu nunca sei aonde preciso ir até já ter chegado.

— Nossa, que profundo — disse eu.

— Nesse caso, está na hora de uma brincadeira de adivinhar.

Passamos a noite fazendo brincadeiras de adivinhar, parando e depois recomeçando. Às quatro da manhã, estávamos em algum lugar da Carolina do Sul. Viajávamos havia sete horas. Eu estava com sono.

— Não estou conseguindo mais dirigir — disse eu. — Você está em condições de dirigir ou prefere parar em algum lugar?

— Posso dirigir — disse ela. — Sou uma pessoa noturna. Além disso, dei uma dormida agora há pouco. Preciso só de um café.

Pegamos a saída seguinte. Encontramos um posto de gasolina com uma loja de conveniência 24 horas e, enquanto Lexy entrava para tomar café, passei para o banco do passageiro e o recuei o máximo possível. Enquanto me acomodava na maciez do assento, pensei por um momento, é exatamente aqui que eu quero estar. E caí no sono antes que ela voltasse.

Acordei com uma menininha me olhando pela janela. Mexi-me um pouco e vi que já era dia, e que estávamos num estacionamento. Lexy não estava no banco ao meu lado. Virei-me e vi que tinha ido para o banco de trás e se encolhido, formando uma bola com o corpo.

Olhei de novo para a menina na janela.

— Mamãe, tem um homem *dormindo* aqui — ouvi-a dizer.

Sem me sentar, ergui a cabeça e acenei-lhe com a mão.

— Ele acabou de *acenar* para mim — exclamou ela, com a voz cheia de surpresa temerosa.

— Saia daí, April — a mãe disse. — Venha, a gente só parou para ir ao banheiro.

— Mas eu não tenho de acenar também? — perguntou a menina.

— Não. Nada de acenar para estranhos. É errado.

Ouvi Lexy se mexer no banco traseiro.

— Não acenar para estranhos — disse ela, sonolenta. — É incrível como os pais vivem improvisando regras.

— É mesmo — disse eu. — Ela vai crescer com uma estranha fobia de acenos.

Fiquei olhando enquanto a menina e a mãe cruzavam o estacionamento em direção ao octógono de concreto que continha os banheiros. Sem se virar para mim, a menina esticou a mão para trás e me deu um aceno breve e furtivo, e continuou em direção ao prédio.

— Retiro o que eu disse — comentei, rindo. — Ela sabe o que está acontecendo. — Olhei para o relógio. Eram nove horas. — Há quanto tempo a gente está aqui?

Ela se sentou e espreguiçou os braços.

— Desde umas sete — disse ela. — Eu precisava descansar.

— Você sabe onde a gente está?

— Perto de Savannah, acho. Venha, vamos esticar as pernas e tomar café.

Paramos para lavar o rosto nos banheiros do posto. Joguei água no rosto e me olhei no espelho. Minha barba estava por fazer e minha pele marcada pelo tecido do banco, mas vi no meu rosto algo que não via há muito tempo. Eu parecia relaxado, feliz. Em paz. Tinha um sorriso leve e descontraído nos lábios. Eu me sentia exuberante diante daquele dia que se estendia à minha frente, cheio de promessas. Mal podia esperar para passá-lo ao lado de Lexy. Ajeitei minha roupa e saí para a luz do dia, ocupando meu lugar entre os maridos e namorados que esperavam por suas mulheres na porta do banheiro.

O café da manhã, que tomamos numa lanchonete de beira de estrada, apresentou alguns problemas. Enquanto nos sentávamos, Lexy disse:

— A gente precisa estabelecer algumas regras em relação ao que vai comer.

Demorei um minuto, mas finalmente entendi.

— Ah, para que, sem a gente querer, nosso encontro não acabe na rodovia I-95?

— Isso mesmo — disse ela. — Eu não queria que terminasse aqui, na Casa do Waffle.

Examinei o cardápio.

— Bom, eles não têm entradas, mas têm uma lista grande de acompanhamentos.

— Ótimo — disse ela. — É meio paradoxal, não é? O que é um acompanhamento que não acompanha nada? Ele vira outra coisa?

— Parece um *koan* zen — falei. — Preciso tomar um café antes de tentar responder.

Fizemos uma refeição maluca, com *grapefruit* e lingüiças, fatias de banana com creme e torradas de centeio. Na saída, compramos um mapa. Estávamos a 450 quilômetros de Orlando. Fiquei espantado ao ver o quanto já tínhamos andado.

Naquele dia, em companhia de Lexy, naquele dia sonolento e ensolarado, eu não consegui parar de falar. Esse milagre continua vivo em minha lembrança, essa estranheza que ela trouxe à minha vida quase que desde o primeiro instante. Parecia que, após décadas escutando, analisando sentenças e escolhendo palavras sem sequer abrir a boca, eu estava conversando de verdade pela primeira vez. Quando o dia esquentou e Lexy fechou os olhos e dormiu sob a luz do sol que atravessava o pára-brisa, minha mente estava cheia de perguntas que eu queria fazer e histórias que eu queria contar e, quando trocamos de lugar e eu dormi um pouco, acordei com novas palavras na ponta da língua. Quando chegamos a Orlando, ela já sabia tudo que eu tinha para dizer. Sabia que eu havia crescido em New Hampshire, que meu pai trabalhava num matadouro e chegava em casa cheirando a sangue. Sabia que eu havia passado um verão trabalhando numa fábrica de colchões, onde uma vez vi um homem pular dentro do poço do elevador em busca de um lápis, ser esmagado pelo elevador e sobreviver. Contei-lhe o nome da primeira menina que beijei. Contei-lhe coisas nas quais eu não pensava havia anos.

A certa altura, começamos a falar de sonhos. Lexy me disse que tinha um caderno de sonhos ao lado da cama desde que era criança, e que anotava cada um assim que acordava. Às vezes achava, disse ela, que ler esse caderno era saber tudo sobre ela, todos os seus medos e estranhos desejos, todos os lugares para onde não podia ir quando despertava. Certa noite, quando tinha apenas quatro ou cinco anos, ela encontrou um rei que gritou com ela quando a viu escondida atrás do trono. Outra noite, aos 12, descobriu-se nua num dos jantares que sua mãe oferecia. Ela me contou seus sonhos, os mais vívidos, os que ainda voltavam de vez em quando e a faziam estremecer, oferecendo-me sua vida em fragmentos. Ela andava de quatro por um porão. Via um cavalo ser esquartejado até só restar um monte de pedaços sangrentos, mas ele ainda estava vivo, respirava, e a olhava com um olho arregalado. Dava à luz uma criança, mas não havia pai. Caía de uma grande altura. Seu nome mudava a cada dia. Plantava um jardim na cama e, ao acordar, encontrava rosas, margaridas e ramos de hera envolvendo seu corpo. Vagava por uma mansão com a boca cheia de vidro quebrado. Nadava debaixo d'água até a Inglaterra sem precisar descansar. Seus braços se alongavam, e suas pernas se encurtavam. Ela ia a uma sorveteria e pedia um sabor chamado Fúria. O sorvete era vermelho-esverdeado, forte e carnudo — e ela ainda se lembrava do gosto. Ela me contou que certa vez seus dentes caíram um a um e que, em outra ocasião, ela havia tido a força de levantar um homem sobre a cabeça. Havia se casado numa catedral cujas paredes desmoronavam antes que ela encontrasse o noivo. Cães selvagens a perseguiam por um campo. Uma terrível erupção cutânea a cobria da cabeça aos pés. Ela andava descalça pelas ruas enquanto a grama brotava diante dela. Alguém a perseguia, mas ela não conseguia sair do lugar. Um enxame de borboletas cobria todo o seu corpo.

O dia estava quente, e andávamos com as janelas abertas. Eu sentia a brisa em meus braços enquanto dirigia. Saboreie isto agora, o dia, a brisa. Sinta as lembranças com a língua. Fale em voz alta; ninguém está escutando. Diga "sol", "quente", "dia". Feche os olhos e lembre-se do momento, de seu vigor morno e rosado. O corpo de Lexy no banco ao meu lado. Sua voz enchendo o carro. Banhe-se nessas lembranças. Elas não vão durar muito.

OITO

Ouvi dizer que quando uma pessoa sofre um transplante de coração, fígado ou rim, seu paladar muda, ou suas cores preferidas, como se os órgãos conservassem memórias de sua vida anterior, como se trouxessem todo um passado que precisa abrir espaço na nova morada. É assim que Lexy me habita. Desde o momento em que se instalou em mim, ela emprestou suas cores ao modo como vejo, ouço e saboreio o mundo, de modo que já não sei distinguir entre como ele era antes e como é agora. Não sei dizer como era o sabor do ar antes de conhecê-la, ou o aroma da cidade enquanto eu andava pelas ruas à noite. Tenho apenas uma língua e um par de olhos, e parei de confiar neles há muito tempo. Não há nada de novo que eu possa dizer sobre a Disney, nada de que vocês já não ouviram falar ou viram por si mesmos. Só posso dizer que estive lá com Lexy.

Paramos no estacionamento do Magic Kingdom por volta das quatro e meia da tarde. Eu havia sugerido que procurássemos um hotel antes de irmos para o parque —

era semana de feriado, e eu tinha medo de não encontrar lugar —, mas Lexy insistiu.

— Agora é a melhor hora — disse ela. — As crianças que passaram o dia todo aqui já estão ficando mal-humoradas e indo embora para descansar e jantar. As filas estão bem menores, e o ar está mais fresco.

— A especialista é você — disse eu.

À medida que nos aproximávamos, o entusiasmo de Lexy crescia. Ela falava sem parar, passando-me todas as regras tácitas que havia aprendido ao longo de uma vida inteira de contato com o mundo Disney.

— Mas só dá para ir nas montanhas-russas grandes, como a Space Mountain, que têm filas enormes, depois que a Electric Light Parade começar.

— A gente não vai ver esse desfile? — perguntei.

— Não, porque não vai ter ninguém na fila da Space Mountain.

Paramos no estacionamento do Pateta, fomos de bondinho até a bilheteria e de monotrilho da bilheteria até o parque. Devo confessar que também estava ficando com um frio na barriga.

— Aonde a gente vai primeiro? — perguntei, quando finalmente chegamos ao parque.

— No brinquedo do "It's a Small World" — disse ela — Você vai adorar. É ingênuo, mas a intenção é boa.

Caminhamos pela Main Street, atravessamos o castelo da Cinderela e chegamos à Terra da Fantasia. Lexy segurou minha mão e me guiou, quase correndo, até o brinquedo. A placa anunciava uma espera de 45 minutos, mas ela me disse para não ligar.

— Eles sempre dizem que vai demorar mais do que na realidade. Assim, a gente fica feliz quando nossa vez chega antes do esperado.

Ela estava certa. Vinte minutos depois, fomos conduzidos para uma fila separada e esperamos o barco seguinte.

— A gente está na última fileira — disse Lexy. — Muito romântico... Quero dizer, para quem gosta de bonecas cantando.

O barco chegou. As pessoas que estavam atrás saíram, e sentamos no lugar delas. Mas as pessoas da frente, um casal com duas menininhas, não se mexeram. O homem se inclinou para o operador do brinquedo, um adolescente bem-apessoado, vestido de gondoleiro veneziano.

— Por favor — disse ele com a voz séria, de homem para homem. — Será que a gente pode ir de novo? A menina na nossa frente ficou gritando tão alto que a gente não conseguiu nem ouvir a música.

O gondoleiro sacudiu a cabeça e disse alguma coisa que não ouvi. Na nossa frente, a mulher se levantou e começou a recolher suas coisas, mas o marido fez sinal para que ela se sentasse.

— Por favor — disse ele. Não era um pedido. — A gente não conseguiu aproveitar a nossa vez. Agradeceríamos muito.

O adolescente deu de ombros.

— Tá, podem ir — disse ele.

O homem se sentou, e o barco entrou lentamente no canal.

— O que você disse, papai? — uma das meninas perguntou, encantada.

— Papai mentiu — disse o homem, cochichando para todos ouvirem. — Papai foi malvado.

Sua mulher balançava a cabeça e ria.

— Isso, meninas — disse ela. — Façam o que papai diz, mas não o que papai faz.

Olhei para Lexy e revirei os olhos.

— Que exemplo! — murmurei. Lexy havia endurecido o corpo todo.

— Não *suporto* esse tipo de gente — disse ela, em voz baixa e furiosa. — Por que elas acham que não precisam seguir as regras?

Segurei sua mão.

— Deixe para lá. Olhe as bonecas cantando. Ingênuas, mas bem-intencionadas.

Mas ela continuou imóvel, olhando para a frente. Nosso barco deslizava suavemente pelos amplos canais. O ar fresco era gostoso em comparação com o calor da Flórida. Eu via as bonecas-crianças passarem.

— Que país será aquele? — perguntei, apontando para uma paisagem azul glacial, habitada por pingüins cantantes. — Antártica?

Lexy deu de ombros. O homem na nossa frente se virou para as filhas.

— Vamos, Ashley, Madison, vocês sabem a letra. "Existe apenas uma lua e um sol dourado." — As crianças o acompanharam, cantando com vozes altas e estridentes.

— Vamos cantar junto? — falei. — Vamos, Lexy, você sabe a letra.

Mas ela não sorriu. Estava olhando para baixo.

— "Nós compartilhamos tanta coisa" — berravam as meninas à nossa frente.

Lexy ainda fervia de ódio quando nossa volta terminou.

— Venha — disse eu, levantando e saindo do barco. — Vamos comprar um sorvete com cara de Mickey. — Mas ela estava olhando para o outro lado.

— Com licença — disse ela em voz bem alta para o operador do brinquedo. A família se virou para ouvir o que ela ia dizer. — Será que a gente pode ir de novo? As pessoas na nossa frente eram tão moralmente repreensíveis que a gente não pôde aproveitar nossa vez. — Ela saiu do barco e começou a andar, com o corpo duro, os braços esticados ao lado do corpo.

— O que ela quis dizer, papai? — perguntou uma das meninas. Lexy se voltou.

— Que o seu pai é um babaca — respondeu ela. E afastou-se rapidamente, deixando-me para trás.

Ela estava quase chorando quando a alcancei. Tentei pegar seu braço, mas ela recuou com energia.

— A gente estava se divertindo tanto, e eu estraguei tudo — disse ela.

— Não estragou nada — falei. Confesso que estava um pouco chocado com a explosão de Lexy. Fiquei surpreso com a intensidade de suas emoções, com sua forte reação a pessoas que ela sequer conhecia. Mas muita coisa havia me deixado surpreso naquelas 24 horas, especialmente minha própria decisão de seguir Lexy, de me virar do avesso para estar a seu lado. Em toda minha vida, eu jamais havia chamado alguém de babaca, pelo menos, não na cara, mas ocorreu-me que talvez devesse ter chamado. Talvez, se eu tivesse aberto a boca mais vezes e deixado minhas próprias palavras emergirem, não tivesse passado a vida tão sozinho.

— Você tinha razão — falei. — Aquele pai *era* um babaca. Vamos atrás dele para lhe dar uma surra.

— Não sei por que eu fico assim — disse ela, ainda evitando meus olhos. — Se você quiser ir embora, tudo bem.

Tomei o rosto dela entre as mãos e virei-o para cima até que ela olhasse para mim. Sorri.

— Eu não quero ir embora.

— Não? — disse ela. Seus olhos úmidos brilhavam.

— Não, não quero.

— Você não está, sei lá, irritado, chocado ou com vergonha de estar comigo? Sei lá, você mal me conhece, e eu já comecei a fazer cenas com estranhos.

— Bom, eu posso garantir que nunca vou furar fila na sua frente — falei. Finalmente, ela sorriu. — Mas como eu poderia ficar irritado com você? Olhe para onde você me trouxe. — Abri os braços de modo a incluir tudo ao redor, as cores, a música, os brinquedos, a multidão, o sol da Flórida. — Você me trouxe para onde eu precisava vir. Agora me mostre o resto.

NOVE

Já falei dos livros, não é? Dos livros que Lexy reorganizou antes de morrer? Hoje vou me sentar e fazer uma lista. Pelo que pude notar, naquele dia Lexy concentrou o trabalho em uma estante em particular; embora todas as estantes da casa tenham mudado até certo ponto, com um livro retirado aqui e ali e outro colocado no lugar, somente a estante do meu escritório ficou totalmente diferente. Todos os livros que estavam lá quando saí naquela manhã foram tirados do lugar, embora alguns poucos tenham sido recolocados em locais diferentes dos originais. O resto da estante foi preenchido com livros oriundos de outros lugares da casa. Começo a digitar os títulos no meu *laptop*, na ordem em que ela os colocou, fazendo anotações sobre o assunto e a história do livro em nossa vida, além de registrar qual livro era dela e qual era meu. Até agora, não consegui encontrar nenhum padrão específico na arrumação.

Vou até a estante de cima, cuja seqüência de livros é a seguinte:

Se Eu Pudesse Falar: Aquisição de Linguagem na Infância
(Meu.)

Eu Fui George Washington (Dela. Um livro sobre regressão a vidas passadas. Lexy sempre teve um fraco por esse tipo de coisa.)

Se Meu Amor Soubesse (Dela. Um romance aclamado pela crítica e depois transformado num filme realmente péssimo.)

Não Foi Aí que Eu Parei Ontem (Dela. Um romance de formação sobre uma garota no Brooklyn dos anos 50.)

O Que Você Precisa Saber para Participar de um Programa de Auditório (Meu. Nunca cheguei a participar de um programa de auditório, mas sempre achei que me daria bem neles.)

Mas Isso Não É um Pato! (Meu. Um livro que comprei quando escrevia um trabalho acadêmico sobre piadas.)

Você Sabia? (Dela. Um livro sobre folclore e costumes infantis do mundo inteiro.)

Como eu disse, isso é só a prateleira de cima. Assim que anotei o último título, comecei a questionar minhas ações. O que estou procurando exatamente? Uma mensagem do além-túmulo, cuidadosamente disposta em meu escritório? Lembrei-me de repente da fantasmagórica emoção que senti na infância quando começaram a aparecer nos discos dos Beatles mensagens ocultas dizendo "*Paul is dead*".* Eu tinha 13 anos quando o boato explodiu e vibrava com aquilo, com a sensação arrepiante de ouvir as mensagens de trás para frente, com a possibilidade de descobrir pistas secretas, ocultas, mas à vista de todos. Meu amigo, Paul Muzzey, com quem eu compartilhava não só o primeiro nome como a emoção de ser xará

*"Paul está morto". [N. do E.]

do defunto daquela conspiração, fez uma longa lista de todas as pistas publicadas em revistas de música e transmitidas pelo rádio. Ele me ligou certa tarde e disse:

— Você tem que escutar "A Day in the Life" agora mesmo. Vá, eu fico esperando.

— De trás para a frente? — perguntei.

— Não, ponha para tocar do jeito normal. Eu digo quando parar.

Larguei o telefone e fui até a vitrola, que ficava na sala. Tirei *Sergeant Pepper* da capa e coloquei no aparelho. Como meus pais não estavam, coloquei no volume máximo e voltei ao telefone.

— Pronto — falei quando começaram os acordes familiares.

— Ótimo, feche os olhos e escute.

Sentei com os olhos fechados, o fone no ouvido, e escutei a canção pela milionésima vez. Não notei nada de diferente. A primeira parte terminou com a frase "*Nobody was really sure if he was from the House of Lords*", e Paul disse:

— Ouviu?

— O quê?

— Ele disse "*house of Paul*".

— Imagine — disse eu. — Ele disse "*House of Lords*". "*Lords*" nem se parece com "*Paul*".

— Toque de novo e preste atenção. Ele diz "*Paul*".

Então peguei a agulha e voltei a colocá-la no começo da música. E eu ouvi, com clareza ofuscante, meu próprio nome. "*Nobody was really sure if he was from the house of Paul*". Um arrepio me percorreu.

— Cara — murmurei. — Ele diz "*Paul*" mesmo.

Paul e eu ficamos ali, cada um de um lado da linha, ouvindo o resto da música em silêncio. Foi um momento sagrado, tornado grave pela verdade que tínhamos descoberto. A casa de Paul. Era mesmo verdade.

É claro que logo foi revelado que toda aquela história de conspiração era um trote e que Paul McCartney estava muito vivo. Mas até hoje não posso ouvir essa canção sem ouvir "*house of Paul*". Acredito que o que descobri naquela tarde era verdade. Juro sobre qualquer pilha de livros.

Trinta anos depois, continuo buscando significados ocultos nos objetos triviais da minha vida. Só que agora não tenho uma nação inteira de DJs e fãs adolescentes atentos para me ajudar. Estou sozinho nisto. Tudo que tenho são 49 livros distribuídos numa prateleira. E o que eles significam? Alguma coisa. Ou absolutamente nada.

DEZ

De volta à Disney, entre os fogos de artifício noturnos e as crianças com chapéus do Mickey, Lexy e eu andamos de mãos dadas para sempre. Às vezes penso que, se eu pudesse, reuniria todas as pessoas que visitaram o parque durante os dias em que estivemos lá e lhes pediria que me mostrassem suas fotos e vídeos, para ver se por acaso aparecemos em algum deles. Tenho certeza, relembrando aqueles dias, que cruzamos com algum grupo familiar no exato momento em que o obturador se fechava. Certamente, algum pai girando com uma câmera de vídeo deve ter nos flagrado em algum lugar, entrando numa xícara de chá ou lendo as lápides em frente à Mansão Mal-assombrada, enquanto seus filhos, impacientes e tontos de tanta emoção, corriam entre as pernas das pessoas em segundo plano. O que eu não daria por isso, para ver nossa imagem, nós dois juntos, menos de uma semana depois de nos conhecermos? Eu com minha camiseta do Bisonho e Lexy com o sol brilhando nos cabelos. Tudo. Eu daria tudo.

Ficamos em Orlando quatro dias. Chegamos no domingo de tarde e só voltamos na quinta de manhã. E, o tempo todo, comemos apenas entradas. Entradas, aperitivos e acompanhamentos. Não fizemos uma refeição completa sequer até a noite de sexta, quando, quase chegando em casa, paramos no mesmo restaurante italiano em que havíamos comido no dia do casamento. Foi um jantar suntuoso, com vários pratos e sobremesas, vinho e café, e depois deixei Lexy em casa e fui para a minha corrigir os trabalhos, sentindo-me exuberante e generoso. E assim terminou nosso primeiro encontro.

Ainda não mencionei o esquema na hora de dormir; não contei que dormimos no mesmo quartinho de motel durante as quatro abafadas noites na Flórida e que só em nossa última noite Lexy atravessou o quarto e se deitou na minha cama. E sussurrou para mim: "Não costumo fazer isso no primeiro encontro", enquanto passava as mãos pelo meu corpo há tanto tempo esquecido. Menciono esses detalhes, a atmosfera quente e os lençóis frios, a alegria e o frescor de ter Lexy ao meu lado, apenas com o intuito de não excluir nada que possa se revelar importante. Mas, na verdade, é difícil para mim falar dessas coisas. Eu a toquei e tive a sensação de estar voltando para casa. O que mais preciso dizer?

Na tarde de domingo, dois dias depois de voltarmos, cheguei à casa de Lexy com flores e um osso de brinquedo para Lorelei. As flores, as primeiras que lhe dei, eram dálias, vermelhas e escuras, quase pretas.

— Uau — disse Lexy quando as pegou das minhas mãos. — Que lindas! Nunca vi flores dessa cor. Elas me lembram o demônio.

— O demônio? — falei. — É, era exatamente o que eu tinha em mente. É um teste pra ver se você não se opõe à magia negra. Agora posso apresentá-la ao resto da seita.

— Não, você não entendeu — disse ela, rindo. — Elas têm esse tom vermelho-sangue escuro e essas pétalas sedutoras, que lembram favos de mel e nos atraem cada vez mais para dentro. — Ela refletiu um momento e depois declarou:

— São as flores que vou carregar no meu casamento.

Minha pausa foi breve.

— Então, é melhor você se casar logo. Elas não vão durar mais que dois dias.

Ela riu e me abraçou.

— Você não vai escapar tão fácil assim. Mas entendeu o que disse quanto às flores? Elas me fizeram pedir você em casamento no nosso segundo encontro. É melhor a gente tirar elas daqui antes que eu perca totalmente o controle.

— Ou então, vamos deixar elas aqui mesmo e ver o que acontece — disse eu, puxando-a comigo para o sofá.

Mais tarde, ela me levou para conhecer a oficina que tinha no porão, onde confeccionava as máscaras. Havia uma grande mesa no centro, coberta com uma confusão de jornais e potes de tinta. Rostos inacabados, nus e fantasmagóricos, espalhavam-se em pilhas pelo chão. Tudo estava coberto por uma fina poeira branca. Lembrei-me da máscara que havia usado no casamento.

— Estou curioso com uma coisa — falei. — O que significa "Você levou o melhor cavaleiro da minha companhia"? De onde você tirou essa frase?

— De "Tam Lin" — disse ela. — Você conhece a história?

— Acho que não.

— É um antigo poema escocês, mas eu o conheci como um conto de fadas. Tinha uma versão num disco que eu ouvia quando criança. Sempre tive dificuldade para dormir, e ouvia discos com pessoas contando histórias, tipo livros gravados. Eram sempre atores em fim de carreira que liam, gente de quem eu nunca tinha ouvido falar, mas que vi mais tarde em filmes antigos. Mas eu adorava essa história.

É sobre uma mulher chamada Janet, que se apaixona por um cavaleiro chamado Tam Lin. Ele foi raptado pela fada-rainha ou alguma coisa assim, e ela precisava resgatá-lo e levá-lo de volta ao mundo dos mortais. Esperou na floresta, na meia-noite do Halloween e, enquanto as fadas passavam montadas a cavalo, puxou Tam Lin do cavalo e o segurou firme enquanto a fada-rainha o transformava em várias criaturas horríveis. Ela o transformou numa cobra, numa fera raivosa, numa barra de ferro incandescente, mas Janet o segurava o mais forte que podia, até que finalmente ele se transformou num "homem nu em pêlo" — não é uma expressão legal, "um homem nu em pêlo"? — e passou a ser dela para sempre.

— Ela estava na floresta, à meia-noite, com um homem nu nos braços? E é uma história infantil?

— Isso não é nada — disse Lexy, rindo. — Quando eu estava na faculdade, encontrei uma versão antiga do poema, em que Janet estava grávida. Isso eles deixaram fora da versão infantil.

— E o "melhor cavaleiro da minha companhia"?

— Ah, essa é a melhor parte. Depois que Janet o salva e tudo fica bem, a fada-rainha tem um ataque. Na versão que eu ouvia, era assim, "E então, com muita ira, falou a fada-rainha: 'Você levou o melhor cavaleiro de minha companhia'". E agora vem a parte assustadora, que eu achava emocionante, quando a fada-rainha diz para Tam Lin: "Se eu soubesse ontem o que não sabia, teria trocado seus olhos cinza por duas pedras frias. E se eu soubesse ontem que eu o perderia, teria trocado seu doce coração por outro de safira." Ainda me dá arrepios.

— Que historinha alegre — falei. — Entendo por que não saiu da sua cabeça.

Ela afundou num velho e comprido sofá encostado em uma parede. Sentei-me a seu lado. Uma sucessão de baques surdos na escada anunciou a chegada de Lorelei. Ela pulou no sofá, instalando seu corpo denso e enorme no pequeno espaço entre nós.

— Pois não? — falei, enquanto ela se apertava contra meus joelhos. Lexy a acariciou, pensativa.

— O problema — disse ela — é que eu sempre me identifiquei com a fada-rainha.

— Por quê? — perguntei.

— Não sei. Acho que a Janet era boazinha demais para o meu gosto.

— Fora a parte em que ela fica grávida.

Ela sorriu.

— Fora essa parte. — Ficou em silêncio por um instante. — Não, acho que eu me identificava com a raiva que ela sentiu. A história apresenta sua fúria como se fosse totalmente condenável, mas eu entendo o ponto de vista dela.

Refleti um pouco.

— Com certeza — disse eu. — Ela estava lá, no seu papel de fada-rainha, e Janet chega e leva embora seu melhor cavaleiro.

— Isso mesmo.

Vi-a acariciar Lorelei delicadamente atrás das orelhas. Pensei na rainha da história, batendo os pés no chão e gritando em meio à noite profunda, e lembrei-me de Lexy no Magic Kingdom, encostada a uma árvore de fibra de vidro, tremendo com uma fúria digna da fada-rainha. Peguei sua mão e a beijei.

ONZE

Os cães têm um modo peculiar de prantear alguém, esperando pacientemente o seu retorno, farejando em busca de um cheiro que já se foi. Desde que Lexy morreu, várias vezes peguei Lorelei sentada no topo da escada que leva ao porão, atenta a qualquer ruído que pudesse vir de lá. Esta manhã, encontrei-a no quarto, dormindo em cima de um suéter de Lexy. Devo ter deixado a porta do armário aberta, e Lorelei, atraída pelo perfume de Lexy, de seus cabelos, sua pele, ainda impregnado em suas roupas, saltou e puxou a peça até libertá-la do escorregadio cabide. Não tirei o suéter dela. Saí em silêncio do quarto, deixando-a respirar suas lembranças, sejam elas quais forem.

Hoje preciso ir à universidade para apanhar alguns papéis que deixei em minha sala. É a primeira vez que volto lá desde que, há dois meses, anunciei meus planos de pesquisa a meus colegas. Não foi muito agradável o dia em que apresentei o projeto ao departamento. Quando cheguei à parte sobre aquisição de linguagem em cães, a sala inteira ficou em silêncio, e alguns começaram a examinar objetos inanimados — canetas, alianças de casamento, a mesa de conferência — com alarmante intensidade.

Espero não encontrar meus colegas hoje, e na verdade planejei chegar em um horário em que nenhum deles estaria por lá, mas parece que, na minha ausência, mudaram o dia da reunião dos professores. Chego e encontro todos os membros do departamento no corredor da sala de reunião, conversando e bebendo café. Eles param de falar, um a um, enquanto eu me aproximo.

Julia Desmond é a primeira a me dirigir a palavra. Ela é uma mulher alta, nascida em berço de ouro e apreciadora de jóias extravagantes. As de hoje são de rubi.

— Paul — diz ela efusivamente, aproximando-se com os braços abertos. — Como você está?

Aceito seu abraço e a beijo de leve no rosto.

— Bem — digo. — Muito bem. — Olho para as pessoas que me encaram, sorrisos fixos nos rostos. — Vim buscar umas coisas.

— Ótimo, ótimo! — diz Julia. — Você tem feito falta aqui. — Ela sorriu para mim por mais um momento, com as mãos ainda em meus braços, parecendo não saber direito o que dizer. — Bom, foi ótimo encontrar você — diz ela por fim, e se refugia na sala de reunião.

Vou até meu escritório, com o grupo abrindo caminho para mim como se eu fosse um profeta. Matthew Rice, chefe do departamento e amigo meu, aproxima-se e espera ao meu lado enquanto destranco a porta. Quando entro, ele me segue.

— Então, como vão as coisas, Paul? — pergunta ele fechando a porta.

— Mais ou menos — respondo.

— Estávamos preocupados com você — diz ele. — Mas você parece ótimo.

— Obrigado — digo. Sabia que ele estava mentindo. Não tenho dado muita atenção à minha aparência. Perdi peso desde a morte de Lexy, e minhas roupas estão largas em meu corpo.

— Tem andado ocupado? — pergunta ele, parecendo arrepender-se imediatamente.

— Tenho. Minha pesquisa ocupa quase todo o meu tempo.

Ele assente com um gesto de cabeça e desvia os olhos.

— Ainda está desenvolvendo aquela... pesquisa? Aquela com a cadela?

— Estou — respondo, talvez com excesso de entusiasmo. — Está indo muito bem.

Ele não me olha nos olhos.

— Que ótimo — diz ele, após uma pausa. — Sabe, Eleanor e eu temos uma casinha de praia em Rehoboth. A gente pode emprestar a você, se quiser. Acho que faria bem a você viajar um pouco.

Pensei na proposta. Caminhadas matinais na praia, com Lorelei correndo na minha frente, noites banhadas pelo aroma do mar. Não era uma idéia a se desprezar.

— O único problema — continua Matthew — é que Eleanor é alérgica a cães. Lorelei não poderia ir. Mas você pode deixá-la em algum lugar por uma semana ou duas. Julia tem cachorros. Ela pode recomendar um bom canil.

É claro, pensei. É claro.

— Obrigado mesmo assim — digo. Minha voz soa frágil e brusca. — Mas não posso abandonar minha pesquisa agora.

Matthew assente olhando para o chão.

— Tudo bem, então — diz, virando-se em direção à porta. Parece abatido. Abrando o tom.

— Sério, eu estou bem. Sei que tudo isso parece uma loucura para você, mas realmente acho que vale a pena investigar. Sinto que estou prestes a descobrir alguma coisa importante, só preciso de mais tempo para pesquisar.

Ele abre um sorriso hesitante, mas pelo menos me olha nos olhos.

— Imagine o que significaria se você conseguisse. — Faz uma pausa, pensativo. — Bom, preciso voltar para a reunião. Mantenha contato, certo?

— Claro — digo. — Mande um abraço para Eleanor.

Pego as coisas de que preciso e me preparo para partir. Na saída, vejo um papel rosado que, aparentemente, havia sido colocado embaixo da porta. Pego-o. É um recado. Na parte superior, diz: "Sua cadela ligou." No espaço para o recado, há duas palavras: "Au, au." Amasso o papel e jogo fora.

Quando chego em casa, pego o suéter de Lexy do chão e o seguro contra o rosto. Tento imaginar o que ela pensaria das últimas reviravoltas da minha vida. Lorelei entra para me saudar, e faço-lhe um carinho atrás das orelhas.

— Onde está Lexy? — digo-lhe. Ela me lança um olhar atento. — Vá buscar a Lexy.

E, de repente, ela sai em disparada, correndo de um cômodo para o outro. Assisto, penalizado, enquanto ela se precipita pela casa, farejando todos os cantos e latindo.

— Lorelei! — grito. — Não! Pare, menina! Quieta! Venha aqui!

Tento todos os comandos que ela conhece. Mas não adianta. Depois de ter proferido as palavras mágicas, não consigo mais detê-la. Ela corre pela casa toda, procurando e uivando por aquilo que perdeu.

DOZE

Na primeira vez em que pedi Lexy em casamento, ela disse não. Era começo de dezembro, nove meses depois de nos conhecermos, e estávamos passando o fim de semana fora. Estávamos numa pousada na praia, e o dia estava cinzento e tempestuoso. Havíamos passado o dia inteiro no quarto, com a lareira acesa, entre jogos de tabuleiro e cálices de vinho.

Depois, quando estávamos na cama, Lexy pegou uma caneta hidrográfica da mesa-de-cabeceira e segurou minhas mãos.

— Olhe o que você me deu — disse ela, e começou a escrever. Começou no dorso das minhas mãos e depois as virou para escrever nas palmas. Cobriu minhas mãos de palavras. *Ovos quadrados*, escreveu ela, e *praias no inverno. Beijos no pescoço, uma semana comendo entradas* e *péssima música. Café com leite*, escreveu ela, *jogos de palavras* e *flores que parecem o demônio.* Quando ela terminou, não sobrava espaço algum.

— Agora é a sua vez — disse ela. Passou-me a caneta e estendeu as mãos. Eu não sabia o que escrever. Fome, pensei eu, e saciedade. Uma sensação de asas dentro de mim. Os dias, as estações, e uma cadela de pêlos ásperos e aveludados. Mas, em vez disso, peguei as mãos delas e, escrevendo ao contrário para que ela pudesse ler, escrevi, uma letra em cada dedo: *o mundo todo.*

Foi a coisa mais verdadeira e romântica que eu jamais tinha dito, e sequer fora em voz alta. Levado pela generosidade das minhas emoções, virei as mãos dela e, quase sem pensar, escrevi em suas palmas: *Quer casar comigo?*

Ela se afastou e puxou as mãos.

— Está falando sério? — perguntou, sem sorrir.

— Totalmente sério — respondi, surpreso porque era verdade.

— Está me pedindo em casamento.

— Estou pedindo você em casamento.

Ela estudou meu rosto.

— Bom... não — disse ela, e desviou o olhar. — Não posso aceitar. A gente ainda não se conhece o suficiente.

Eu me sentia calmo. Estava disposto a lhe dar um tempo para se acostumar com a idéia.

— Você sabe tudo a meu respeito — falei. — E eu conheço você o suficiente para saber que a amo.

Ela se virou de lado.

— O que foi? — perguntei.

Ela não disse nada por um momento. Havia enrijecido o corpo e, quando toquei suas costas, retraiu-se.

— Sei que você me ama — disse ela, afinal. — Mas como você *sabe* que me ama?

— Sei porque quero estar com você o tempo todo — comecei.

— Não, não foi isso que eu quis dizer. Quero dizer: como isso acontece com você? Quantas vezes você realmente *sabe*?

— Sempre. Sei sempre.

— Certo, você sempre sabe, mas... isso está em segundo plano em sua mente, não é? É como saber que vai morrer.

Peguei o ombro dela e virei-a para mim, para que me olhasse de novo.

— Lexy, eu não estou entendendo o que você está dizendo.

— Bom, todo mundo sabe que vai morrer, mas a maior parte do tempo não pensa nisso. Está sempre na sua cabeça e, se alguém perguntasse, você saberia responder. Mas, em certos momentos, a gente de repente sabe que vai morrer. De repente a gente percebe que vai morrer um dia, e diz "Meu Deus, esse é o fato mais importante da minha vida, e eu quase esqueci".

— E daí? — perguntei. — O que isso tem a ver? Não, eu não penso na morte a cada momento do dia, mas é porque quero esquecer. Não dá para continuar a vida se a gente não esquece da morte. Mas não é assim que eu me sinto em relação a você.

— Mas mesmo assim. O jeito que você sente é assim, não é? Descontínuo. — Ela me deu as costas de novo.

Passei as mãos no rosto, esfregando a pele, tentando sentir a resistência sob ela. Nunca havíamos brigado assim antes, e parecia que eu estava tentando nadar no Mar Morto.

— Lexy, por que você está fazendo isso? Eu amo você o tempo todo. O sentimento está sempre comigo. Mas o que você quer que eu diga? Ninguém consegue manter essa intensidade a cada minuto da vida.

Ela estava imóvel.

— Bom, eu consigo. A cada respiração, tenho consciência de que amo você.

Fiquei parado, olhando o longo contorno de suas costas.

— Por que você está dizendo isso? — perguntei.

Ela não disse nada por um instante. Depois virou-se e me olhou.

— Não sei. Desculpe. Acho que você me assustou um pouco fazendo o pedido assim, de uma hora para outra.

— Quer que eu o retire?

Ela ergueu as mãos diante do rosto e olhou as palavras que eu havia escrito.

— Não, não quero. — Suspirou. — Mas ainda não posso dizer sim. Acho que você ainda não me conhece o suficiente. E se descobrir outras coisas e mudar de idéia?

— Eu não acho isso muito provável. Mas, tudo bem, conte-me as coisas que eu ainda não sei.

— Tudo bem — disse ela, com a voz calma e impassível. — Eu me caso com você se responder à seguinte pergunta: Eu tenho alguma tatuagem?

Olhei para ela. Conhecia seu corpo todo de cor. Será que ela achava que eu havia deixado de notar alguma parte?

— Não — respondi. — Você não tem nenhuma tatuagem.

Ela abaixou a cabeça e repartiu os cabelos. Vi tinta preta em seu couro cabeludo.

— Sinto muito — disse ela.

Inclinei-me e examinei sua cabeça. Não consegui discernir o desenho.

— O que é? — perguntei.

— Cobras. Como os cabelos da Medusa.

— Uau — falei. Tentei acompanhar os traços, distinguir as escamas, as caras furiosas das cobras, mas os cabelos dela eram muito densos.

— Quando você fez isso?

— Eu tinha 17 anos. — Ela se afastou das minhas mãos, ainda em seus cabelos, e olhou para mim. — Eu tinha o hábito de arrancar o cabelo. Era um distúrbio nervoso.

Fiz um gesto afirmativo com a cabeça.

— Já ouvi falar. Deixe-me lembrar, como é o nome? — Pensei nas possíveis raízes latinas e gregas. — Tricotilomania?

Lexy me olhou fixamente e sacudiu a cabeça.

— Você sabe cada coisa absurda... — disse. — Seja como for, meus pais me levaram a uns dois médicos, eles me deram medicação, mas nada funcionou. Então, um dia, decidi raspar a cabeça e acabar com aquela história.

Pensei em Lexy adolescente, careca e desafiadora diante do mundo. Era uma idéia estranhamente tocante.

— E deu certo? — perguntei.

— Deu. Eu não tinha mais nada para arrancar.

— É mesmo.

— Continuei raspando durante mais ou menos um ano, até sentir que a minha vida estava melhorando e que era seguro deixar o cabelo crescer de novo. Fiz a tatuagem como uma espécie de talismã. É a minha força secreta. Me protege de recair naquela situação.

Estendi a mão, hesitante. Ela a segurou.

— Desculpe.

— Por quê?

— Por ter estragado seu lindo pedido. — Ela estendeu as mãos diante de si e olhou as palavras de novo. — Foi um amor.

— Tudo bem.

— Só preciso de mais tempo — disse ela. — Para acreditar que tudo isso é real.

— Não se preocupe — falei. — Eu não vou sair daqui.

E eu esperei. Esperei mais cinco meses. Até acordar certa manhã e encontrar uma única palavra escrita na palma da minha mão. *Sim.*

TREZE

Lá vai: eu não fui totalmente franco com o inspetor Anthony Stack quando ele me perguntou se Lexy alguma vez havia falado em suicídio. Na verdade, não fui nada franco. O que não significa que, nos meses anteriores à sua morte, eu tenha tido qualquer motivo para pensar que Lexy se suicidaria; pelo menos na época não vi motivos. Mas seria desonesto da minha parte não revelar a esta altura que ela havia me confessado, durante o doce e intenso período de nosso noivado, que havia pensado em se matar em alguns momentos de sua vida.

A única vez em que chegou perto do suicídio foi na adolescência, durante o ano em que arrancava os cabelos, o ano em que as cobras se instalaram em seu couro cabeludo. Seus pais estavam se divorciando e ela passava por um período difícil na escola — mas até parece que isso explica. Até parece que o tecido fino do sofrimento humano pode ser separado em fios dessa maneira. Quantas meninas naquele ano tiveram problemas na escola, com os pais, e assim mesmo nunca pensaram em pegar uma faca e encostar o metal frio no pulso? Não. A explicação não é tão simples, e outras mentes científicas além da minha precisarão se dedicar ao problema.

Mas esse fatal elixir, essa mistura de circunstância e temperamento que conduz uma pessoa ao limiar da morte e às vezes a faz recuar, corria pelas veias de Lexy como sangue. Ela caiu em depressão profunda, e o esforço de se arrastar por cada dia, o peso que ela carregava como uma pedra nas entranhas, deixava-a exausta. Ela voltava da escola, estendia-se na cama e lá ficava até a hora de sua mãe voltar do trabalho, quando tinha de levantar e tentar parecer normal. Durante aquelas tardes, deitada na cama até o anoitecer, escrevia frases nos braços e pernas, lugares que ela podia esconder com as roupas, afundando a caneta na carne. *Às vezes*, escrevia ela, *parece que eu seria capaz de chorar o dia inteiro e a noite inteira. Talvez fosse o bastante. Talvez não.* E escrevia: *Às vezes sinto que tenho um rasgo dentro de mim que cresce a cada dia.* E escrevia: *Era uma vez uma menina que simplesmente desapareceu.* Ela ria ao me contar essas coisas, brincando com sua angústia juvenil, mas eu via que eram lembranças dolorosas. Foi durante aquelas tardes na cama que ela começou a arrancar o cabelo. Queria tornar sua dor tangível, dizia, sentir algo na pele. Ao enfileirar os fios de cabelo a seu lado, sobre o lençol, vinha-lhe uma sensação de realização.

Foi na noite do baile de formatura que todos aqueles meses de infelicidade se cristalizaram num único momento de ação, e ela realmente pensou que se mataria.

Lexy tinha dois amigos íntimos na época, Brian e Sara. Brian era *gay* e Sara tinha um namorado, chamado Jon, que era um ano mais velho e estava na faculdade. Como Sara ia ao baile com Jon, era natural que Lexy e Brian fossem juntos. Nenhum deles queria perder o evento. E Sara e Lexy saíram para comprar os vestidos. Sara queria um vestido preto e *sexy*, com menos cara de baile possível. Lexy queria ficar bonita, apesar das circunstâncias. Queria um vestido de baile. Encontrou o vestido perfeito num brechó — um vestido dos anos 50, azul-claro e sem alças, com uma fileira de rosas bordadas diagonalmente, do corpete até a barra. Adorou o vestido, mas estava com vergonha de seu cabelo, das falhas que apareciam entre as poucas mechas que haviam restado. Assim, no dia do baile, ela pegou uma navalha e raspou a cabeça. Ficou satisfeita com o resultado. Gostou da sensação de passar as mãos na cabeça lisa. A imagem da menina careca com o vestido longo de cetim era no mínimo inusitada, mas ela se sentiu sedutora.

O baile não foi como ela imaginava. As pessoas olhavam para sua cabeça recém-raspada com ostensivo desprezo, e ela se sentiu sozinha dançando com Brian, por mais que ele fosse seu amigo. Queria ser como as meninas que estavam com os namorados, belos em seus ternos, namorados que acariciavam-lhes os ombros nus e sussurravam-lhes no ouvido o que fariam com elas depois. Ela sequer gostava daqueles meninos; não conseguia se imaginar ficando com nenhum deles, mas queria alguém que também a quisesse. Imaginou dançar com um menino que ficasse excitado com o contato de seu corpo, que fechasse os olhos e pousasse os lábios em sua testa. Queria a magia do romance, de se sentir adulta, e não seu desajeitado amigo Brian, cujas mãos a seguravam com leveza e insegurança e cujo olhar não parava de fugir em direção a Michael Patterson, por quem ele havia passado o ano apaixonado. Invejava Sara, sofisticada com seu vestido preto e olhos maquiados, consciente de que trocaria beijos e outras carícias com alguém no final da noite. Depois, os quatro foram para um Holiday Inn e conseguiram dois quartos onde passar a noite — a mãe de Lexy havia até concordado em pagar a parte da filha, sabendo que nada aconteceria entre ela e Brian — e encher a cara. Até que Sara e Jon começaram a se agarrar e foram para o próprio quarto, deixando Lexy e Brian sozinhos.

— Lá se foi o grande baile... — disse Lexy a Brian, pegando a garrafa de vodca que haviam conseguido e servindo um pouco em seu copo de suco de laranja.

— É — disse Brian. — Foi meio decepcionante.

— Michael estava bonito — disse Lexy. Brian baixou a cabeça e olhou para o copo. Ainda ficava constrangido em falar nesse assunto, por mais apoio que Lexy tivesse tentado lhe dar.

— Estava. Você acha que ele e Bethany estão transando agora?

— Provavelmente — disse Lexy. — Todos devem estar transando agora, fora nós dois.

— É. — Ele se deitou na cama e fechou os olhos. — Todos, fora a menina careca e o homossexual.

— O que você faria se Michael estivesse aqui agora? — perguntou Lexy.

— Nada, provavelmente. Não abriria a boca, como sempre, com medo de falar com ele.

— Você já está bêbado? — perguntou ela.

— Muito bêbado.

— Então vamos fingir que eu sou o Michael.

Ele continuou com os olhos fechados.

— Não é possível ficar tão bêbado assim.

Ela virou o resto de seu copo.

— Claro que é — disse ela. —Vamos. Vou apagar a luz.

Ela se deitou ao lado de Brian na cama e beijou seu pescoço.

— Lexy — disse ele.

— Quieto — disse ela. Mordeu levemente a ponta de sua orelha. — Pense em Michael.

Começou a tocá-lo, murmurando em seu ouvido as coisas que Michael faria.

— Ele quis fazer isto com você o ano todo — sussurrou ela. — Finalmente ele está aqui, com você. Pense que Michael está fazendo isto com você. Shhh — dizia ela, enquanto sentia o corpo de Brian reagindo a seu toque. — Faça de conta que sou o Michael.

Depois, Brian estendeu a mão e apertou seu ombro no escuro.

— Obrigado, Lexy — disse ele. — Foi legal.

Ela esperou alguns minutos até ter certeza de que ele dormia. Então entrou no banheiro, fechou a porta, apoiou a cabeça nas mãos e chorou. Andou de um lado para outro do pequeno banheiro, com os soluços ficando cada vez mais altos e convulsivos, até que finalmente se sentou na beira da banheira e mergulhou o rosto numa toalha para que Brian não a ouvisse. E foi quando estava sentada na estreita borda de porcelana, com o rosto enterrado no tecido áspero, que lhe ocorreu que poderia se matar, e sentiu-se invadida por uma súbita calma. Eu posso me matar, pensou ela, e a idéia lhe pareceu ter uma linda simplicidade.

Levantou-se e voltou a andar pelo banheiro, mas não chorava mais. Uma clareza de propósito a invadia e animava. Eu vou me matar, pensava ela, e tudo estará terminado. Mas como? Olhou ao redor em busca de uma idéia. Brian havia deixado uma *nécessaire* perto da pia, e ela pensou em desmontar seu aparelho de barbear, mas a lâmina pareceu-lhe pequena e cega para a tarefa. Nada mais no banheiro parecia promissor — era um quarto de hotel, afinal, e não havia frascos de remédios de tarja preta no armário, nem uma cozinha com gavetas cheias de facas variadas, nenhum dos mortais objetos cotidianos com os quais as pessoas costumam se cercar.

Então ela viu os copos pousados no balcão, cada um com uma capa de papel branco como comprovante de limpeza. Pegou um deles e o jogou sobre o piso de cerâmica. O vidro se espatifou com estrondo, e por um momento ela temeu que Brian acordasse; mas, como não ouviu nenhum som vindo do quarto, abaixou-se e pegou um grande caco pontudo. Debruçou-se sobre a pia e olhou para o espelho, vendo-se à estranha e brutal luz do banheiro — uma menina careca com olhos inchados e rímel escorrendo pelo rosto. E não hesitou. Enfiou a ponta do caco no pulso.

Mas não foi muito além — assim que as primeiras gotas de sangue mancharam o fundo da pia, ela sentiu medo e afastou o pedaço de vidro. Pôs o pulso embaixo da torneira e pressionou uma toalha no corte até que o sangramento parasse. Depois, recolheu o copo quebrado do chão da melhor forma que pôde e abriu a porta do banheiro. Brian roncava baixinho em cima dos lençóis, com o zíper da calça ainda aberto. Lexy deitou-se ao seu lado protegendo o braço machucado sob o corpo, e chorou ao pensar no que havia feito.

Ninguém nunca soube. O corte em seu pulso mostrou-se imperceptível à luz do dia — ela ficou surpresa ao constatá-lo. Dois dias depois do baile, saiu sozinha e procurou um tatuador. Mostrou o couro cabeludo ao proprietário do lugar — um homem grandalhão chamado Goldie — e pediu-lhe que o cobrisse com cobras. Usou mangas compridas até o corte no pulso cicatrizar completamente, e seus pais acharam que nada pior do que ter cobras no lugar de cabelos poderia acontecer à sua filha. Poucos meses depois, Lexy foi para a faculdade e, aos poucos, o peso que havia habitado seu corpo durante tanto tempo começou a ceder. Mas aquela noite no banheiro tornou-se parte dela. Cada momento de seus dias passou a ter o sabor da lição que ela havia aprendido.

O suicídio é uma questão de momento, disse-me Lexy. Foi assim que ela o descreveu. É um momento apenas, e não importa se tem gente que nos ama, se o sol brilha ou se no fim de semana vai estrear um filme que estamos loucos para ver. De repente nos vem a certeza de que nada nunca vai dar certo, nunca, e nós nos colocamos o seguinte desafio: Então é assim? Começamos a pensar que sempre soubemos que esse dia chegaria, mas só não sabemos se esse dia é hoje. E, se pensarmos demais, acaba não sendo. Mas nós nos colocamos o desafio. Pegamos uma faca e a pressionamos delicadamente contra a pele, olhamos pela janela do 19º andar e pensamos: posso acabar com tudo. Eu posso. E, na maioria das vezes, a altura nos dá medo, ou pensamos nas pessoas inocentes na calçada — e se houver crianças voltando da escola, e se elas tiverem de passar a vida tentando esquecer a cena terrível que estamos prestes a lhes impor? E o momento passa. Pensamos em como seria triste se nunca víssemos aquele filme, e olhamos para nossa cadela e imaginamos quem cuidaria dela se morrêssemos. E voltamos ao normal. Mas isso nunca nos sai da cabeça. Mesmo se nunca aceitarmos o desafio, sentimos uma espécie de conforto em saber que a escolha do dia é nossa. Escondemos esse segredo na mente como uma bala de limão no canto da boca, e a lembrança ardida que ela deixa, o prazer doído de passar a língua sobre sua superfície áspera é exatamente o mesmo.

Eis o que sabemos, nós que podemos falar e contar uma história: Lexy não pulou. Os ferimentos causados pela queda, os ossos fraturados e os órgãos rompidos, as manchas de sangue espalhadas a esmo pelo chão indicaram esse fato. Mas talvez — e minha garganta se contrai diante da idéia —, talvez ela tenha se deixado cair. A escolha do dia era dela, e talvez no alto da árvore, quando olhou para baixo e viu o quintal, o mundo, sua vida, estendidos diante de si, talvez ela tenha escolhido o mergulho. Talvez tenha visto diante de si uma vida a andar pela terra devastada, e tenha preferido um único instante de vôo.

CATORZE

Foi logo no início de nosso namoro que Lexy me contou como Lorelei se tornou sua cadela. Lorelei tinha uns cinco meses quando entrou na vida de Lexy. Apareceu na porta da casa um dia, durante uma súbita tempestade de verão — um filhote grande e ensangüentado sob o céu escuro e tenso. Lexy andava pela casa, fechando as janelas, quando ouviu um gemido baixo do lado de fora, seguido por um curto e insistente latido. Abriu a porta e encontrou uma cachorrinha de orelhas grandes, uma crista de pêlo nas costas e um corte na garganta que manchava seu pêlo de sangue. "Oi", disse Lexy. "Quem é você?" Inclinou-se para procurar uma coleira ou plaqueta de registro, mas não encontrou nada. "Espere aqui", disse ela, e correu para buscar uma toalha. Levou a cadela para dentro e limpou o corte com água quente e sabão. Lorelei se encolheu quando Lexy encostou o pano no machucado, mas não protestou nem tentou mordê-la. O corte não era grande, mas parecia fundo. Lexy pegou a lista telefônica de cima da geladeira e procurou um veterinário. Quando voltou da consulta, Lorelei tinha quatro pontos na garganta. O médico não sabia bem o que havia causado o ferimento. Como não havia marca de mordidas, ele não achava que houvesse acontecido durante uma briga com outro cachorro. Achou que ela podia ter se enroscado em algum arbusto espinhoso ou se ferido com um pedaço de metal cortante, embora as bordas do corte estivessem lisas. Admitiu que um ser humano podia ser o responsável pelo ferimento, mas não conseguia imaginar um motivo para tal ato.

Lexy tinha a intenção de encontrar o dono do filhote, mas aquela última possibilidade a fez hesitar. Além disso, quanto mais tempo ficava com Lorelei, mais relutava em abrir mão dela. O anúncio "Cachorrinha Perdida" que ela havia redigido para mandar para o jornal continuou sobre a mesa, num envelope, e os cartazes que havia xerocado para espalhar pelo bairro nunca foram afixados. Ficou atenta para ver se aparecia algum anúncio sobre uma *ridgeback* perdida — o médico havia identificado a raça para ela —, mas para sua alegria isso não aconteceu. A essa altura, Lorelei já dormia na cama com Lexy todas as noites, com as grandes patas de filhote contraindo-se em sonhos, e seguia a dona pela casa enquanto ela trabalhava. E foi assim que Lorelei e Lexy passaram a pertencer uma à outra.

Ultimamente, tenho estudado as vocalizações de Lorelei, os sons que ela já sabe fazer. Até agora, já isolei e cataloguei seis latidos diferentes, quatro uivos distintos, três ganidos e dois rosnados. Por exemplo, ela produz um certo som agudo e sincopado apenas para chamar minha atenção quando passou da hora de ela comer ou quando é hora de sair para passear, e ela o emite apenas depois de um prolongado período sentada aos meus pés, olhando fixamente para mim, sem obter nenhuma reação. Ela tem um rosnado suave e lento, de uma cadência quase preguiçosa, que emerge do fundo de sua garganta quando ela ouve a porta de um carro batendo na frente de casa, e que é totalmente diferente do feroz rosnado de alerta, que precede uma explosão de latidos, no caso de o dono do referido carro se atrever a subir os degraus da frente e bater na porta. Quando chego em casa depois de me ausentar, ela me recebe com sílabas curtas e alegres e, quando dou um passo em falso e sem querer piso em seu rabo, o choque e mágoa de seu ganido quase me levam às lágrimas. Aprendi a reconhecer as diferenças entre esses sons bem como o amplo espectro de emoções caninas contidas neles, da mesma forma que uma mãe aprende a entender os diferentes tons e vibrações do choro de seu bebê. Cheguei a tal ponto que, quando Lorelei produz um som, sei exatamente o que ela quer dizer.

Tenho prestado especial atenção aos sons que podem ser traduzidos para a linguagem humana, os fonemas da língua inglesa entremeados a cada latido e a cada gemido. O *r* arrastado de seu rosnado, por exemplo, e o amplo *o* de seu uivo. É um alfabeto rico em vogais e em consoantes suavemente vocalizadas. Ela é capaz de produzir o som *w* assim como um tipo de *h*, que evolui para um *ch* brusco e gutural quando ela tosse. Quando ela deita de costas e me oferece sua barriga, o relaxamento de sua língua produz às vezes algo parecido com um *l*. Os sons que lhe escapam são as consoantes mais bruscas, que exigem movimento dos lábios: não há *b*, *p* ou *v* em seu repertório. Ela nunca conseguirá dizer meu nome, isso parece claro, mas ainda ouso esperar que um dia ela possa pronunciar o seu próprio.

Li ontem que a prisão onde Wendell Hollis está acabou de criar um programa que permite que os presos com bom comportamento treinem cães para cegos como parte do processo de reabilitação. Parece improvável — pelo menos, assim espero — que o infame Assassino de Cães do Brooklyn receba permissão para participar. Mas como deve ser para Hollis, após três anos de convivência forçada com seres humanos, olhar pela estreita janela da cela e ver cachorros brincando do lado de fora?

Não sei direito o que me fascina em Hollis. Acho que sinto uma espécie de afinidade com ele. Apesar de nossas diferentes metodologias, ambos somos movidos pelo mesmo desejo. Ambos queremos, mais do que tudo, arrancar palavras de gargantas caninas. A única diferença é que eu jamais faria isso com uma faca.

Ele me deixa curioso. As circunstâncias da minha vida que me levaram a essa estranha investigação são tão complexas que não consigo imaginá-las se reproduzindo na existência de outra pessoa. No entanto, nós dois, eu e ele, acabamos no mesmo lugar.

Talvez eu lhe escreva uma carta.

QUINZE

Nosso casamento foi discreto e bonito. Lexy usou um vestido de seda branca e carregou um buquê de dálias vermelhas. Deixou que suas damas de honra escolhessem os próprios vestidos. Não usamos máscara nenhuma, exceto a de nossos próprios rostos radiantes.

Na manhã seguinte ao nosso casamento, Lexy acordou e disse:

— Tive um sonho muito estranho. Não posso esquecer de anotá-lo no meu caderno.

— Sobre o que era? — perguntei.

— Eu era uma escritora, muito famosa, mas só tinha escrito uma única frase.

— Que frase?

— "Lembro-me da minha mulher de branco." As pessoas choravam quando a ouviam. No sonho, eu nem conseguia dizê-la até o fim sem ficar com um nó na garganta.

Ela estava linda na luz da manhã, e eu a puxei para mim. Estávamos nus, exceto por nossas alianças de casamento, e eu nunca havia me sentido tão feliz.

— "Lembro-me da minha mulher de branco"? — sussurrei em seus cabelos.

— Isso. Todos achavam que era a frase mais triste jamais escrita. E pouco importava se eu nunca mais escrevesse outra palavra. Essa única frase havia acabado com a necessidade de frases futuras. Eu tinha dito tudo.

Eu via seu vestido de noiva pendurado no armário ao lado do meu terno da noite anterior. Gostava do quadro que formavam — nós dois dançando sem nossos corpos.

— Não acho uma frase triste — disse eu. — Até o fim da vida lembrarei de como você estava ontem, e essa lembrança só poderá me deixar feliz.

Ela sorriu.

— Sabe que horas são agora? — perguntou.

— Hora do café?

— Não. Hora da gente reconsumar o casamento. Não sei se a primeira vez valeu.

Passamos a lua-de-mel num cruzeiro, e Lexy enjoou durante dois dias. Durante dois dias, perambulei pelo navio sozinho, jogando cartas com os velhos e olhando para a imensidão do mar, voltando de vez em quando para ver como estava minha esposa, que jazia sem forças na cama e tentava em vão vomitar na pia do pequeno banheiro.

Na terceira manhã, Lexy sentou-se e pediu que eu lhe levasse o café da manhã. Pedi um banquete para ela — ovos, salsichas e frutas frescas, *bacon*, café e panquequinhas graciosamente dispostas no prato. Convenci o garçom a me emprestar seu paletó branco por alguns momentos para que eu servisse a refeição para minha mulher. Quando voltei, encontrei Lexy recostada nos travesseiros, os cabelos desarrumados e adoráveis contornando seu rosto. Agora, pensei, nossa vida começa.

Dei-lhe de comer na boca até ela protestar que era melhor não exagerar. Depois, ajudei-a a se vestir e levei-a para ver o que estava perdendo. Aqui estão o mar e o luminoso dia quente. Aqui estão os homens jogando cartas. Aqui estou eu com a mulher que amo, caminhando sob o sol.

DEZESSEIS

Sonhei que Lorelei falava comigo. No sonho, eu estava sentado na mesa da cozinha, comendo espaguete com almôndegas, quando Lorelei entra andando só com as patas traseiras. Ela fala, e sua voz é surpreendentemente aguda, como a de um personagem de desenho animado.

— Me dê uma almôndega — diz ela —, e eu lhe digo tudo que quer saber.

Espeto uma almôndega com a faca e a estendo. Ela dá uma lambida, agarra-a com os dentes e foge da cozinha. Dou um salto e corro atrás dela. Quando a alcanço, ela está no meu escritório, deitada em frente a uma porta que eu nunca vi antes.

— Ela está aí dentro — diz Lorelei, com a boca cheia de carne.

Abro a porta. Lá dentro, há um pequeno armário. Lexy está encolhida no chão, muito magra, usando uma camisola azul.

— Por que você demorou tanto? — pergunta ela.

Acordo com um sobressalto, o peito explodindo de alegria. Demoro um pouco para me situar, para voltar a mim e me lembrar que estou sozinho na cama e que minha mulher se foi. A decepção me percorre com dolorosa intensidade.

Sento-me e acendo a luz. Está quase amanhecendo. Lorelei dorme no chão, perto da cama.

— Lorelei — chamo. Ela ergue a cabeça. — Vem aqui, menina. Vem, vem. — Dou tapinhas na cama.

Não é uma ordem comum da minha parte, e tenho de repeti-la para que ela obedeça. Ela boceja, ergue-se, espreguiça-se, e só então pula na cama e se acomoda ao meu lado. Acaricio seu pêlo.

— Sonhei com você, cachorrinha — digo. — Quer saber como foi? — Ela dá um suspiro profundo, um de seus sons mais humanos, e fecha os olhos.

Fico deitado ao seu lado por um minuto, minha mão em sua barriga, sentindo o subir e descer de sua respiração sonolenta. Tudo que eu queria era fechar os olhos e voltar para o esconderijo de Lexy, tomá-la nos braços e levar seu corpo magro para a luz, mas, com o passar dos minutos, fica claro que não vou conseguir dormir de novo e, mesmo que conseguisse, acabaria tendo um sonho totalmente diferente. A triste verdade é que os sonhos raramente nos deixam viajar duas vezes ao mesmo lugar.

Decido dar uma volta. Levanto da cama e calço os sapatos, sem trocar a calça de moletom e a camiseta que uso para dormir. Pego as chaves e a carteira e saio para o nebuloso amanhecer.

Não me dirijo a nenhum lugar específico, mas, após alguns quarteirões, vejo um supermercado 24 horas na minha frente, um oásis de luz na paisagem escura. Penso que aquele é um destino tão bom como qualquer outro.

O supermercado é um lugar estranho às cinco da manhã. Encontro uma amostra surpreendente de pessoas —

homens que trabalharam no turno da noite e pararam para comprar cerveja e cigarros a caminho de casa, mães que saíram após uma noite em claro para comprar fraldas, aspirina infantil, picolés para aliviar dores de garganta. Vejo uma mulher com vestido preto de festa comprando uma caixa de sorvete. Vejo um sem-teto, com um carrinho cheio de produtos, examinar atentamente um vidro de corações de alcachofra marinados. Ele lê a lista de ingredientes com grande interesse e depois coloca o vidro delicadamente no carrinho. Vejo que ele escolheu vários artigos de luxo — latas de ostras defumadas, um bolo da padaria, uma lasanha congelada tamanho família. Sinto vontade de lhe dar algum dinheiro — na verdade, quero pagar tudo que ele pôs no carrinho. Mas entendo que assim eu estragaria sua fantasia, a ilusão de que ele não passa de mais um cliente, andando pelos corredores iluminados. Deixo-o na seção de condimentos, comparando duas marcas diferentes de tempero para churrasco.

Ando pelos corredores como um fantasma, minha cesta vazia. O que eu quero? Está tudo diante de mim, tudo que eu possa porventura desejar. Só preciso escolher. Lembro-me de uma ocasião, no começo de nosso namoro, em que Lexy e eu passamos a noite em claro, conversando e fazendo amor, e nos aventuramos de madrugada até aquele mesmo supermercado, para comprar pãezinhos e suco.

— Não pense nisso — digo em voz alta. — Não pense nisso.

Penso em meu sonho, em Lexy escondida no armário durante todos esses meses, esperando que eu a encontrasse. E percebo o que quero — espaguete e almôndegas.

Pego carne moída e salsa, tomates, farinha de rosca e queijo parmesão. Pago pelas compras e volto para casa sob o pálido sol da manhã.

Coloco uma música para ouvir enquanto pico a cebola e o alho, quebro os ovos, meço a farinha de rosca. Lorelei entra na cozinha assim que tiro o plástico da embalagem de carne, e senta-se no chão, observando-me com interesse. Concentro-me totalmente em cada pequena tarefa, deixando que ocupe toda a minha mente. Agora esquente o óleo na panela. Agora mergulhe as mãos na carne fria e a amasse entre os dedos.

Às sete horas, a casa já está cheia do aroma quente da refeição. Pela primeira vez em meses, parece que alguém mora ali. Faço uma grande pratada para mim e, quando acabo, dou a Lorelei três almôndegas, uma após a outra, com meu garfo. Ela as pega entre os dentes com surpreendente delicadeza. Volto para a cama e caio num sono providencial e sem sonhos.

DEZESSETE

Depois da nossa lua-de-mel, Lexy e eu fomos morar em sua casinha, a casa com a macieira no jardim, e começamos nossa vida em comum com renovado sentimento de aventura. Era setembro, uma das épocas do ano em que Lexy tinha mais trabalho — a mudança das cores na natureza, o novo frescor no ar, o Halloween se aproximando, tudo isso levava as pessoas a pensarem em magia e mascaradas, o que raramente faziam nos meses mais quentes.

Eu adorava vê-la trabalhar. Ela confeccionava as máscaras por meio de um processo de laminação em que punha camadas de pedaços de papel num molde de argila e os cobria com cola. Havia tentado outros métodos — havia usado uma pasta de papel que já vem pronta e também experimentado bater papel e cola para papel de parede no liquidificador —, mas escolheu o primeiro. Às vezes, ela deixava as máscaras secando no vento ou no sol; quase sempre usava um ventilador elétrico. Depois que secavam, ela as pintava com tintas acrílicas e as finalizava com uma camada de verniz.

Vendia as máscaras em feiras de artesanato ou de antiguidades, e pela Internet. Além disso, trabalhava ocasionalmente para companhias teatrais. Lembro-me de uma belíssima cabeça de jumento que ela fez para uma produção de *Sonho de uma Noite de Verão*. Tinha cerca de cem modelos, e estava sempre inventando outros. Recebia várias encomendas especiais. Como não estávamos longe de Washington, havia sempre pedidos de personalidades políticas, principalmente em anos de eleição, mas ela também aceitava pedidos mais inusitados — uma *pizza* de *pepperoni*, para uma feira comercial de restaurantes, e uma cabeça de vaca golpeada e ensangüentada, para uma manifestação em apoio aos direitos dos animais. Eu nunca sabia que estranha nova criatura encontraria ao voltar para casa no final do dia.

Certo dia, quando fazia um mês que estávamos casados, Lexy me recebeu na porta usando uma máscara do meu rosto. A semelhança era bastante boa — tinha um talento especial para os detalhes que compõem o rosto humano.

— Oi — ela disse com voz áspera. — Sou o Paul.

— Uau — falei, rindo. — Que incrível... E estou vendo que você teve a bondade de não incluir as rugas em torno dos meus olhos.

Ela me bateu com algo que tinha na mão, uma segunda máscara.

— Não seja bobo — disse ela com a mesma voz grave. — Meu rosto é extremamente jovem.

— E esta? — perguntei, apontando para a máscara que segurava.

Ela a levantou. Era o seu lindo rosto.

— Tome — disse, entregando-me a máscara de Lexy. — Vamos fingir que eu sou você e que você é eu.

Cobri meu rosto com o dela.

— Meu nome é Lexy — disse eu. — Meu marido é um homem maravilhoso...

— Oi, Lexy — disse ela. — Como você é gostosa.

— Eu não falo assim — objetei.

— Talvez devesse. — Ela me puxou pela mão até a sala de estar. Sentamos no sofá. — E então? Fale-me de você.

— Bom — disse eu, tentando, sem muito sucesso, imitar a voz dela. — Como você já notou, sou muito gostosa.

Ela riu.

— Viu como sai fácil?

— Além disso, sou uma artista muito talentosa, sou inteligente, engraçada e... — Olhei ao redor da sala, em busca de inspiração. — E parece até que limpei a casa hoje, o que foi superlegal da minha parte e além das minhas obrigações. Espero não estar virando uma dona de casa.

— Sabe, é engraçado você dizer isso. Foi exatamente o que você pensou enquanto limpava a casa. Mas como já tinha terminado seu trabalho e tinha algum tempo livre, achou que não tinha problema. Mas chega de você. Vamos falar de mim.

— Certo — disse eu. — Como você é?

— Vejamos. Sou um homem brilhante e excelente professor. Sou meigo, carinhoso e, às vezes, muito *sexy*, de um jeito meio atrapalhado.

— Pare — disse eu. — Você está se deixando vermelha.

— Agora, Lexy, você vai ter de levantar, abrir uma garrafa de vinho e preparar um jantar delicioso para o seu marido.

— Não — falei. —Você faz o jantar. Você insiste.

No dia seguinte, preguei dois ganchos na parede sobre o sofá e pendurei nossas máscaras. Continuam lá, as caras de Paul e Lexy, sorridentes e recém-casadas, observando tudo que eu faço. Hoje, quando tiro a máscara de Lexy do gancho, percorro todas as curvas de seu rosto com os dedos. Seu nariz, seu queixo. Os furos onde seus olhos deveriam estar. Seus lábios, para sempre rígidos e inertes, mas que um dia já beijei em cada canto desta casa.

E um outro dia — mergulho nessa lembrança como em águas quentes —, um outro dia chego em casa e vejo que Lexy pintou a cozinha enquanto eu trabalhava. Já havíamos falado algumas vezes em tornar o cômodo mais alegre, mas haviam se passado meses sem que resolvêssemos ir à loja de tintas para escolher uma cor. Naquela manhã, eu havia tomado café entre as mesmas paredes de um bege sombrio que sempre haviam estado lá. Mas, quando voltei do trabalho, encontrei minha mulher entre luminosas paredes de um amarelo solar.

— E então, o que você acha? — disse ela, sorrindo para mim quando entrei na cozinha. A noite estava fresca, mas ela havia deixado a porta dos fundos aberta para que o ar noturno levasse o cheiro de tinta fresca.

— Adorei — disse eu, olhando ao redor. — Ficou lindo. Não acredito que você fez tudo isso sozinha.

— É, deu mais trabalho que eu esperava, mas eu queria que ficasse pronto antes de você chegar.

— Está lindo. Que surpresa linda. — Inclinei-me para beijá-la. Ela estava com uma mancha de tinta amarela bem acima dos lábios.

— Tem mais uma surpresa — disse ela. — Mas você vai ter que procurar.

— Aqui na cozinha?

Ela assentiu.

Olhei ao redor, mas não consegui notar nada de diferente. Abri um armário e examinei seu conteúdo.

— Grão-de-bico — disse eu, pegando uma lata. — Que surpresa legal!

— Não é isso — disse ela, rindo.

— Estas esponjas são novas? — perguntei, pegando uma da pia.

— Relativamente. Mas também não é isso.

Examinei a cozinha lentamente, investigando armários, canecas, dentes de alho, bandejas decorativas que nunca usávamos.

— Desisto — disse eu por fim.

— Você vai acabar encontrando — disse ela.

Encontrei na manhã seguinte. Estava sentado à mesa, tomando café da manhã, quando levantei os olhos do jornal e vi, perto do alto da parede à minha frente, a palavra "você" brilhando num quadrado de luz. A palavra era quase transparente — apenas o ângulo do sol matinal a tornava visível. Continuando a olhar pela parede, vi a palavra "eu" e a palavra "amo", seguidas mais uma vez pela palavra "você". Seguindo a seqüência de palavras pelo alto da parede, vi que Lexy havia escrito "eu amo você" várias vezes, formando um friso que só podia ser visto à luz da manhã.

Lexy entrou na cozinha nesse instante e me viu olhando para cima.

— Encontrou? — perguntou.

Eu me levantei e a abracei.

— Encontrei.

— É esmalte translúcido — disse ela. — Acho que você vai conseguir ver as palavras todas as manhãs.

E consigo. No começo, logo depois que Lexy morreu, evitei a cozinha durante essas horas matinais. Quando precisava entrar lá, mantinha os olhos baixos. Não suportava erguê-los. Mas agora eu quero encontrar as palavras. Gosto de saber que estão lá, ajudam-me a enfrentar cada novo dia. Certas manhãs, demoro-me na cozinha com meu café durante uma hora ou mais, vendo o sol avançar pela parede, iluminando cada repetição da expressão até as sombras da tarde virem apagá-la.

Estão vendo, então, como Lexy gostava de brincar com as coisas da vida? Como seu talento para a brincadeira coloria tudo o que ela fazia? É alguma surpresa que eu preste atenção em tudo que ela deixou, com a sensação de que ela ainda pode estar brincando comigo?

DEZOITO

Acho que finalmente estou fazendo algum progresso com Lorelei. Acredito que esteja prestes a lhe ensinar sua primeira palavra.

Eis como acontece: Lorelei está deitada no carpete, numa poça de sol, virando-se de costas, e eu a observo do outro lado da sala. Ao se espreguiçar, ela abre um bocejo e, ao fazer isso, produz um som que se parece com *a*. Pulo da poltrona.

— Muito bem! — exclamo. Corro para a cozinha e pego a vasilha de água de Lorelei, que quase transborda enquanto volto apressado para a sala. Ela está em pé agora, excitada por minha súbita explosão de atividade. — Muito bem — repito, e coloco a vasilha na sua frente. Ela olha para mim, depois para a vasilha. Cheira a água indolentemente e depois dá uma única lambida.

— *A* — digo eu. — *A*. — Afasto a vasilha e a ponho sobre a mesa de centro. Sento-me no chão perto de Lorelei. Preciso fazê-la repetir o som.

— Role, menina — digo eu, empurrando-a de lado. Ela resiste. — Vamos, Lorelei — insisto. — Role. — Depois de algumas tentativas, consigo que ela role e fique de costas. Mas como fazê-la bocejar outra vez?

Ela me olha desconfiada. Lembro-me de uma ocasião, anos antes, quando minha irmã embalava seu filhinho. Ela olhava para o rosto do bebê enquanto abria e fechava os olhos lentamente. Achei que ela estivesse com sono.

— Está cansada? — perguntei. — Quer que eu o segure um pouco?

— Não — disse ela. — Estou tentando fazê-lo dormir. Às vezes funciona.

Para minha surpresa, depois de ver minha irmã fazendo isso durante alguns momentos, o bebê foi fechando os olhos até adormecer.

Resolvo tentar a mesma tática com Lorelei. Estendo-me no chão ao seu lado e olho para seu rosto. Deixo minhas pálpebras caírem e depois as abro de novo, fingindo fazer grande esforço. Fecho-as como se fossem feitas de chumbo. Quando as reabro, Lorelei está me olhando com os olhos bem abertos. Tento mais algumas vezes, em vão.

Tento outro método e bocejo ostensivamente.

— *A* — digo, bocejando. — *A.* — Tiro a vasilha de cima da mesa e a ponho na minha frente. — *A* — repito, e inclino-me sobre a vasilha e finjo beber. Olho de lado para Lorelei. Ela parece surpresa, se é que isso é possível para uma cadela. Vá em frente, penso. Não pense na língua de Lorelei e nos lugares onde ela a põe. Você conseguiu a atenção dela, vá até o fim. — *A* — digo novamente, e mergulho a língua na vasilha. Sinto sabor de água estagnada. Dou duas grandes lambidas e engulo. —*A, a* — faço.

Lorelei se levanta, se sacode e sai da sala, deixando-me sentado no chão em sua poça de sol, com o gosto de água de cachorro ainda na boca.

Suspirando, levanto-me e pego a vasilha para levá-la de volta à cozinha. Esvazio-a na pia — se esse pequeno exercício me ensinou alguma coisa, foi que preciso trocar a água de Lorelei com mais freqüência. E lavar a vasilha com sabão, algo que não fazia há muito tempo. Volto a encher a vasilha com água da torneira, mas, quando vou colocá-la no lugar de sempre, estaco. E se eu obrigasse Lorelei a pedir água? A idéia me causa repugnância. Uma das regras básicas dos donos de cães é nunca privá-los de água. Todos os livros sobre cães que li continham essa regra, separada do texto em negrito: Sempre deixe água limpa e fresca à disposição de seu cachorro. Mas eu não estava pensando em desidratar Lorelei. Ia simplesmente esperar que ela procurasse sua água e aproveitar para lhe ensinar a ordem *a*. Se não desse certo, eu lhe daria a água mesmo assim. Não era um desalmado. Coloco a vasilha cheia sobre o balcão da cozinha e espero Lorelei ter sede.

Enquanto isso, vou para o escritório. Pego o *laptop* e continuo minha tarefa de listar os títulos dos livros que Lexy reorganizou. Os livros na segunda prateleira estão dispostos da seguinte forma:

Eu Não o Teria Reconhecido: Onde Estão os Astros do Passado (Dela.)
Tem um Trocado? A Lingüística das Esquinas (Meu.)
Conheça Seus Cães: O Rhodesian Ridgeback (Dela, embora eu o tenha consultado bastante ultimamente.)
Não Feche os Olhos (Dela. Lexy tinha um fraco por histórias de terror.)
Moças de Cinza (Meu. Coletânea de entrevistas com mulheres que estiveram na platéia do programa de TV de Ed Sullivan na primeira aparição dos Beatles.)

A Fortuna nas Vendas por Catálogo (Meu. O autor era o avô de uma namorada minha na faculdade. Descreve como ele fundou uma empresa de vendas por catálogo, ganhou uma fortuna e ainda jogava golfe todas as tardes.)

Cozinhando para Duas Pessoas (Nosso. Presente de casamento.)

Eram Duas Pedras Azuis e Outras Fábulas de Esopo (Dela.)

Entradas Frias e Outras Receitas Rápidas (Dela, mas eu o usei bastante. Contém algumas receitas surpreendentemente boas, embora não tão rápidas assim.)

Ao escrever o último título, ouço Lorelei andando pelo corredor a caminho da cozinha. Levanto-me e a sigo. Vejo que está cheirando o canto onde coloco suas vasilhas. Lambe a tigela de comida, encontrando, talvez, alguma partícula microscópica que sobrou do café da manhã. Depois cheira o lugar onde sua vasilha de água deveria estar.

— *A*, Lorelei? — digo. — Você quer *a*? — Ela olha para mim e balança minimamente a cauda.

— Diga *a*, Lorelei. — Massageio as dobras de seu pescoço. Ela solta um gemido impaciente. O som está mais para *mmnnnn* do que para *a*, mas já é um progresso.

— Muito bem — digo. — Agora diga *a*.

Ela me dá as costas e começa a farejar o local das tigelas, como se uma vasilha de água pudesse ter surgido enquanto ela não estava olhando.

Talvez ela precise ficar com mais sede para que o exercício dê certo. Decido aumentar minhas chances. Pego um saco de batatas fritas do armário da cozinha e lhe dou uma e depois outra. O som de sua mastigação toma conta do ambiente. Quando ela termina, abro a torneira. Ela olha com expectativa em direção ao som de água corrente.

— *A*, Lorelei — digo. — *A, a.*

Fico esperando. Lorelei me olha por um instante, depois se vira e sai da cozinha. Começo a segui-la, mas, quando chego ao meio do corredor, ouço o inconfundível som de lambidas na água. Com o coração pesado, entro no banheiro. Lá está Lorelei, com a cabeça dentro do vaso, saciando a sede com vontade.

DEZENOVE

Durante o primeiro inverno de nosso casamento, Lexy e eu travamos uma batalha íntima.

Eu queria um filho. Um bebê com meus traços e os dela. Imaginava Lexy grávida, guardando nosso filho dentro dela, acalentando-o com seu sangue e seus ossos aonde quer que fosse. Imaginei-me andando pelas ruas cobertas de folhas, empurrando o carrinho do meu filho ou filha — ou ambos! A ocorrência de gêmeos não é rara em minha família —, contando-lhe histórias sobre o bairro. "Olhe", eu diria. "As folhas estão mudando de cor. Olhe, lá vai a Sra. Singh e seu carro vermelho." Meu filho deitado de costas, fitando o céu. Eu quase podia ver os cachos macios de seu cabelo. Eu queria muito. Queria estender um cobertor na grama, quando o tempo esquentasse, e colocar meu filho sobre ele, para que pudesse alcançar a grama e as minhocas que se contorciam. Queria tirar a minhoca de seus dedos gorduchos antes que ele a pusesse na boca. Queria levantá-lo sobre a cabeça e ouvir seu riso. Queria dançar com ele pelo quarto quando estivesse manhoso e não conseguisse dormir.

Estávamos num restaurante quando toquei no assunto pela primeira vez. Na mesa ao lado, havia um casal com um bebê, um menino de uns oito meses. Eu estava encantado com a cena, o pai e a mãe se revezando para distrair o bebê com uma sucessão de brinquedos retirados um a um de uma volumosa sacola, dando-lhe salgadinhos para comer, oferecendo-lhe uma mamadeira com suco. De vez em quando, o bebê emitia uma série de sílabas sem sentido, e o som alegre tomava conta do restaurante.

A certa altura, a mãe deu ao bebê uma colherada do arroz integral que havia em seu prato.

— Olhe — disse ela ao marido enquanto o bebê engolia. — O primeiro arroz integral da vida dele.

Lexy sorriu para mim.

— "O primeiro arroz integral" — disse ela em voz baixa. — Se um dia eu tiver um filho, vai ser "Olhe, o primeiro Big Mac".

Eu ri.

— O primeiro salgadinho de milho mexicano. Isso não era um quadro de Norman Rockwell?

— Ou um daqueles bonequinhos Momentos Inesquecíveis. O primeiro bolinho doce.

— A primeira batata frita.

— O primeiro refrigerante.

— Um amigo da faculdade me contou que sua mãe colocava Coca-Cola em sua mamadeira.

— Uau. Nada como um bebê movido a cafeína.

Fiz uma pausa para comer minha salada.

— Mas, e então? — disse eu. — Você pensa nisso às vezes?

— Em quê? Em bebês movidos a cafeína?

— Não. Só em bebês.

— Claro que sim — disse ela. — Mas acho que é melhor não. — Ela me olhou para ver minha reação.

— Por que não? — perguntei. — Não gosta de crianças?

— Adoro. Só não sei se devo ter uma.

— Que frase estranha — falei. — Você não disse "Não sei se *quero* ter uma" ou "Não sei se eu *gostaria* de ter uma". Disse, "Não sei se *devo* ter uma". Como assim?

— Pronto, começou — disse Lexy, revirando os olhos. — São os riscos de jantar com um lingüista.

— Não, sério — falei. — Fiquei curioso. Por que você não sabe se deve ter um filho?

Ela sondou meu rosto durante um longo minuto antes de responder.

— Não sei se é justo dar a uma criança uma mãe como eu. E não vou mais falar sobre isso.

Olhei para ela, atônito.

— Está falando sério? Meu Deus, Lexy, você daria uma mãe maravilhosa. É afetuosa, generosa...

Ela ergueu a mão para que eu me calasse.

— Não — disse ela. — Pare. Não quero mais falar sobre isso, certo?

— Mas, Lexy, eu não acredito que você pense uma coisa dessa.

Ela fez menção de se levantar.

— Vou ao banheiro. E, quando eu voltar, vamos falar de outro assunto.

Ela começou a se levantar, mas parou.

— Você sabe que eu nunca daria aquelas coisas para um bebê comer, não é?

— Viu? — disse eu, sorrindo. — É o instinto materno falando.

Não falamos mais sobre isso naquela noite. Mas a conversa não havia terminado. Peguei-me pensando no assunto quase que constantemente nas semanas seguintes. Na época, eu tinha uma aluna de pós-graduação, chamada Angélica Raza, que estava grávida do primeiro filho. Um dia, ela e eu chegamos cedo para a aula e, depois de trocarmos algumas amabilidades, decidi lhe fazer algumas perguntas.

— E então? — perguntei. — Você sempre quis ter filhos?

Ela pensou um pouco.

— É, acho que sempre — disse ela. — Foi um pouco mais difícil convencer meu marido, mas ele acabou concordando. É óbvio — acrescentou, colocando as mãos no ventre arredondado.

— Como você o convenceu?

— Basicamente, tentei não pressionar. Ele é do tipo cauteloso, e gosta de tomar decisões com calma. Demorou sete anos para decidir se casar comigo. E a gente estava morando junto havia cinco.

— Nossa — falei.

— Nem me fale — disse ela, rindo. — Eu sabia que ele acabaria decidindo que queria filhos, mas eu tinha medo de estar com 80 anos quando isso acontecesse.

— Mas você não o pressionou?

— Não. Uma lição que aprendi é que John não reage bem à pressão. Por isso, deixei o clima leve. Fazia comentários sobre pessoas conhecidas que iam ter filhos e brincava com isso. Durante algum tempo, brincamos de inventar os nomes de criança mais absurdos do mundo. Acho que o vencedor foi um de menina, Tabula. Entendeu? Tabula Raza.

Eu ri.

— E então, um dia — continuou ela —, ele se virou para mim, sem mais nem menos, acho que estávamos assistindo a um filme de ação ou algo assim, e disse: "Vamos ter um filho."

— Sensacional — falei.

— É, e agora ele mal pode esperar. Já leu mais livros sobre bebês do que eu.

Nessa hora, outros alunos chegaram, e a conversa tomou outro rumo. Mas à noite, quando cheguei em casa, decidi experimentar o método de Angélica.

Comecei contando a Lexy a brincadeira de Angélica, de batizar uma menina de Tabula. Ela sorriu e disse:

— Vocês, lingüistas... Sempre inventando piadas.

— Depois disso, fiquei pensando se há algum nome que não combine com os nossos sobrenomes, mas não me ocorreu nenhum em relação a Iverson. Mas acho que Ivan Iverson ficaria horrível.

— Nem tanto quanto Caspa Iverson — disse Lexy. — Seja qual for o sobrenome, se você chamar uma criança de Caspa, vai lhe dar de presente uma vida de tormentos.

Dei uma risada, talvez um pouco forte demais.

Lexy olhou para mim. De repente, estava com uma expressão séria no rosto.

— Querido, eu sei o que você está fazendo — disse ela. — E acho que não vai dar certo.

— Não? — Segurei a mão dela. — Olha, Lexy, não quero pressionar você, mas não acha possível mudar de idéia?

— Bom, tudo é possível, mas acho que não. — Ela desviou os olhos. — A gente deveria ter falado sobre isso antes de se casar — disse ela, como se fosse uma pergunta. — Poderia ter mudado as coisas. — Sua voz soou frágil de repente, como a de uma menininha.

— Não, claro que não. Nada teria me impedido de me casar com você — falei. Ela abriu um sorriso hesitante. — Não vou dizer que não estou decepcionado, e espero que você repense a questão, mas estou nessa com você até o fim. Seja como for.

E foi assim que aceitei uma vida sem filhos. Aceitei que seríamos apenas nós dois neste mundo oscilante. Como seriam nossos dias, perguntava-me eu, com tanto espaço neles, o espaço que deveria ser de um filho, o espaço em que um filho andaria entre nós, de mãos dadas conosco? Não, pensei com decisão. Nossos dias seriam preenchidos apenas por nós dois. Andaríamos pelos dias juntos, e a sombra que lançaríamos no chão seria longa, a sombra de dois adultos andando juntos, e não o famoso H representando um adulto, uma criança e outro adulto andando de mãos dadas. Teríamos uma vida gostosa e tranqüila, imune aos gritos de crianças brincando, ao caos diário de cortes e arranhões e brigas na hora de dividir os brinquedos. Ainda haveria nós dois, e o céu claro do nosso amor. Eu podia fazer isso por ela. Não era tão difícil assim. Teríamos maus momentos, mas que diferença isso fazia para mim? Os ramos do meu amor eram largos, e absorveriam a chuva e a neve. Viveríamos bem, nós dois juntos. Viveríamos bem.

VINTE

Quando eu era criança, minha mãe, que não resistia a uma hipérbole, dizia que, se o mundo acabasse, seu último pensamento seria dirigido a mim — ela gritaria meu nome aos céus quando a crosta da terra se rompesse e o chão lhe faltasse. Só hoje, quando me surpreendo ao ver que envelheço a cada dia, só hoje começo a achar que minha mãe não estava apenas fazendo drama. Acho que todos levamos conosco um nome, cuja importância não ficará clara até o pronunciarmos nesses momentos finais. E acredito que não será — talvez nem no caso da minha mãe — o nome que esperávamos.

Tudo isso para dizer: estou com 43 anos, e pode ser que eu viva mais 40. O que fazer com esses anos? Como preenchê-los sem Lexy? Quando eu contar a história da minha vida, haverá uma linha, manchada e amarelada pelos anos, a partir da qual ela deixará de ser. Se eu ganhar na loteria, se eu for pai, se eu perder uma perna, será depois do período em que ela me conheceu. "Quando eu for para o Céu", dizia minha avó, que enviuvou aos 39 anos, "seu avô nem vai me reconhecer."

Ultimamente, tenho tido dificuldade para dormir. A hora de deitar é a mais complicada. Durante o dia, vou de uma tarefa a outra, sem pensar nas zonas sombrias da minha vida — a morte de Lexy, minha dor e meu estranho modo de reagir a essas circunstâncias, que me tornou uma piada na minha área de atuação profissional. Sou capaz de passar o dia inteiro sem pensar nisso, até me deitar. Então, intermináveis horas estendem-se à minha frente, sem nada a fazer a não ser pensar. Já tentei me levantar e tocar minha pesquisa, mas Lorelei deixou claro que não vai cooperar entre as oito da noite e as seis da manhã. Cães dormem muito. Uma lição que aprendi nos meus dois meses de pesquisa é que a coisa que os cães mais fazem é dormir.

E foi assim que, naquela noite, quatro meses depois da morte de minha mulher, eu me peguei sentado no escuro, assistindo ao programa de uma vidente que atendia por telefone.

Nunca dei muito crédito a misticismos, embora, na infância, tenha sentido uma curiosidade natural por histórias de fantasmas, pela brincadeira do copo e coisas assim. De fato, a brincadeira do copo se tornou famosa na minha família — certa vez, quando minha irmã e eu éramos pequenos, o copo lhe disse que ela se casaria com um homem cujas iniciais eram PJM. E ela se casou mesmo. O primeiro marido da minha irmã, com quem ela ficou casada por apenas oito meses, logo depois da faculdade, chamava-se Peter James Marsh. Hoje, feliz e casada há quase 15 anos com um homem cujas iniciais são LRS, a única coisa que ela diz sobre o primeiro casamento é que deveria saber que não daria certo casar com alguém só por causa de suas iniciais.

Mas, depois de adulto, sempre fui um cético. Não acredito em poderes extra-sensoriais, óvnis, vidas passadas, mundos paralelos ou espíritos que voltam para assombrar os vivos. Não acredito em nada que não possa ver ou tocar. No entanto, algo naquela mulher do programa me intrigou, e eu não conseguia mudar de canal. Suponho que todos sejam céticos até terem um motivo para começar a acreditar.

Seu nome é *lady* Arabelle. Tudo nela é clichê — os lenços coloridos amarrados na cabeça, os colares dourados no pescoço —, mas ela tem um jeito tão sincero que nós nos esquecemos de tudo isso. Ela exala um calor humano que nos atrai imediatamente. Dá vontade de acreditar no que ela diz. Ela chama de "querido" e "meu bem" as pessoas que telefonam, e de um modo que soa autêntico. Há nela algo nitidamente maternal. Se ela me chamasse de "meu bem", acho que eu teria vontade de chorar.

— Encoste-o na parede, meu bem — diz ela a uma mulher ao telefone. — Veja se ele se divorciou mesmo. Acho que ele não está sendo honesto com você, que está escondendo alguma coisa. Pediu para você não ligar para a casa dele?

— Ele me disse que não gosta muito do amigo com quem divide o apartamento e não fica muito em casa. Disse para eu bipá-lo.

— Não tem amigo nenhum, querida. É a mulher dele.

Um número de telefone apareceu na tela, e a voz em *off* disse:

— *Lady* Arabelle conhece todos os seus segredos. Ela responderá perguntas sobre seu futuro e sobre seu passado.

Interessante... Perguntas sobre o passado. Preguiçosamente, imaginei a conversa que se daria se eu ligasse para o telefone na tela. "Vejo uma grande cadela. Ela tem algo para lhe dizer."

Outra pessoa ligou, um homem dessa vez.

— Sinto muito, meu bem — *lady* Arabelle lhe diz. — Mas o filho não é seu.

— Não?

— Não, querido. Diga-me uma coisa, ela viajou há alguns meses, talvez a trabalho? Foi para uma cidade no Leste?

— Sim — diz o homem, com voz apagada. — Foi para Boston em junho.

— Então, foi quando aconteceu. Converse com ela. Pergunte se ela encontrou um antigo namorado em Boston e veja o que ela tem a dizer.

Pensei naquele homem, cujo casamento podia acabar devido ao que uma desconhecida lhe dissera ao telefone. Seria verdadeira a situação que ela havia descrito? Imaginei os conflitos que se seguiriam àquela conversa.

Outra voz em *off*, detalhes sobre o preço da ligação. Senti-me tentado a anotar o telefone. Depois, *lady* Arabelle voltou, falando com outra mulher.

— Você está me escondendo alguma coisa — diz ela. — Algo a deixou empolgada. Algo que achou no casaco dele?

— Isso mesmo — diz a mulher. — Encontrei um anel. Acho que vai me pedir em casamento.

— Vou lhe dizer uma coisa, meu bem. O anel é para outra pessoa. Não é para você.

São os detalhes específicos que eliminam as dúvidas. A cidade no Leste, o anel escondido. Ela é muito convincente. Mas o desespero dos que a procuram, a confiança que depositam naquela mulher, que, por mais sincera que pareça, nada sabe da vida deles, me incomoda. Levanto-me, pronto para desligar a TV — já estou com o controle na mão —, mas o que ouço a seguir fez meu coração parar.

Porque a voz que ouço a seguir é a voz de Lexy.

VINTE E UM

É ela. É ela. Eu conheço aquela voz como o pulsar do sangue em minhas veias. A voz de Lexy, como uma volta ao lar. A voz de Lexy, vibrando no ar uma vez mais.

— Estou perdida — diz ela, e minhas pernas amolecem. — Não sei o que fazer — diz ela, e eu gemo como um animal ferido.

Minhas mãos tremem. Estou tonto. Meu coração bate tão forte que parece prestes a romper. Pego o controle, que havia derrubado, e aumento o volume o máximo possível. *Lady* Arabelle, com uma voz acariciante, responde.

— Escute, querida — diz ela, tão alto que o som reverbera dentro de mim. — Você tem mais força do que pensa.

Espero o resto, espero Lexy voltar e dizer mais alguma coisa, mas acabou. O *voice-over* volta, com mais tarifas e números de telefone.

A voz de Lexy se foi mais uma vez. Cubro o rosto com as mãos e me entrego à onda de emoção que sacode meu corpo. O aperto em meu peito se converte num som abismal, como um uivo. Ajoelho-me no chão, à meia-luz da televisão, e solto um lamento tão alto que seria capaz de acordar os mortos.

Sinto uma pressão molhada no dorso da mão. Quando levanto os olhos, Lorelei está me olhando fixamente.

— Lorelei — digo, minha voz trêmula e rouca. — Você ouviu, menina? — Ela lambe meu rosto. Eu a pego nos braços e a ponho no colo, com todo seu volume denso e pesado. Encosto o rosto no calor áspero de seu pescoço, no espesso couro de sua coleira. Estou soluçando agora, e seu pêlo vai ficando úmido contra o meu rosto.

— Você ouviu, Lorelei? — pergunto. — Era ela, era ela, era ela...

Mais tarde, depois de me controlar o bastante para parar de tremer e acalmar minha respiração, pego um pedaço de papel e escrevo o número que vi na tela. Olho fixamente para o número, com a cabeça latejando. O que significa aquilo? Por um minuto insano, imagino Lexy viva, sentada em algum lugar, pressionando o fone contra o ouvido. Mas não. Com a mesma rapidez, revejo tudo, Lexy deitada no caixão, o corpo estranho e imóvel. Quem pode saber há quanto tempo ela fez aquela ligação? Pode ter sido meses antes de sua morte. Anos. Pela primeira vez, pensei nas palavras de Lexy. "Estou perdida. Não sei o que fazer." Que tipo de problema ela enfrentava? E onde estava eu enquanto isso? Ocorreu-me que o telefonema devia ter sido maior. Eu tinha de falar com aquela mulher. Precisava ouvir o resto da história. Mas será que ela se lembraria de Lexy? Ela falava com cem pessoas por dia. E todos os problemas eram parecidos. Nenhum tormento ou segredo do mundo era novidade. E ela dava a todos o mesmo conselho, *Siga seu coração* ou *Você sabe o que precisa fazer.* Não havia mistério. As pessoas que ligam já sabem a resposta. Só precisam ouvi-la de alguém.

Levanto-me e ando até o escritório. Pela primeira vez, fico contente por nunca jogar nada fora. Na gaveta da mesa, encontro uma pasta pesada cheia de contas antigas, e começo a examiná-la. Está tudo fora de ordem. Depois de pagar as contas, eu simplesmente as enfio lá. Uma conta de água de três anos está ao lado da fatura do cartão que paguei semana passada. Examino tudo, separando as contas de telefone e atirando o resto no chão.

Demoro uma hora para encontrar. Uma chamada para o número de telefone que eu tinha acabado de anotar. Feita às 23h23. Quarenta e seis minutos. Que noite desesperada havia sido essa? Enquanto eu dormia, Lexy havia ido até o mesmo cômodo onde eu estava e telefonado para uma vidente da televisão. "Estou perdida", disse ela, enquanto eu dormia. Depois foi para o quarto e se deitou ao meu lado. Ela estava perdida, e eu nem imaginava. Deitou-se ao meu lado, perdida e assustada.

A ligação havia custado 229 dólares e 54 *cents*. Como eu não havia reparado naquilo? Sou um pouco desligado em relação a essas coisas — já demorei seis meses para notar que debitavam na minha conta a mensalidade de uma academia de ginástica que eu não freqüentava —, mas uma ligação de mais de 200 dólares? Então vi a data: 23 de outubro do ano passado. A véspera da morte de Lexy. Claro, eu havia pago as contas daquele mês em meio a uma névoa.

Lorelei entra no escritório e uiva, pedindo para sair. Está tarde, ela já deu seu passeio noturno há horas, e ainda faltam horas para o amanhecer. É uma noite estranha para nós dois. Sigo-a até a porta do quintal e a deixo sair. Ela fareja ao redor do tronco da macieira. Será que o cheiro de Lexy ainda está lá, embrenhado na terra úmida? Era estranho que Lorelei não tivesse reagido à voz de Lexy na televisão. Ela dormiu o tempo todo, acordando apenas quando me ouviu chorar. Como podia não ter ouvido, com sua aguçada audição canina? Já teria se esquecido da voz de sua dona naquele curto intervalo de tempo? Ou o efeito de filtragem da gravação, os metálicos alto-falantes do aparelho de tevê, seriam capazes de reduzir até mesmo a voz mais amada a ruído de fundo? Eu já havia reparado que Lorelei não reagia a vozes familiares na secretária eletrônica. Mas, e a campainha? Sempre que ouvia uma campainha na televisão, ela corria até a porta, latindo. E nossa campainha nunca funcionou desde que mudei para cá.

Depois que voltamos para dentro, vou até a sala e pego o telefone. Disco o número que anotei. Toca uma vez e alguém atende. Ouço uma música metálica, misteriosa, e depois uma voz gravada. "Você ligou para Serviços Paranormais, seu passaporte para aventuras espirituais. Só atendemos maiores de 18 anos. Para cada minuto serão cobrados quatro dólares e 99 *cents*. O propósito de nosso serviço é apenas de entretenimento. Um conselheiro espiritual já falará com você. Aguarde."

O ramal toca, e uma mulher atende. Pela voz, devia ser jovem e natural do Meio-oeste.

— Obrigada por ligar para os Serviços Paranormais. Meu nome é Caitlin, ramal 79642. Hoje verei sua sorte no tarô. Preciso de seu nome, data de nascimento e endereço.

— Hã, na verdade, eu não liguei para isso — disse eu. — Quero falar com *lady* Arabelle.

— Ela não pode atender agora. O que posso fazer para ajudá-lo?

— Então deixe-me esperando na linha. Preciso muito falar diretamente com *lady* Arabelle. Estou disposto a esperar até ela poder atender.

— Não, infelizmente, ela não está. Diga-me, você é de Peixes? Estou sentindo uma vibração...

— Posso deixar um recado para ela? Ou então, diga-me quando ela estará e voltarei a ligar.

— Infelizmente, não será possível. Mas garanto-lhe que sou uma vidente profissional e será um prazer ajudá-lo. Sinto que teve um problema em sua vida recentemente...

— Ouça — interrompi. — É muito importante. Uma questão de vida ou morte. — E era, de certa forma. — Você precisa me dizer como posso encontrar *lady* Arabelle. Sei que não pode me dar o telefone da casa dela, mas se eu explicar por que preciso falar com ela...

Caitlin suspirou.

— Sinto muito, mas eu não tenho idéia de como encontrá-la. — Ela abandonou o tom etéreo que vinha tentando imprimir à voz.

— Como assim? Ela existe, não é? Acabei de vê-la na televisão.

— Bom, claro que existe. Mas é que centenas de videntes trabalham na emissora. Quando as pessoas ligam, caem com quem estiver livre. Não podem escolher com quem falar.

— Mesmo assim, vocês trabalham juntas. Deve haver um jeito de deixar um recado ou algo assim.

— Não, não é assim que funciona. Agora mesmo, por exemplo, eu estou falando do meu apartamento em Dayton, Ohio. E essa *lady* Arabelle, de quem eu nunca ouvi falar, pode estar na Califórnia ou no Texas ou em qualquer lugar. Não estamos todos sentados numa grande sala mediúnica, olhando em bolas de cristal. Nem trabalhamos para as mesmas companhias. Existem centenas de pequenas companhias, todas filiadas a uma outra companhia, que tem um grande computador central, acho que na Flórida, e, quando alguém liga, o computador verifica quem está conectado, e o telefone toca aqui na minha sala, e eu atendo. Você pode ligar cem vezes e nunca pegar a mesma pessoa.

— Entendi — digo, sentindo-me diminuído. — Mas deve haver algum responsável, para quem eu possa ligar. Talvez a pessoa que cuida desse computador na Flórida.

— Se há, eu não conheço. — Sua voz se abranda um pouco. — Mas, se você me falar dessa situação de vida ou morte, talvez eu possa ajudar você a encontrar respostas. Vamos, meu bem, diga em que dia você nasceu.

É o "meu bem" que me convence. Mesmo pronunciadas com aquela voz fina e jovem, as palavras me causam um aperto no coração. Será que eu preciso tanto assim de bondade e afeto?

— Vinte de setembro — digo, e aperto o fone contra o ouvido, pronto para ouvir o que ela tem a me dizer.

VINTE E DOIS

Quando eu era criança, um dos meus passatempos preferidos em longas viagens de carro e tardes chuvosas era escrever uma palavra, qualquer palavra, no alto de uma folha, e listar todas as palavras que podiam ser formadas com suas letras. O propósito não era tanto contar o número de palavras encontradas, mas sim ver o que elas revelavam sobre a palavra originária. Era como mágica para mim, como desvendar um código secreto. A palavra *família* pode conter *alma* e *fim*, tudo o que nos precede e nos espera.

Eu gostava das imagens surpreendentes que esse jogo criava, e que muitas vezes eram tão acertadas. Ao decompor a palavra *papai,* eu formava a palavra *pipa*, que descrevia tão bem meu próprio pai, sempre no alto, nos puxando. E, ao decompor a palavra *mamãe*, eu via *mame*, a atitude protetora e generosa da minha mãe.

Agora me vejo jogando o mesmo jogo, escrevendo nomes e vendo o que podem me revelar. Dentro de *Lorelei* encontramos *role*, um verbo bem canino, uma coisa que ela faz muito bem. Mas também podemos ver que ela traz em si a palavra inglesa *lore*, de *folclore*, histórias para contar.

Fragmentando Lexy Ransome encontramos *sexy* e *lar*. Viu como funciona? Não é preciso pensar. Mais um *r* e formaria *remorso*.

Meu nome, Paul Iverson, contém uma profusão de palavras. Muitas (o que é desconcertante) estão ligadas à anatomia. Sou composto de *poros*, *pênis* e *pulso*. Por mais que eu tente, não consigo escapar deste corpo, que respira, pulsa e vive, que ainda transpira no sol e exige água. E que produz urina, como todos os seres viventes. Sou tangível como a terra. Sou *solo*, sou *vapor*. Mas, prestando mais atenção, sou mais do que meu corpo, mais do que meu organismo vivo. Dentro de mim também há *prosa*, *lua*, *verso*.

São essas as anotações que fiz durante minha conversa com Caitlin, e são mais significativas do que tudo que ela me disse. Por exemplo, que eu havia passado por uma grande tristeza na vida. (E quem não passou, fiquei com vontade de perguntar. Quem, disposto a pagar 300 dólares por uma hora de conselhos, não passou por um sofrimento que não sabia como suportar?) Mas que tudo iria melhorar. Que via uma mulher no meu futuro, e quando eu a frustrei, dizendo que não podia imaginar aquilo me acontecendo outra vez, ela me disse que via um homem. É bem verdade que não lhe dei muitos elementos com que trabalhar. Disse-lhe minha data de nascimento e meu nome verdadeiro, mas, quando ela perguntou se eu era casado, eu disse apenas "não sou mais", e deixei que tirasse suas próprias conclusões. Resisti a suas tentativas de extrair minha história de mim. Se ela era paga para ser vidente, pensei, que adivinhasse. Admito que parte de mim queria que ela me dissesse alguma verdade. Parte de mim queria que seus poderes fossem reais. É um estranho papel, o desses "videntes" — um pouco padres confessores, um pouco terapeutas — e eu desejava que ela me dissesse algo que desse sentido a tudo. Esperava que ela me oferecesse alguma salvação. Mas, no final, ela era apenas uma mulher de Ohio, sentada em sua sala, falando com um estranho em plena madrugada. E eu, eu era apenas um imbecil, gastando uma fortuna num telefonema.

Lá fora, o dia está nascendo. Foi uma longa noite. Sinto-me vazio, cansado demais para pensar em Lexy, em sua ligação para *lady* Arabelle e no significado de tudo isso. Quando entro no quarto, encontro Lorelei dormindo atravessada no pé da cama, e decido não expulsá-la. Enfio-me entre os lençóis, encolhendo-me para não chutá-la, e, quase imediatamente, adormeço.

VINTE E TRÊS

Esbarro com Maura hoje. Minha ex-mulher. Melhor dizendo, esbarro com ela na minha própria varanda. Abro a porta para pegar o jornal e lá está ela. É uma surpresa e tanto. Ela não bateu na porta. Traz um bilhete na mão, e acho que está tentando decidir se o deixa ou não. Ela dá um salto quando abro a porta.

— Oi — falo, espantado por vê-la ali.

— Paul — diz ela. — Não sabia que você estava em casa.

— Bom, estou.

Ela sorri e assume uma atitude artificial de empatia.

— Acabei de saber o que aconteceu com a Lexy. Paul, eu sinto tanto...

Aquiesço, sorrio com tristeza, olho para baixo e murmuro algum agradecimento. Ainda não sei muito bem aceitar condolências, muito menos de pessoas que não conheciam Lexy.

— Quer entrar e tomar um café? — pergunto enfim. É estranho ver Maura na varanda da minha casa, sorrindo para mim. Não nos separamos muito amigavelmente, como acho que já mencionei. Mas até que é bom vê-la. Percebo que não falo com um ser humano há dois dias.

— Adoraria — diz ela.

Não se preocupem. A situação não caminha para o que vocês estão pensando.

Quando ela entra, eu vejo a casa através dos olhos dela. Está uma bagunça. Há pratos por toda parte, livros empilhados a uma altura temerária. Eu também estou uma lástima, despenteado e com a barba por fazer.

Só quando Maura já está dentro da casa Lorelei aparece, correndo e latindo. Deve estar perdendo seu instinto de cão de guarda, penso. Antes, ela não teria precisado nem que eu abrisse a porta para saber que Maura estava lá. Dou-me conta, pela primeira vez, que Lorelei está envelhecendo — já deve ter oito anos — e que não tenho um tempo ilimitado para realizar minha pesquisa. Ou para aproveitar o prazer tranqüilo de sua companhia. Vou perdê-la um dia, isso é certo, e sinto o coração apertar ao pensar nisso. Mas, como devem fazer todos os donos de animais, afasto rapidamente esse pensamento.

Maura recua e se encolhe contra a parede quando vê Lorelei. Nunca foi amiga de cães.

— Sente, Lorelei — digo eu, em tom de comando. — Está tudo bem — digo a Maura. — Deixe ela cheirar sua mão. Não se preocupe, ela não morde.

Maura estende a mão de modo hesitante. Lorelei a cheira com avidez e eficiência, e lhe dá uma lambidinha. Satisfeita e com a situação sob controle, vira-se e vai embora.

— Então, imagino que essa seja a Lorelei — diz Maura.

— Como sabe o nome dela?

— Vou ser franca com você, Paul. Matthew Rice me ligou. — Ela se anima por um momento. — Disse que agora é chefe do departamento. Que boa notícia. É ótimo para ele. — Ela volta a assumir a máscara de preocupação. —

Ele está preocupado com você, Paul. Achou que eu deveria conversar com você.

Fico um pouco irritado com Matthew. Ele sabe o que sinto por Maura. E tenho trabalho a fazer. Essa visita inesperada é um contratempo.

— Então, sente-se e converse comigo — digo, com a irritação aparente na voz.

Conduzo-a até a sala. Ela pára para olhar uma foto que está na mesa de canto, uma fotografia de mim e Lexy tirada no dia do nosso casamento.

— Então, essa é Lexy — diz ela, sem conseguir disfarçar a rispidez na voz. — Era bonita. — Seu tom é quase de acusação.

— Sim, ela era.

Afasto os jornais e os blocos de notas do sofá e faço um gesto para que ela se sente.

— Meu Deus, Paul. Veja como está vivendo...

— Eu não esperava visitas — repliquei, secamente. — Você aceita um café?

Ela olha para a pilha de pratos sobre a mesa com uma espécie de horror.

— Não, obrigada.

Sento-me numa cadeira na sua frente.

— E então, como você tem estado?

— Bem, obrigada.

— E o trabalho?

— Vai bem.

— Está... saindo com alguém? — A pergunta soa absurda.

— Não. Não no momento.

— Muito bem — digo. — Vamos direto ao ponto. O que veio me dizer?

— Paul, Matthew acha que você perdeu o juízo. Disse que você parou de interagir com as pessoas, que não foi ao jantar na casa dele...

Era verdade. Foi num dia em que eu senti que estava perto de fazer algum avanço com Lorelei — o dia em que ela disse *a*, na verdade — e eu simplesmente esqueci o que havia combinado com Matthew e Eleanor. Liguei no dia seguinte e pedi desculpas, e julguei ter explicado a situação muito bem. O próprio Matthew é muito concentrado em suas pesquisas. Achei que ele, mais do que ninguém, entenderia.

Maura continua a listar minhas fraquezas.

— E disse que você acredita realmente que vai ensinar essa cadela a falar. Francamente, Paul. Você não acha isso, não é?

— Acho que a comunicação interespécies é uma área que não foi suficientemente explorada — começo. — Temos muito a aprender...

— Pelo amor de Deus — interrompe Maura. — Você ouviu o que está dizendo? Paul, você precisa de ajuda. Olhe, lamento que Lexy tenha morrido, foi uma tragédia, mas você precisa superar isso. Está acabando com sua vida e com sua carreira.

Levanto-me. Será que eu já não havia passado bastante tempo da minha vida ouvindo aquela mulher? Então ela achava que eu estava louco? Muito bem. Eu lhe daria algo para contar a Matthew.

— Lorelei — grito. Fico surpreso com a ferocidade da minha voz.

Maura parece nervosa.

— Paul, o que você está fazendo?

— Lorelei — grito de novo. Lorelei aparece na porta.
— Ataque! — ordeno, apontando para Maura. Lorelei continua olhando para mim.

Maura dá um salto.

— Meu Deus! — exclama ela.

— Pegue, Lorelei! — grito. Lorelei olha para mim, para Maura e para mim de novo. Solta um único latido, respondendo, imagino, à altura da minha voz.

— Ficou maluco? — diz Maura.

— Parece. Ande, Lorelei! Pegue!

— Vou embora — diz Maura. — Você pirou mesmo, Paul. Deixe-me sair daqui. — Ela agarra a bolsa e anda rapidamente até a porta, mantendo distância de Lorelei.

Sigo-a e fico parado na porta enquanto ela se afasta.

— E não volte mais! — grito. Sinto uma satisfação estranha e começo a rir. Maura sai a toda com o carro e eu, ainda rindo, volto para a bagunça da minha sala e para a minha pesquisa.

VINTE E QUATRO

Lexy e eu estávamos casados havia uns seis ou sete meses quando lhe encomendaram a máscara da menina morta. Ela me ligou no trabalho.

— Oi — disse ela. — Você sabe onde é a funerária Van Buren?

— Não sei direito — falei. — Por que, alguém morreu?

— Não. Quero dizer, sim, mas eu não conheço a pessoa.

— O quê?

— Recebi uma ligação, sem mais nem menos. Era uma mulher cuja filha acabou de morrer, e ela quer que eu faça uma máscara do rosto da menina.

— Meu Deus — falei. — E você vai fazer?

— Bom, eu fiquei um pouco espantada quando ela me disse o que queria, mas, quando explicou melhor, começou a fazer sentido. Parece que a menina tinha 19 anos, estava na faculdade e tinha algum tipo de câncer. Sua mãe parecia muito calma e racional. Acho que eles já sabiam há muito tempo que isso aconteceria. Disse que a filha estudava teatro e era uma pessoa especial, não tinha medo da morte.

Os pais acham que ela teria aprovado a idéia. Acham que será um jeito bonito de lembrar dela.

— Eu acho meio macabro. Você não? Não me parece um jeito muito saudável de enfrentar o luto, ficar olhando a máscara da filha morta. Onde eles vão colocá-la? Na mesa de centro?

— Eu sei — disse ela. — É meio esquisito. Mas a idéia tem algo que me atrai. É um trabalho importante, sabe? Mais do que a maioria das minhas encomendas. Quero dizer, essa é a última chance que eles têm de preservar o rosto da filha do modo que realmente é.

— Do modo que é *na morte*. Eles não têm fotos dela, que mostram como ela era *viva*?

Lexy suspirou.

— Não sei se vou conseguir explicar para você. Mas eu acho que entendo. Máscaras mortuárias existem há milhares de anos. Eu li uma vez que, quando a fotografia era novidade, as pessoas mandavam fotografar seus parentes no caixão. Ou as mães levavam os filhos pequenos mortos para serem fotografados. Era a única lembrança que teriam deles.

— É muito triste. Assim mesmo, acho o pedido estranho.

— Não sei. Acho que há algo de sagrado em registrar o rosto humano no momento da morte. Pense bem: se ninguém quisesse lembrar de seus entes queridos mortos, por que os caixões ficariam abertos nos funerais?

— É outra idéia que não me agrada muito.

— Acho que as pessoas extraem algum consolo disso. Você sabe, a morte é um grande mistério, algo que todos tememos, mas, quando vemos uma pessoa morta, ela parece em paz. Não é uma imagem tão ruim. Principalmente quando é alguém que sofreu muito e que finalmente descansa. Talvez seja isso que os pais da menina queiram registrar.

— Talvez — falei. — Mas você tem certeza de que quer participar disso?

— Tenho — declarou ela.

Na época, achei aquela história toda desagradável. Pareceu-me um gesto desesperado da parte dos pais da moça, uma resistência à realidade. Mesmo sem conhecer a estudante morta, eu duvidava que ela tivesse aprovado a decisão dos pais. Eles queriam manter seu rosto morto sempre à vista? Ficar para sempre presos ao momento de sua morte? Se o luto existe para que aprendamos a superá-lo, a conviver com a falta e seguir vivendo, aquele infeliz casal estava prestando um desserviço não só a si mesmos, mas também à memória da filha.

Mas agora, depois de conhecer o luto tão intimamente, de andar em suas salas e corredores vazios durante tanto tempo, não tenho mais certeza de que eles estavam errados.

Quando Lexy morreu, reconheço que senti uma secreta satisfação por seu rosto não ter se ferido na queda. E, apesar do que eu possa ter dito, quando o momento chegou, preferi que o caixão ficasse aberto. Sempre que alguém dizia, "Como ela está linda", aquilo era como um bálsamo para mim. Quando me ajoelhei ao lado do caixão e toquei seu rosto, tendo esquecido subitamente todas as orações que havia aprendido na infância, olhei-a o mais fixamente que pude suportar, registrando na mente cada detalhe, pois sabia que era a última vez que a veria. Mas será que eu gostaria de ter uma máscara de Lexy morta para pendurar na parede, talvez ao lado da máscara que ela havia feito de si mesma em vida? Não. Mas eu não teria a presunção de dizer a outro infeliz que ele escolheu a forma errada de chorar sua perda.

Temi que participar de um projeto tão mórbido fosse deixar Lexy melancólica, mas ela chegou em casa radiante.

— Ela estava linda — informou-me ela. — Muito abatida por causa da doença, mas dava para ver que tinha traços muito bonitos.

Tentei imaginar a menina morta, desamparada sobre a laje. Era difícil imaginar qualquer beleza na cena.

— Eles ainda não a tinham maquiado para o enterro, e sua pele estava muito branca. Tive de trabalhar rápido, queriam que eu terminasse ainda esta tarde. Mas não demorei para fazer o molde. Sem querer ser mórbida, é mais fácil quando não tenho que ficar falando para a pessoa não se mexer.

— Ela estava fria? — perguntei. Não tinha muita familiaridade com cadáveres. Mesmo quando meu pai morreu, mantive distância no funeral.

— Não estava gelada. Mas estava mais fria do que uma pessoa viva.

— Você falou com os pais?

— Falei, claro. A gente sentou e conversou sobre como eles queriam o produto final.

— E como eles eram? — A essa altura, eu ainda não conseguia imaginar que fossem pessoas saudáveis.

— Pareciam muito normais. Tristes, é claro. O pai começou a chorar em certa hora. Mas estavam muito gratos por eu ter aceitado a tarefa. Tinham medo de não encontrar ninguém.

E com razão, fiquei com vontade de dizer.

— Olhe — preferi dizer. — Que tal sairmos para jantar? Depois de um dia como esse, você precisa se sentir entre os vivos.

— Na verdade, você se importa se a gente pedir alguma coisa para comer aqui? Estou ansiosa para descer e começar a trabalhar enquanto tudo isso está fresco na minha cabeça.

— Tudo bem — falei, decepcionado. Era sexta-feira, e eu estava esperando para sair com Lexy e começar o fim de semana fazendo alguma coisa legal juntos. Ainda éramos recém-casados, afinal. Mas fazia tempo que eu não a via tão empolgada com um projeto e, por mais que o achasse de mau gosto, não quis estragar seu bom humor. Fui para a cozinha e pedi uma *pizza*.

Lexy trabalhou o fim de semana todo na máscara, subindo apenas para comer na cozinha ou para andar pela sala, perdida em pensamentos. Lorelei passou a maior parte do tempo no porão com ela, como era seu hábito quando a dona trabalhava, e eu fiquei bastante solitário. Na noite de domingo, estava na sala lendo quando Lorelei surgiu diante de mim.

— Oi, menina — disse eu. Ao fazer um carinho em sua cabeça, reparei num pedaço de papel preso a sua coleira. Tirei-o e li: "A Sra. Alexandra Ransome solicita a honra de sua presença no porão para o descerramento de sua última obra." Ri e perdoei tudo. Andei até a porta do porão, com Lorelei me seguindo.

Lexy estava estendida no sofá surrado quando entrei. A máscara estava sobre a mesa de trabalho, coberta com um pano.

— Recebeu o recado só agora? — perguntou ela, levantando-se. — Mandei Lorelei subir há meia hora.

— Acho que o Ridgeback Express não é muito veloz. Nunca se sabe quando ela terá de fazer uma parada para comer um inseto ou algo assim.

— Está pronto para ver a máscara?

Senti a excitação dela da distância onde estava.

— Com certeza — respondi, preparando-me para mentir quando ela pedisse minha opinião.

Ela me fez sentar e fechar os olhos e colocou a máscara em minhas mãos. Abri os olhos com certo temor.

Era lindo o que ela havia feito. Tão lindo que fiquei surpreso. Em minha estreita imaginação, achei que ela seria fiel à vida (ou à morte, no caso), e faria o rosto muito pálido, os lábios de um rosa esquálido, finos cílios sob os olhos cerrados. Imaginei que a máscara pareceria morta. Mas não foi nada disso que ela fez. Ela criou um fundo todo branco para o rosto e o cobriu de flores radiantes de lado a lado. Usou cores vibrantes em vez de pastéis discretos, rosa e azuis. Traçou caules e folhas de um verde intenso, e flores vermelhas, púrpuras, amarelas e azuis, as pétalas tingidas de dourado como se banhadas pelo sol. Não eram os tipos de flores que deviam ter chegado ao funeral da menina, sombrias e formais, arranjadas em coroas. Eram flores silvestres, sopradas pelo vento, crescendo em todas as direções.

Os traços da menina mal eram visíveis — Lexy não os havia enfatizado. De fato, era possível olhar a peça sem notar de imediato que se tratava de um rosto. Os suaves contornos dos olhos, a curva do nariz, a linha dos lábios, estavam inscritos sob as flores como um palimpsesto. Mas, uma vez que os distingui, não consegui mais parar de olhá-los. Discerni a juventude, a beleza em botão. Mas a máscara não era triste — era isso o mais extraordinário. Mesmo sabendo que a menina que havia servido de modelo jazia agora sob a terra, não senti tristeza. De certa maneira, acho que uma foto da menina, viva e risonha, teria sido mais perturbadora — como aquelas fotos de anuários escolares que aparecem no jornal ilustrando matérias sobre trágicos acidentes de carro na noite da formatura. Todo o potencial perdido daqueles jovens mortos, mostrados com ternos desconfortáveis e sorrisos formais, infalivelmente partia o coração. Mas aquela máscara era diferente. Faltava-lhe esse *páthos*. Ela mostrava o que *era*, e não o que podia ter sido. Diante dela, vi que podia haver graça na morte, e beleza. Vi o que os pais da menina devem ter visto quando pediram a Lexy que se encarregasse daquela tarefa.

Fiquei um instante em silêncio, contemplando a máscara. Todas as falsas palavras elogiosas que eu havia preparado se evaporaram.

— E então? — perguntou Lexy.

— É linda — disse eu. — Totalmente diferente do que eu esperava.

— Achou que seria terrível, não é? — perguntou ela, sorrindo.

— Para ser franco, sim. — Estudei a máscara mais um instante. — Mas será que é isto que os pais tinham em mente? É um pouco abstrata. Talvez eles esperem algo um pouco mais realista.

Lexy me olhou, desconfiada.

— Como assim?

— Sei lá, será que eles não estão esperando uma semelhança mais realista, alguma coisa mais como um retrato?

— É o rosto dela — disse Lexy, enrijecendo o corpo. — Era o que eles queriam. O rosto dela.

— Sim, claro, mas você lhes disse que talvez fizesse algo assim?

— "Algo assim"? O que você quer dizer com "algo assim"? — disse ela, elevando a voz.

Levantei-me e me aproximei, tentando segurar seu braço, mas ela se afastou.

— Não fique chateada. Achei a máscara fantástica, uma das melhores peças que você já fez. Mas me pergunto se os pais poderão reconhecer isso no estado de espírito em que estão.

— Você acha que eles vão odiar. Não achou que ficou bom. Me dê aqui. — E ela arrancou a máscara das minhas mãos.

— Não foi isso que eu disse, Lexy. Calma.

Ela olhou para a máscara, que tremia em suas mãos.

— Você odiou — disse ela, com a voz entrecortada. Começou a chorar, seus soluços fortes e dilacerantes. — Você odiou. Ficou horrível.

— Não — falei.

— Odiou, sim. — Ela atirou a máscara no chão e pisou nela com força. O papel machê resistiu ao impacto de seu pé nu.

— Pare, Lexy — falei. — Você está sendo ridícula. Pare.

Ela apanhou a máscara e a atirou com violência sobre a mesa de trabalho. Pegou a faca que usava para retocar as máscaras depois que haviam secado e a perfurou diversas vezes. O papel machê se estilhaçou, criando uma nuvem de pó branco e fino. Lexy continuou esfaqueando a máscara, cobrindo-a de furos, dissolvendo os traços. Em seguida, largou a faca e olhou para o que havia feito. Cobriu o rosto com as mãos e soluçou, sacudindo todo o corpo.

Recuei, horrorizado e um pouco zangado.

— Por que você fez isso? — perguntei.

— Não sei. — Sua voz parecia afogada, como se ela não conseguisse respirar. — Não sei.

Fiquei imóvel, olhando-a, incapaz de me aproximar e confortá-la. Finalmente, ela descobriu o rosto e olhou para mim. Sua pele estava vermelha e havia meias-luas claras em sua testa, indicando onde havia cravado as unhas.

— Entendeu? — perguntou. — Entendeu por que eu não posso ter filhos?

Ela me deu as costas e subiu a escada. Continuei no porão, olhando para a máscara arruinada, ouvindo os passos de Lexy no piso acima de mim. Ouvi a porta da frente abrir e fechar, indicando que eu estava sozinho.

VINTE E CINCO

Ligo para os Serviços Paranormais compulsivamente, todos os dias, torcendo para ouvir a voz de *lady* Arabelle. Geralmente desligo quando ouço o nome da vidente, quando percebo que não é ela, mas às vezes, quando me sinto sozinho, deixo-me atrair por uma determinada voz e espero para ouvir o que ela tem a me dizer. (Ou ele. Mas quase sempre é mulher.) Às vezes, conto toda a minha história, e às vezes deixo que a pessoa adivinhe. "Com certeza foi um acidente", elas sempre dizem. "Parece que ela o amava muito." Ou então: "Você não está sozinho, embora se sinta assim." Dizem que, se eu esperar um pouco mais, receberei uma fortuna repentina e reencontrarei o amor. Dizem para eu não perder a esperança. As cartas mostram um futuro brilhante. A carta da Morte significa mudança, não morte. Perguntam se tenho uma pergunta específica, e eu não sei o que dizer. Ela se matou? Não consigo formar as palavras. Eu vou conseguir ensinar minha cadela a falar? Como fazer essa pergunta sem cair no ridículo? Perguntei a uma delas: "Está vendo alguma coisa relacionada a animais? Ou a uma cadela?", e ela me garantiu que a cadela que eu havia perdido estava viva, com saúde e logo voltaria para casa. Algumas são astutas e cruéis, e fazem qualquer coisa para eu não desligar. Uma delas disse que eu estava doente, outra disse que previa um acidente, mas que eu ficasse na linha um pouco mais, ela tentaria encontrar um modo de evitá-lo. "Tem estado abatido ultimamente?", perguntam, e quem poderia responder que não, falando ao telefone com uma desconhecida à uma da manhã? Dizem coisas como: "Vejo uma mulher com quem você trabalha... Acho que o nome começa com S. Ou talvez R." A primeira vez que uma delas me perguntou se eu conhecia uma mulher cujo nome começava com L, senti o coração disparar. Mas como demorei a responder, com medo que minha voz saísse trêmula, ela disse, "Não, acho que começa com T. Talvez Terry? Theresa?", e percebi que ela não sabia de nada. Quando lhes falo sobre Lexy, e devo dizer que isso é cada vez mais freqüente, elas me perguntam sua data de nascimento. Pedem-me para descrever seu rosto enquanto tiram as cartas. E eu descrevo. Concentro-me no seu rosto com todas as forças. Elas me dizem coisas sobre nosso casamento com base no meu signo e no dela. É tudo meio no chute. "Ela era muito organizada, não?", dizem, e eu nego. Mas quando dizem "Às vezes vocês brigavam por causa de dinheiro", eu lembro de uma vez em que me esqueci de registrar um saque no caixa eletrônico, fazendo com que um cheque de Lexy voltasse, e digo "Sim", desejando que tudo aquilo seja verdade. "Sim, às vezes a gente brigava por causa de dinheiro." Elas sabem o que quero ouvir. Às vezes fazem perguntas tão precisas que me deixam sem ar. "Ela morreu de repente", dizem elas, não em tom de pergunta. Mas depois percebo que ouviram a informação em minha voz, no tom desesperado que eu não percebi. Notam que não é a voz de um homem cuja mulher sofreu uma longa enfermidade.

Sabem que é a voz de um homem que ainda fica surpreso ao acordar sozinho a cada manhã.

Mas, no departamento canino, tudo vai às mil maravilhas. Tive uma idéia fantástica, que pode ser a chave para o sucesso do meu projeto com Lorelei, e que me ocorreu totalmente por acaso. Eu estava no escritório, catalogando no *laptop* a seqüência da terceira estante de livros, uma das que Lexy havia arrumado no dia em que morreu, e escrevi os seguintes títulos:

Hotéis e Pousadas no Norte da Califórnia (Nosso. Havíamos sido convidados para um casamento em São Francisco e pensamos em aproveitar para visitar a região vinícola. Mas o casamento foi cancelado na última hora — nunca ficamos sabendo a história direito, mas parece que houve um escândalo envolvendo a noiva e o pai do noivo —, e não fizemos a viagem.)

Livre-se do Passado e Aproveite o Presente (Dela.)

Eu Tenho um Sonho: O Movimento pelos Direitos Civis e a Realidade (Meu.)

Eu Poderia Fazer Qualquer Coisa (Se Soubesse o Quê) (Dela.)

Te Amo Hoje Como Ontem e Outras Declarações de Amor (Meu. Sempre quis ser espontâneo e romântico como Lexy e surpreendê-la como ela sempre me surpreendia. Comprei o livro para planejar minha espontaneidade. Não sabia que ela sabia de sua existência.)

Cães que Brilham: de Rin Tin Tin a Beethoven (Dela. Encontrei-o por acaso num sebo e achei que a agradaria. Ela pareceu gostar.)

Eu Quero Ir para o Zoológico (Dela. Um livro ilustrado que ela ganhou quando criança.)

O Valor Lingüístico dos Trocadilhos (Meu.)

Eu Não Perderia por Nada: As Melhores Montanhas-russas do Mundo (Dela. Lexy adorava montanhas-russas. Sempre dizia que planejava andar em todas que havia no livro antes de... bom, foi o que ela disse. Antes de morrer.)

Enquanto digito, tento ao mesmo tempo comer um sanduíche de queijo e presunto. É bastante incômodo. A certa altura, quando dou uma mordida, um pedaço de queijo e uma gota de mostarda caem nas letras *k* e *l* do teclado. Ponho o computador no chão e vou até a cozinha buscar uma esponja. Quando volto, encontro Lorelei em frente ao computador, com a cabeça sobre as teclas, lambendo o queijo. Tiro-a de lá — saliva de cachorro pode causar estragos a um computador caro —, mas, quando vou limpar as teclas, vejo que algo extraordinário aconteceu. Sob o último título que listei, Lorelei digitou com a língua uma série de letras. KKKLKLLKLKKLMLK, escreveu ela. E foi então que me veio a maravilhosa idéia, com clareza ofuscante: vou ensinar Lorelei a digitar.

Parece-me a solução perfeita. Já se passaram várias semanas desde a experiência com a vogal *a*, sem mais progressos. Talvez, penso, as cordas vocais de Lorelei não sejam adequadas à fala em si, mas isso não significa que a comunicação seja impossível.

Começo a bolar um plano. Não espero que ela digite palavras, é claro, mas se eu conseguisse ensiná-la a associar as palavras que ela já conhece — "bola", "passear", "biscoito", "Lexy" — com símbolos visuais específicos, poderia criar um teclado especial com esses mesmos símbolos, e Lorelei poderia digitar uma palavra inteira com um simples toque do focinho. O teclado precisaria ser maior do que o normal, para comportar o tamanho de seu focinho e para exibir símbolos grandes o bastante para que Lorelei conseguisse "lê-los". Começo com cartões. Mostro a Lorelei um cartão com uma única linha ondulada. "Água", digo. "Água." Depois um cartão com um desenho infantil de uma árvore. "Árvore", digo. E assim por diante. Desenho Lexy como um rosto sorridente e uma onda de cabelos de cada lado. Indico "sair" com uma flecha. "Biscoito" com um osso.

Mas não basta. Preciso lhe ensinar o conceito "triste". O conceito "cair". E "pular". E preciso fazer com que ela entenda a diferença.

No final, limito-me a criar símbolos para todas as palavras que considero necessárias. Posso lhe ensinar os significados mais tarde.

Quanto ao teclado, decido procurar um conhecido meu, Mike Wolfe, que trabalha no departamento de engenharia elétrica da universidade. Mike se interessa por lingüística, então acho que concordaria em me ajudar. Um ex-aluno meu havia pedido sua ajuda para criar um programa que reuniria sons aleatoriamente e produziria palavras sem sentido para um projeto sobre formação da linguagem. Era um projeto bastante absurdo. De fato, lembrome que o aluno deixou o departamento logo depois, sem receber o título — mas fiquei impressionado com o que Mike inventou.

Portanto, vou procurá-lo e lhe digo de que preciso. Não conto que é para uma cadela. Digo que estou trabalhando com crianças gravemente incapacitadas. Sublinho que muitas teriam que apertar os botões com o nariz. Ele aquiesce respeitosamente e parece acreditar em mim, mas, quando volto para pegar a máquina duas semanas depois, vejo uma charge recortada do jornal da universidade colada à porta da sala de um dos colegas de departamento de Mike. Ela mostra um cachorro sentado em frente a um computador, de língua para fora, com uma expressão abobada. Suas patas estão sobre as teclas, e uma série de palavras absurdas cobre a tela. Atrás do cão está um homem, nada parecido comigo, devo dizer, olhando por trás do ombro do animal e dizendo "Brilhante! Não pare!". A legenda da charge diz: "Argumentos contra a Vida Acadêmica".

Mas a máquina é tudo de que eu preciso. Mike adaptou um antigo *laptop*. Diz que ficou meio lento, mas que deveria satisfazer minhas necessidades. As teclas são grandes e marcadas claramente com os símbolos que eu lhe passei. Como ele usou um teclado-padrão, as teclas, quando pressionadas, imprimem uma única letra. Eu só preciso anotar quais letras resultam de quais símbolos para poder traduzir o que Lorelei vai "escrever". BNL, por exemplo, significa "Lexy árvore cair". E assim por diante.

Passo duas semanas fazendo Lorelei memorizar os símbolos visuais antes de apresentá-la ao teclado. Primeiro, mostro-lhe um cartão com um determinado símbolo — o de uma árvore, por exemplo — repetindo a palavra várias vezes. Depois, embaralho a carta com outras duas, de modo bastante ostensivo, como um mágico (que no fundo tentava ser), e viro as três cartas para cima sobre o chão.

— Água, Lorelei — digo. — Cadê a água? Pegue a água.

No começo, ela não entende o que eu espero dela. Na primeira vez em que dou a ordem, ela se dirige com hesitação até o canto da sala e pega sua girafa de brinquedo com os dentes. Ótimo, penso, agora vou confundir o sentido das palavras que ela já sabe. E começo a demonstrar o que espero que faça. Olho para a carta que quero que ela pegue. Aponto para ela. Abaixo-me e toco o símbolo com o nariz. Finalmente, ela parece entender. Quando abaixa a cabeça e fareja o cartão indicado, cubro-a de elogios.

Duas semanas depois, ela aponta para o cartão correto 50 por cento das vezes. Nada mau, já que ela tem que escolher entre *três* cartões. Se estivesse escolhendo cartas ao acaso, o índice de acertos seria de apenas 33 por cento. Mas ainda não estava bom. Ocorre-me que o problema está nos sinais visuais. A visão não é o melhor sentido de Lorelei. E se eu atribuísse um cheiro diferente a cada tecla? Um teclado aromático. Mas como resumir o cheiro de Lexy para Lorelei? Esfregando seu suéter nas teclas? Colocando um pouco de seu perfume, de seu gel de cabelo, de seu batom numa espátula e misturando tudo? E o cheiro próprio e peculiar de Lexy, o cheiro sob todos os outros que ela acrescentava ao corpo? Não dava para recriá-lo. (Mas, se eu pudesse... Se eu pudesse pegar um *spray* e espalhar o cheiro dela no ar...) E o cheiro da água? E o cheiro de uma macieira num dia de outono? Será que o cheiro do ar precipitando-se quando uma pessoa cai é diferente de quando uma pessoa salta? Será que o cheiro da nuvem de pó que se ergue quando o corpo bate no chão é diferente?

Logo, eu precisava me limitar ao visual. Mas nesse dia, enquanto mostro os cartões a Lorelei, percebo uma coisa. Eu me esqueci de fazer um cartão para mim mesmo. Ainda não criei um símbolo para representar o conceito "Paul". Preciso de um. Afinal, faço parte da história que ela tem para contar. Ou será que estou me iludindo? E se a história que ela tem para contar não tiver nada a ver comigo nem com Lexy, mas com sua própria infância, da qual sei tão pouco? A história que ela preferir contar, a que tiver mais necessidade de expressar, pode não ser a que desejo ouvir. Lembro-me de como Lorelei passou a pertencer ã Lexy. Talvez seja sobre isso que ela queira me falar: sobre sua salvação em meio à tempestade, sobre a dor dilacerante no pescoço. Ou talvez sobre alguma coisa que aconteceu muito antes. Será que ela ainda se lembrava de sua mãe, de seus irmãos? Da tragédia que vivem os filhotes, afastados das famílias, condenados a nunca mais se verem. É esse o sofrimento que infligimos aos bichos que amamos. Estaria eu sendo antropomorfista? Claro que sim. Era difícil de evitar. Mas mesmo assim... Quem era eu para conhecer o coração que batia sob aquele pêlo? Que sonhos se projetavam por trás daqueles olhos largos e inescrutáveis? Será que ela sonhava com a época em que andava com suas grandes e vacilantes patas de filhote e brigava por uma teta ao lado dos irmãozinhos? Será que se lembrava de tudo isso, ou sua infância, como a nossa, estava perdida na névoa que antecede a linguagem?

Ela pode querer me falar de um único momento de verão, procurando algo para perseguir, sentindo a terra molhada nas patas. Talvez seja isso o que ela tem a me dizer. O prazer de sentir os músculos em conjunção com os ossos quando persegue um carro... O vento soprando suas orelhas quando ela põe a cabeça para fora do carro. A solidão de portas se fechando, de se ver sozinha em casa. A paciente espera sob a mesa, o aroma de pratos não destinados a ela, a emoção de estar no lugar certo na hora certa quando dedos humanos deixam cair um pedaço de carne no chão. O horror de ver que o carro parou em frente ao veterinário. A tristeza da partida de Lexy, a constante vigília por seu retorno. Ver as coisas acontecendo e não saber o porquê. O cheiro de outros cães. A maciez das almofadas do sofá. A satisfação quando um travesseiro se parte entre seus dentes. As caçadas. O sol. Rolar na terra.

— Cadê a árvore, Lorelei? — digo eu, indicando com a cabeça as cartas no chão. — Cadê a árvore?

Ela encosta o nariz no cartão que significa Lexy.

— Tudo bem, menina — digo. — Chega por hoje.

Estou cansado. Estou profundamente cansado. Recolho os cartões e os guardo. Depois, sento-me à minha escrivaninha para escrever uma carta para Wendell Hollis.

VINTE E SEIS

Na noite do incidente com a máscara mortuária, Lexy não voltou para casa. Fiquei acordado a noite toda à sua espera. Finalmente, por volta das oito da manhã, ouvi sua chave girando na porta.

Ela entrou, cansada e despenteada. Não pareceu surpresa ao me ver sentado na sala.

— Oi — disse, sem olhar nos meus olhos.

— Oi.

Ela continuou parada, olhando para o chão, com as chaves na mão.

— Onde você estava?

— Fui até Delaware e voltei.

— Por quê?

— Não sei. Peguei o carro e fui em frente. Não ia voltar.

— Nunca mais?

— Nunca. Eu queria desaparecer.

— Que loucura, Lexy.

Ela riu, sem sorrir.

— É.

— Por que você mudou de idéia?

— Comecei a pensar em você, sentado aqui, me esperando. Não podia deixar você sentado aqui.

— Podia ter me ligado. Fiquei com medo que... — Não terminei a frase.

— Desculpe — disse ela. Fez-se um longo silêncio. — Você está com medo de mim — disse ela, por fim.

— Estou, um pouco. — falei, elevando a voz. Estava mais exasperado do que havia pensado. Parei e moderei o tom. — Você estava descontrolada — continuei, do jeito mais equilibrado possível. — Eu não sabia o que podia fazer.

— Nem eu sabia.

— Meu Deus, Lexy — disse eu, e dessa vez não consegui disfarçar a raiva. — Você sabe como me assusta ouvir você falando assim? Sabe como foi esperar a noite toda, sem saber se você estava viva ou morta?

Finalmente, ela ergueu a cabeça e me olhou. Seu rosto se contraiu.

— Desculpe — disse ela, começando a chorar. — Desculpe.

Fiquei vendo-a chorar, parada no meio da sala. Não consegui me levantar e abraçá-la. Não consegui.

— Lexy, eu acho que você precisa de ajuda — falei. — Você me assusta quando fica assim. Precisa conversar com alguém.

Ela começou a chorar mais alto.

— Você acha que eu estou louca.

— Não, não acho que você esteja louca. Só acho que pode fazer bem conversar com alguém.

Ela deu as costas para mim, ainda soluçando.

— Eu não deveria ter voltado. Vou embora.

— Não, não é isso que eu quero — falei. — Só quero conversar sobre o que houve.

— Não quero conversar agora — disse ela, tentando equilibrar a voz. — Estou muito cansada. Só quero tomar um banho.

Ela virou-se e se afastou. Suas costas pareciam eretas e decididas enquanto ela andava, mas, assim que fechou a porta do banheiro, ouvi-a soluçar ainda mais alto. Ela ligou o chuveiro. Fiquei no sofá mais alguns momentos antes de me levantar e andar até o banheiro. Bati na porta.

— Lexy, abra.

— Não, deixe-me em paz — disse ela.

— Lexy, vai ficar tudo bem.

— Vá embora. Não posso olhar para você agora.

— A gente precisa conversar.

Ela não respondeu. Eu ouvia seu choro convulsivo do outro lado da porta. Tentei abrir a porta e vi que não estava trancada.

— Vou entrar — avisei.

Lexy não estava no chuveiro. Estava sentada nua no chão de ladrilhos, com os joelhos dobrados até o queixo, escondendo o rosto com as mãos. O vapor começava a encher o ambiente.

Vê-la assim tão desamparada fez ceder algo dentro de mim. A raiva se dissipou. Ajoelhei-me a seu lado.

— Shh, Lexy — falei. — Vai dar tudo certo.

Tentei tocá-la, mas ela recuou.

— Vá embora — disse ela. — Não quero que você me veja. Saia. — Ela virou o rosto inchado para a parede.

— Não vou sair — falei.

— Bom, então eu saio — disse ela. Levantou-se num salto, mas fui mais rápido. Segurei-a e envolvi seu corpo relutante em meus braços.

— Solte-me.

— Não vou soltar.

Ela gritava e se debatia, mas eu a segurava com força. Resisti, firme como uma árvore. Quanto mais ela tentava se afastar, mais forte eu apertava.

— Não vou soltar. Não vou soltar você.

Sua pele estava pegando fogo. Queimava contra meu corpo.

Ela emitiu um som gutural, um gemido animal de frustração e resistência. Mas eu a continuei segurando.

— Solte-me — gemeu ela, contorcendo-se em meus braços. Era escorregadia como uma enguia. Mas eu a continuei segurando.

Permanecemos assim, em meio ao vapor, Lexy gritando e se retorcendo, eu segurando-a firme, até que seus soluços se aplacaram e senti seu corpo relaxar. Até que finalmente ela ficou imóvel e nua em pêlo nos meus braços.

— Minha pobre menina — disse eu, em seus cabelos. — Você sempre achou que fosse a fada-rainha, não é? Mas você não é a fada-rainha. Você é Tam Lin. Não entende? Você é Tam Lin. E não vou soltar você.

Mais tarde, quando Lexy se acalmou o bastante para conversar e a água do chuveiro esfriou, perguntei o que ela faria a respeito da máscara.

— Vou fazer outra — disse ela. — E vou pintá-la exatamente da mesma forma. Apesar de tudo, acho que eu fiz a escolha certa. Se os pais não gostarem, farei outra mais realista. Mas acho que eles vão gostar. Só queria que eu tivesse confiado em mim mesma desde o começo.

— É, eu também — disse eu.

Os pais da menina adoraram a máscara. A primeira, que havia sido destruída, permaneceu intocada sobre a mesa do porão durante várias semanas. Lexy e eu andávamos cuidadosamente ao redor dela, sem vontade de jogá-la fora. E, se as cores da segunda máscara não eram tão radiantes, se as flores pintadas sobre o rosto não dançavam tão livremente ao vento como antes, os pais da menina jamais saberiam.

VINTE E SETE

A carta que escrevo para Wendell Hollis é bastante direta. Sei, graças a tudo que li a seu respeito, que ele se considera um homem nobre, um mártir da ciência. E, para que ele me responda, preciso me dirigir a essa imagem. Lisonjeá-lo. Mostrar que o considero um estudioso, que levo seu trabalho a sério. Não parecer assustado com seus métodos. Não dar o menor indício da repugnância que sinto ao ouvir seu nome.

Fica assim:

> Caro Sr. Hollis,
>
> O senhor não me conhece, mas tenho muito interesse pela pesquisa que realizou. Como também me dedico aos estudos da linguagem canina, sinto que o senhor tem muito a me ensinar. Tenho uma cadela chamada Lorelei, uma *rhodesian ridgeback*, com quem trabalho há vários meses, mas sem muito sucesso. O senhor poderia me dar alguma sugestão? Como passou a se interessar por esse assunto? Tem planos de prosseguir depois que sair? Agradeço qualquer conselho que possa me dar.
>
> Atenciosamente,
>
> Paul Iverson

Para minha surpresa, nem duas semanas se passam antes de eu receber uma resposta. Quando vejo a carta na minha caixa de correio, com o endereço da penitenciária no espaço para o remetente, sinto um súbito pavor, que aumenta à medida que leio a carta.

Caro Paul Iverson,

Recebo muitas cartas. Poucas são positivas, por isso a sua se destacou. Fico feliz em saber que meu legado permanece vivo enquanto apodreço neste lugar e me alegro em saber que existem estudiosos sérios como você ainda pesquisando esse assunto. Explique-me melhor o que está fazendo com Lorelei. Já começou as operações? Um homem informado como você deve saber que ela precisará ser modificada para obter resultados. Envio-lhe alguns diagramas que usei em minhas cirurgias. Se me mandar uma foto do cachorro que está usando, também será útil.

Interessei-me por cães porque eles estavam sempre me olhando. Queria saber no que pensavam quando me olhavam daquela forma. Um cachorrinho que morava na casa ao lado não parava de latir. Parecia que estava gritando o tempo todo sem dizer nada. Dia e noite. Quando eu via o cachorrinho no corredor com sua velha dona, aquele rato forçava a coleira só pelo prazer de avançar em mim e latir. Eu pensava: Que diabo você quer? Se tem alguma coisa para me dizer, diga logo. Um dia, a velha morreu. O corredor se encheu de policiais e eu disse, o que vai acontecer com o pobre cachorrinho? Fiz um *show*. Eles disseram que iam levá-lo para a carrocinha. Comecei a falar para eles que eu era muito amigo do cachorrinho, pedi para ficar com ele, disse que o trataria bem. Era o que a dona queria. Ela sempre dizia que, se alguma coisa lhe acontecesse, queria que eu cuidasse dele.

Insisti com os policiais até eles concordarem. Afinal, aquele vira-lata já estava mesmo enlouquecendo todo mundo. Levei o cachorro e a primeira coisa que fiz foi preparar uma sala à prova de som. Na verdade, só fiz umas mudanças no quarto de hóspedes, mas deu muito certo. Eu o coloquei no meio do quarto e disse, bom, vamos ver o que você tentou me dizer todo esse tempo. Vamos descobrir o que você queria me dizer. E o resto é história. Ele era bem bonitinho, tenho de reconhecer, mas não deixei que isso me detivesse. Eu tinha um trabalho sério a fazer com ele, e não deixaria que nada atrapalhasse minha contribuição para a ciência.

Aí está minha história. Agora você precisa me contar a sua. Dei seu nome e endereço a um amigo meu, chamado Remo, que mora perto da sua casa. Ele tem um grupo, uma sociedade secreta, para pessoas com nossos interesses. Ele vai entrar em contato com você.

Escreva-me em breve. Nós, cientistas, precisamos nos unir.

Um abraço,
Wendell Hollis

A carta trazia em anexo os diagramas que Hollis havia mencionado — terríveis esboços de cães cortados ao meio, estripados, os focinhos extraídos e colocados de volta de modo totalmente errado. Havia o desenho de um cérebro canino, suas diferentes regiões com rótulos como "nódulo da fala", "centro da fome" e "zona da agressividade canina". E uma longa explicação escrita à mão de como um maxilar humano poderia ser acoplado ao crânio de um cachorro, "se for possível arranjar um sem ser preso".

Largo os papéis, horrorizado. Onde eu estava com a cabeça, me correspondendo com aquele louco dos infernos? E quem era aquele Remo, que entraria em contato comigo? Tremo só de pensar.

E no entanto — mas como posso pensar isso, com toda essa carnificina diagramada diante de mim, com os desvarios desse facínora ainda frescos na mente? Mas não consigo evitar —, no entanto, acho que é inegável que Wendell Hollis teve êxito onde eu venho fracassando. Um tribunal cheio de gente escutou o Cão J contar sua história. Olho para Lorelei que cochila no sofá, seu corpo tranqüilo e incólume. Não, eu jamais recorreria àqueles métodos. Jamais faria qualquer mal à minha cadela. Mas que mal faz ouvir o que esse tal de Remo tem a dizer?

VINTE E OITO

Foi um alívio quando o drama da máscara acabou. Só que, como logo descobri, estava longe de acabar. Os pais da menina morta ficaram tão satisfeitos com a máscara que a colocaram em exposição na casa deles e a exibiram a todos os amigos, muitos dos quais faziam parte de um grupo de apoio a familiares de pacientes com câncer. Por isso, Lexy passou a aceitar encomendas de máscaras mortuárias com freqüência. Depois da quarta ou da quinta, ela recebeu um telefonema de um repórter que vira uma das peças num funeral. O homem havia morrido num acidente de carro e, como seu corpo havia ficado desfigurado, em vez de abrir o caixão a família preferiu colocar sobre ele a máscara feita por Lexy. O repórter disse que a máscara o havia fascinado, espectral e tangível ao mesmo tempo, e queria fazer uma matéria a respeito para o jornal. A manchete era ARTISTA TORNA A MORTE BELA, e a matéria apresentava Lexy como pioneira de uma nova "tendência" na preservação da memória dos mortos. O repórter caracterizou seu trabalho como "sobrenatural e delicado" e disse que, com cada máscara, ela conseguia captar "a substância e a textura da morte, ao mesmo tempo em que celebrava a vida de cada um de seus modelos". Esse artigo apaixonado, ilustrado com várias fotos das máscaras (e uma da própria Lexy — vejam como ela era linda!), provocou uma onda de interesse pelo seu trabalho. Ela passou a receber tantas encomendas de máscaras mortuárias que foi obrigada a deixar de lado outros projetos — suas vibrantes máscaras teatrais, suas alegres máscaras de carnaval. Afinal, como dizer não a uma mãe ou a um amante em luto para se dedicar a diversões triviais?

No final, ela começou a se apresentar como criadora de máscaras mortuárias. Disse-me que gostava de fazê-las — achava gratificante ver a emoção das pessoas, o consolo que lhes proporcionava. "É um trabalho importante", dizia ela. "As pessoas precisam dele. Ajuda os que ficam." É comum ouvirmos que, quando perdemos alguém que amamos, faz bem ver o corpo morto e rígido. Ajuda a tornar a morte real. As pessoas cujos entes queridos desapareceram e nunca mais foram encontrados jamais param de sofrer. Lexy achava que, fixando o momento fugidio da morte, ajudava os sobreviventes a continuar vivendo.

Ela começou a deixar seu cartão com diretores de funerária e recortava anúncios dos obituários dos jornais. Visitava doentes nos hospitais, aqueles que sabiam que iam morrer e tentavam aceitar o fato. E trabalho era o que não lhe faltava.

As máscaras que ela fazia eram lindas — não há como negar. Ela se dedicava longamente à criação de cada uma delas. Encontrava-se com as famílias, ouvia suas histórias, tomava notas. E fazia bem aos clientes falar da pessoa que haviam perdido. Ela nunca dizia "o falecido", como o pessoal das funerárias. Dizia: "Fale-me de sua mãe. Como se lembra dela?". Pedia autorização para surpreendê-los, para criar algo inesperado, sempre prometendo que faria outra se não ficassem satisfeitos. Mas isso só aconteceu uma vez.

Sua missão era conceber a imagem que para sempre traria à mente a pessoa que se fora. Não só o que era a vida da pessoa, mas também a essência de quem ela era, resumida num desenho, num emblema, numa única cena. A vida de uma pessoa estampada em seu rosto, tão individual como uma tatuagem. Não havia nada de óbvio, como tacos de golfe para um jogador de golfe ou um caduceu para um médico. Suas peças tinham a atmosfera dos sonhos. A vida sonhada dos mortos. Ela pintava vultos sombrios se desenhando contra o céu claro. Pintava cenas pastoris, colinas verdes, ninhos de pássaros. Uma paisagem urbana, edifícios no horizonte. Constelações e estrelas cadentes. Um nome pichado na parede. Havia júbilo nos seus desenhos. Um talento para realçar o lado bom. Uma jovem bailarina rodopiando sobre o rosto de uma velha. Para um piloto de meia-idade — morto de ataque cardíaco, e não num acidente —, ela não pintou um avião, mas uma paisagem vista de cima, com as palavras *Voar é estar no céu* escritas entre as estrelas. Para outro homem, um ativista anti-Aids que havia sucumbido à doença, uma imagem do próprio vírus, inconcebivelmente belo para algo tão mortal, cercado de cenas de sua vida. Para uma velha que havia sido costureira, uma colcha de retalhos envolvendo o rosto, cada um deles imitando a textura de um tecido amado — de um vestido de casamento ou de uma manta de bebê. E, em cada máscara, o rosto oculto sob a pintura, como uma pungente topografia.

Lexy dedicava especial atenção aos suicidas. Trabalhou com dois. O primeiro era um homem na casa dos 50. Estava deprimido havia muito tempo, mas a família achava que ele estava começando a apresentar sinais de melhora. Era julho quando ele morreu, mas os familiares acharam um armário cheio de presentes de Natal que ele havia comprado para eles. Para esse homem, Lexy pintou uma paisagem de inverno, tranqüila, mas impenetrável: montes de neve, árvores nuas, pingentes de gelo que pareciam pontudos cacos de vidro. Uma diminuta figura aparecia em segundo plano, olhando para cima. Seguindo seu olhar, notávamos que, perdido na distância, apenas visível, havia um pequeno chalé com a janela iluminada. O homem tinha uma longa estrada à sua frente — o monte que ele precisava subir parecia quase intransponível —, mas ele via que a luz e o calor estavam a seu alcance.

A segunda suicida era uma adolescente chamada Jennifer. Lexy encontrou-se com os pais, entorpecidos pelo choque. Eles mal conseguiram dizer a Lexy como era a filha — questionavam cada coisa, cada detalhe que haviam pensado saber sobre ela, e duvidavam que a conhecessem de verdade. Deram a Lexy o diário da menina. Ela o leu numa única noite e o devolveu aos pais a tempo de o enterrarem junto com a filha. Eles mesmos não o leram. Não queriam saber o que dizia.

Não sei o que o diário revelou a Lexy. Ela não quis me falar a respeito. Geralmente, quando aceitava uma encomenda, ela me falava de seu modelo. Contava-me o que sabia da pessoa e discutia as idéias que havia tido para a máscara. Mas não naquele caso. Ela parecia levar a história da menina dentro de si. Meses depois, quando parecia triste e eu lhe perguntava qual era o problema, ela dizia: "Eu estava pensando na Jennifer."

Para Jennifer, Lexy pintou uma máscara sobre outra. À primeira vista, parecia que ela simplesmente havia pintado o próprio rosto de Jennifer, sorrindo. Mas, olhando de perto, víamos que o rosto sorridente era em si uma máscara. Havia um fraco contorno, em formato de escudo, como as caras alegres e tristes que simbolizam o teatro, ao redor dos traços, e fitas pintadas partiam de cada lado, como que para manter a máscara no lugar. E, debaixo dessa máscara, o rosto da própria Jennifer se mostrava em sombrio contraste com o sorriso radiante e os olhos arregalados e felizes.

Era uma obra-prima. Mas não era o que os pais de Jennifer esperavam. Até onde me lembro, foi a única vez em que clientes de Lexy recusaram a máscara oferecida. Ela me disse que eles ficaram zangados. A mãe de Jennifer chorou e o pai chegou a gritar com Lexy: "Esta não é minha filha."

Ela aceitou fazer outra máscara, que ficou muito bonita, embora um pouco superficial. Mostrava um enxame de borboletas alçando vôo. A sensação era de leveza, de alguém que se liberta da gravidade da terra. As cores eram alegres e as nuvens, fofas. Era exatamente o que os pais queriam.

Lexy guardou a primeira máscara. Pendurou-a na parede sobre a mesa de trabalho, e às vezes, quando eu descia para ver o que ela estava fazendo ou para conversar, eu a encontrava sentada no sofá, olhando fixamente para a máscara da jovem sorridente.

VINTE E NOVE

Em uma estranha coincidência, um dia depois de eu receber a carta de Wendell Hollis, o nome do facínora volta às notícias. Parece que o Cão J sumiu.

Depois do julgamento que mandou Wendell Hollis para a prisão, o Cão J foi adotado por um dos policiais que o resgatou do apartamento do carrasco. O homem recebeu muitos convites para mostrar o cão (que agora se chamava Herói) em programas de televisão e feiras estatais, mas recusou todos. "Este cachorro já foi explorado demais", disse ele. "Agora só quero lhe dar uma vida tranqüila."

Mas agora Herói havia sumido do apartamento do policial, no Brooklyn. Ele havia ido trabalhar, como sempre deixando Herói dormindo no sofá, e quando voltou para casa na hora do almoço, para dar uma volta com ele, a porta da frente estava aberta e o cão havia desaparecido. Havia sinais de arrombamento, e a televisão e o aparelho de som do policial também haviam sumido. A impressão que dava era que o cachorro havia fugido pela porta enquanto o ladrão levava os objetos roubados. Uma enorme operação de busca está em andamento, sem nenhum resultado. Cartazes foram espalhados por toda a cidade, avisando que um labrador falante de quatro anos estava desaparecido. "Pelo menos", disse o abatido policial para os repórteres, "ele poderá pedir ajuda."

É no dia em que essa notícia sai que Matthew Rice e sua mulher, Eleanor, batem na minha porta. Estou deitado no sofá quando eles chegam, assistindo à tevê à espera de mais notícias do Cão J, e quase não abro a porta. É começo de tarde, e eu ainda estou de pijama e roupão. Mas, quando me levanto para espiar pelas venezianas e ver quem é, tropeço numa pilha de livros e solto um palavrão involuntário em voz alta, e não posso mais fingir que não estou em casa.

Abro a porta e dou com Matthew e Eleanor, sorrindo alegremente. Ele traz uma pilha de vasilhas tipo Tupperware e fôrmas cobertas de papel-alumínio, e ela segura um grande balde cheio de produtos de limpeza. Pergunto-me por um momento se eu os estou esperando, se eles ligaram e avisaram que viriam, e se eu havia me esquecido.

— Oi — digo, hesitante.

— Oi, Paul — diz Eleanor, calorosamente. — Perdoe nossa intrusão, mas não conseguimos falar com você pelo telefone.

Realmente, eu não tenho atendido ao telefone. Estou cansado de minha mãe e minha irmã, que, preocupadas, não param de ligar. Deixo que a secretária eletrônica atenda, e faz tempo que não ouço os recados.

— Não, tudo bem — digo.

Nesse momento, Lorelei vai até a porta para ver o que está acontecendo. Passa por mim e começa a farejar as pernas de Eleanor, depois as de Matthew, buscando a origem do cheiro de comida que emana das vasilhas que ele segura. Seguro-a pela coleira e a puxo.

— Sentada — digo. — Vocês querem que eu a coloque no quintal? Você é alérgica, não é? — pergunto a Eleanor.

— Não se preocupe — diz ela, deixando o balde no chão e acariciando a cachorra. — Tomei um antialérgico.

— E então, o que fazem por aqui? — pergunto. Sei que devo convidá-los para entrar, mas tenho vergonha do estado da casa.

— Falamos com Maura depois que ela veio aqui — diz Matthew. — E achamos que você precisava de ajuda.

— De ajuda? — repito, contraindo-me.

— De uma mãozinha com a casa — apressa-se em dizer Eleanor. — Trouxe uns pratos para você colocar no *freezer*. Uma lasanha, carne moída com feijão e uma sopa de feijão branco.

— E macarrão com queijo — acrescenta Matthew. — Com presunto também, como Eleanor fez para o almoço de Natal do ano retrasado. Lembro que você disse que gostou.

A lista de quitutes faz meu estômago doer de fome. Faz semanas que eu não vou ao supermercado. Como apenas biscoitos *cream cracker* e cereais secos. Houve dias em que pensei até em comer uns punhados da ração de cachorro em embalagem econômica que guardava na garagem.

Eleanor continua falando.

— E vou arregaçar as mangas e fazer uma pequena faxina enquanto você e Matthew conversam.

— Vocês são extremamente gentis, mas não sei se este é um bom momento para...

Eleanor sorri e toca meu rosto áspero, minha barba por fazer.

— Deixe-nos entrar, Paul. Não precisa ficar com vergonha de nada. — O carinho daquele toque quase traz lágrimas a meus olhos. — Fiz uma fornada daquele bolo de chocolate com menta que você gosta.

Olho para o chão e assinto com a cabeça. Sinto-me subjugado, como uma criancinha.

— Está bem. — E me afasto para eles passarem.

Se eles sentem qualquer repugnância ao entrar, não demonstram.

— Ótimo — diz Eleanor. — Agora, vá tomar um banho e trocar de roupa enquanto esquento uma sopa para você.

— Não sei se tem panelas limpas — digo. — Ou tigelas.

— Deixe comigo — diz ela.

Quando saio do quarto, limpo e vestido, a casa já está com outra cara. Eleanor abriu todas as cortinas, e os cômodos se encheram de luz. Ela tirou a louça suja da mesa da cozinha e arrumou um lugar para mim. Sento-me e ela coloca na minha frente uma tigela de sopa fumegante e um prato de torradas com manteiga. Como vorazmente.

Depois, Matthew e eu nos sentamos no sofá da sala com nossas xícaras de café e um prato com pedaços do bolo. Eleanor passou aspirador no tapete e removeu as pilhas de livros e papéis da mesa e do chão. Ela abriu uma janela, e a sala está fresca, arejada.

— E então, como vai a pesquisa? — pergunta Matthew, conseguindo até olhar nos meus olhos.

— Muito bem — começo a dizer, mas paro. — Bom, mais ou menos. Sinceramente, é difícil saber se estou progredindo. — E lhe conto as aventuras de Lorelei no teclado.

Ele assente com a cabeça, pensativo.

— É uma abordagem interessante. Sabe, li certa vez que a filha de Thomas Mann fez algo semelhante. Colocou sua cadela para escrever poemas numa máquina de escrever.

— Sério? Saiu algo de bom?

Matthew dá de ombros.

— O que você esperaria. Ou melhor, o que eu esperaria. — Ele sorri. — Acho que o cachorro acabou se rebelando e não quis mais chegar perto da máquina de escrever.

— É, eles não gostam muito de digitar. Machuca o focinho.

Ficamos em silêncio, olhando para Lorelei, que roncava no carpete a nossa frente. Ouço a máquina de lavar roupa sendo ligada na área de serviço.

— Sabe, Paul — diz Matthew. — Acho que nunca entendi direito esse seu projeto. Não sei bem o que você espera descobrir.

— Bom, suponho que... — Vacilo por um momento, tentando me lembrar das metas acadêmicas que havia estabelecido no começo. — Suponho que eu queira descobrir se a comunicação entre cães e seres humanos é possível.

Matthew sacode a cabeça.

— Não. Perguntei o que você espera descobrir em relação a Lexy.

Desvio os olhos. Eu nunca disse a Matthew que meu projeto tem qualquer coisa a ver com Lexy. Não sabia que meus motivos eram tão transparentes.

— É isso, não é, Paul? — insiste ele diante do meu silêncio. — Você quer saber alguma coisa sobre Lexy.

Aquiesço.

— Depois que ela morreu, notei algumas incongruências.

— Como assim, "incongruências"?

Conto-lhe sobre o que encontrei, o osso e as embalagens de supermercado, a reconfiguração dos livros na prateleira.

— Até mesmo ela ter subido na árvore é uma incongruência — prossigo. — O que ela foi fazer lá?

— Você acha que Lexy pode ter se matado — diz ele.

Desvio os olhos e me concentro num quadro pendurado na parede oposta. Não gosto de ouvir as palavras pronunciadas em voz alta.

— E você acha que Lorelei pode ajudá-lo a descobrir a verdade?

Olho para Matthew. Olho bem em seus olhos.

— Ela é uma testemunha. Você entende? É a única que sabe com certeza.

Ele assente com a cabeça vagarosamente.

— Sabe, Paul, é muito difícil enfrentar a morte de alguém que a gente ama. Já pensou em conversar com alguém? Com um profissional? Alguém que possa lhe oferecer ajuda?

Tento sorrir.

— Já tenho toda a ajuda de que preciso. Tenho Lorelei.

Matthew suspira.

— Certo — diz ele. — Certo. — Faz uma pausa. — Você sabe que será sempre bem-vindo na universidade. Pode fazer bem a você voltar, nem que seja por meio período.

— Não — respondo, com firmeza. — Meu tempo está todo tomado.

— Tudo bem. Mas pense nisso.

Ficamos em silêncio por algum tempo. Lorelei acorda abruptamente e se vira para coçar com os dentes uma súbita comichão perto da cauda.

— Você soube do caso do cachorro seqüestrado? — pergunta Matthew. — O tal de Herói?

Faço que sim com a cabeça.

— O Cão J.

— Isso mesmo. — Ele dá uma risada constrangida. — Confesso que estava com medo de chegar aqui e descobrir que era você que tinha levado o cachorro.

— Bem que eu queria ter tido a idéia antes — digo. Matthew me lança um olhar intrigado. — Estou brincando. Ainda não virei criminoso.

— Não, claro que não. — Ele se inclina para pegar um pedaço de bolo. — Que loucura, não? O sujeito que fez aquilo com o cachorro.

Lanço um olhar culpado ao redor. A carta que Wendell Hollis me mandou estava sobre a mesa de centro quando Matthew e Eleanor chegaram, mas ela a retirou com o resto das tranqueiras.

— Um doente mental — digo. — É um caso terrível. Mas os resultados a que ele chegou são indiscutíveis.

Matthew me olha com cuidado.

— Quero dizer, é a prova de que eu não estou louco. Existe pelo menos um cachorro falante.

— Se ele for realmente isso.

— Como assim? Muita gente o ouviu falar. Na verdade, todo um tribunal.

Ele dá de ombros.

— Foi um truque. Ou uma ilusão coletiva. Tribunais inteiros em Salem acreditaram estar diante de feitiçaria. — Devo parecer aflito, pois ele abranda o tom. — Bom, quem sabe? Tudo é possível. Talvez seja verdade.

— É — digo. — Tem de ser.

Conversamos mais algum tempo, e Matthew me conta as últimas do departamento. Quando Eleanor termina a faxina, a casa está brilhando. Ela lavou os pisos, lustrou o banheiro, limpou a geladeira e trocou minha roupa de cama.

Recolheu as roupas espalhadas no chão do quarto e as transformou em pilhas fofas e cheirosas. A casa recende a pinho e limão.

— Obrigado — digo, dando-lhe um beijo no rosto. — Obrigado de verdade.

— Disponha — diz ela. — É só chamar.

— Não suma — diz Matthew. — E cuide-se.

Fico na porta, acenando enquanto o carro deles se afasta. Depois, volto para minha reluzente casa.

— Venha, Lorelei — digo. — Hora de praticar digitação.

TRINTA

Não preciso esperar muito para ter notícias de Remo, o amigo de Hollis. Cinco dias depois que a carta chega, encontro um bilhete na caixa de correio. Não foi trazido pelo carteiro. Aparentemente, aquele desconhecido, aquele homem enviado a mim por um psicopata, esteve na minha casa. O bilhete foi escrito à mão numa folha de caderno, e diz:

> Caro Paul,
>
> Andei investigando, e nada indica que você seja um policial nem nada parecido, por isso decidi confiar na recomendação de Wendell e procurar você. É sempre uma satisfação receber novos membros. Vamos fazer nosso encontro mensal no sábado, às sete da noite. Chegue um pouco antes, por volta das seis, para eu poder lhe mostrar as instalações. Conto com sua presença.
>
> Atenciosamente,
>
> Remo e a Sociedade Cérbero
>
> P.S. E traga sua cadela. Queremos ver o que ela é capaz de fazer.

Leio a carta com certa inquietação. Que "instalações" serão essas? No que estou me metendo? E o que eles querem com Lorelei? Será que ela corre perigo se eu a levar? Mas, sob todos esses temores, outra preocupação começa a tomar forma, mais ligada à minha vaidade do que à segurança de Lorelei: se eu a levar comigo, o que terei a lhes mostrar, depois de tantos meses de trabalho duro? Lorelei cutucando teclas a esmo? Lorelei escolhendo o cartão errado dentre os três apresentados? Se eu contar a patética ocasião em que ela quase disse *a*, o que eles pensarão de mim? Eu poderia trapacear, esfregar carne nas teclas que eu quero que ela aperte, mas o que ganharia com isso?

Um mapa acompanha o bilhete, com instruções para chegar ao local da reunião. Parece-me que as "instalações" são uma casa normal, num bairro próximo do meu. Entro no carro e passo na frente. É uma casinha de tijolos, com um bem cuidado jardim. Não parece o tipo de lugar com um laboratório no porão ou um galpão à prova de som onde experimentos inomináveis são realizados. Nunca sabemos o que nossos vizinhos fazem entre quatro paredes, que casos amorosos ou rituais sangrentos podem estar acontecendo a poucos metros de nós. O mundo é um lugar bem mais interessante do que imaginamos.

De volta à grande questão: Ir ou não ir à reunião. E se eles baterem na minha cabeça, colocarem sonífero na minha bebida, roubarem minha cadela? Como será essa reunião? Como qualquer outra, com oradores, discussões em grupo, alguém anotando o tempo de cada um, café e lanche nos intervalos? Mas a verdade — como vocês já devem ter adivinhado —, a verdade é que quero ir. Estou curioso. Uma sociedade secreta de lingüistas caninos bem aqui, na minha cidade? Tão perto da minha casa que posso ir andando às reuniões? Como resistir? E a perspectiva de conversar com outras pessoas, que não vão olhar para mim como se eu fosse louco quando falar de minhas pesquisas, me enche de entusiasmo. Tenho a impressão de que posso ter mais coisas em comum com essa gente do que com meus supostos colegas da universidade.

E é assim que, nessa aprazível tarde de sábado, tomo banho e me barbeio, prendo a guia de Lorelei em sua coleira e parto para integrar a Sociedade Cérbero.

Quando Lorelei e eu chegamos à casa de Remo, a entrada da garagem está cheia e a rua repleta de carros. Parece que alguém está dando uma festa. Encontro uma vaga e saio do carro com Lorelei. Ela marcha alegremente ao meu lado até chegarmos à entrada da casa. Então, algo estranho acontece. Ela pára e se recusa a dar mais um passo. Puxo várias vezes, mas ela resiste.

— Vamos, menina — digo. — O que foi?

Enquanto eu luto com a cadela — afinal, ela pesa mais de 40 quilos e recua com todas as forças —, a porta da casa se abre e um homem pisa na varanda. Parece ter a minha idade, talvez um pouco mais. É corpulento, tem longos cabelos brancos e barba cheia. Parece um rei de baralho. Assim que o vê, Lorelei começa a latir.

— Oi, amigo — diz ele. — Está difícil aí?

— Um pouco — respondo. — Geralmente ela não é assim. A propósito, sou o Paul.

— Eu imaginei — diz ele. — Sou o Remo.

Ele desce os degraus da varanda e vem em nossa direção. Lorelei se encolhe e tenta se esconder atrás das minhas pernas. Continua latindo, mas em outro tom. É o som que eu categorizei como Latido Amedrontado nº 1.

Remo se ajoelha ao lado de Lorelei e segura sua cabeça. Ela vira o focinho para a mão dele e rosna, pronta para mordê-lo. Fico assustado, mas Remo age rápido, pegando seu focinho com uma mão e fechando sua boca. Com a outra mão, toca um local bem atrás de sua orelha esquerda. Afasta o pêlo, expondo a pele. Inclino-me para ver o que ele está fazendo, e noto um pequeno ponto vermelho. Nunca reparei nisso antes. Nunca procurei.

— Veja só — diz Remo. — Ela é uma das nossas.

Olho para ele e depois para a mancha com uma profunda inquietação.

— O que é isso? — pergunto.

— Uma tatuagem — diz Remo, soltando Lorelei e levantando. Ela se refugia atrás de mim, puxando a coleira sobre minhas pernas. — A gente faz essa marca em todos os filhotes que usa. Esta deve ter escapado. Às vezes acontece.

— Não estou entendendo — digo. — A gente pegou Lorelei quando ela era filhote.

— Parece que a gente pegou primeiro. A marca não mente. — Ele sorri, mostrando os dentes salientes. — Ela deve ter fugido no começo. Deixe-me pensar. É, parece que tivemos uma ninhada de *ridgebacks* há uns sete ou oito anos. Acho que um ou dois fugiram. Confere para você? Sete ou oito anos?

— Confere — digo. — Minha cabeça gira com o significado do que ele me dizia. — É mais ou menos isso.

— Pensei que a gente nunca mais fosse vê-la — continua Remo. — Mas olhe onde ela veio parar. — Ele dá uma risada grave. — Bem-vinda, menina. Bem-vinda ao lar.

Começo a me afastar.

— Sabe, acho que isso não foi uma boa idéia. Lorelei está nervosa. Nunca a vi desse jeito. É melhor eu levá-la para casa.

— Bobagem — diz o homem. — Somos velhos amigos. Não é, menina? — Ele ensaia uma carícia em direção a Lorelei, que se encolhe.

— Bom, vamos fazer o seguinte — diz ele. — Como ela está meio mal-humorada, vamos deixá-la no canil dos fundos enquanto você assiste à reunião. Ela vai ficar bem lá, e você pode pegá-la no final.

Olho para Lorelei, encolhida atrás de mim. Ela está aterrorizada. Eu não deveria ter vindo. Então era esse o segredo da infância de Lorelei. Era disso que ela estava fugindo quando chegou, molhada e ensangüentada, à porta de Lexy. Quem sabe que tipo de horrores ela havia sofrido antes de fugir daquele lugar? Eu deveria levá-la para casa e nunca mais voltar. Deveria pôr a polícia atrás dessa gente.

Remo vê que eu hesito.

— Acho que é de seu interesse ficar — diz ele, baixando a voz. — A reunião de hoje é muito especial. A gente trouxe um orador que você vai gostar de ouvir. Um orador que não é exatamente humano, se é que você me entende.

Eu o encaro.

— Você não está dizendo...

Ele volta a abrir seu amplo sorriso.

— Isso mesmo — diz ele. — A gente está com o Cão J.

TRINTA E UM

Olho bem para Remo.

— O Cão J? Ele está aqui?

O sorriso dele se torna malicioso.

— É isso aí. Então, que tal deixar sua cadela no canil e conhecer as instalações?

Olho para Lorelei, ainda encolhida atrás de mim. Deveria levá-la para casa e esquecer que jamais estive nesse lugar? Imagino a noite que teria, em casa com Lorelei, sabendo que, a poucas quadras, um grupo ouvia um cachorro falar. Eu não conseguiria suportar. Vinha perdendo confiança em meu projeto. Começava a me perguntar se não era perda de tempo. Seria um grande incentivo ver a prova viva de que todos os meus esforços não haviam sido em vão. Ver que *era* possível, afinal. Como isso me daria esperança! Olho para a casa de Remo, tão comum e sem graça. Em algum lugar dessa casa, o único cachorro falante do mundo de que se tinha conhecimento esperava para nos dizer algo. Como renunciar a isso?

— Olhe — digo a Remo. — Vou só levá-la para casa. Volto já.

— Tem certeza? — diz ele. — O canil fica logo aí atrás. Ela vai ficar bem confortável.

Olho para minha assustada cadela e o sentimento de proteção fala mais alto.

— Não, ela ficará melhor em casa. — Ajoelho-me para sossegá-la. — Calma, menina. — Sinto-a tremer. — Está tudo bem. Isso, boa menina. — Remo me olha com estranheza.

— Você fala com ela assim? Bom, cada um tem seu método.

— Venha, Lorelei — digo, guiando-a para a calçada. Ela salta na minha frente, ofegando de alívio, e me puxa até chegarmos ao carro. Abro a porta traseira, e ela pula para dentro. — Não se preocupe, querida — digo gentilmente, abrindo a janela. — Vou levar você para casa. — Ela se ajeita no banco e pousa a cabeça sobre as patas.

Corro de volta para casa e deposito Lorelei no quintal. Faço-lhe um rápido carinho, despejo um monte de biscoitos a sua frente como pedido de desculpas e volto para a casa de Remo. A rua está cheia de carros quando chego. Tenho de parar a dois quarteirões de distância. Ao me aproximar da casa, vejo que Remo está sentado na varanda, me esperando.

— Você a deixou bem acomodada? — pergunta ele quando chego à entrada.

— Deixei — respondo.

— Ótimo. Então, venha conhecer o local.

Ele me conduz até os fundos da casa.

— Não costumamos receber gente nova — diz ele enquanto andamos. — E temos de tomar muito cuidado. Não dá para saber se alguém vai ficar nervoso e chamar a polícia. Mas, como eu disse no bilhete, nós investigamos você.

E você foi recomendado por Wendell Hollis. Não poderia ser melhor.

Tento corresponder a seu sorriso.

— É verdade — digo.

Estamos diante de um grande anexo no quintal. Ouço uivos e latidos vindos de dentro. É uma barulheira terrível.

— Este é o canil — diz ele.

— Os vizinhos não reclamam? — pergunto.

— Reclamavam — diz ele. — Mas tornei a vida deles bem desagradável, e eles tiveram que calar a boca ou se mudar. — Ele riu. — É, bem desagradável mesmo. Hoje, as casas dos dois lados são de membros da Sociedade, então a gente não tem mais reclamações.

Ele abre a porta do anexo e me faz entrar. Estamos num corredor longo e estreito, com gaiolas dos dois lados. As jaulas estão cheias de cachorros de várias raças, na maioria das vezes em duplas. Deve haver uns 30 cães lá dentro, muitos pateticamente magros, e alguns com ataduras em diferentes partes do corpo. Vê-se que faz tempo que as gaiolas não são limpas, e o mau cheiro atordoa. Fico muito feliz por não ter cedido e deixado Lorelei nessa pocilga.

— Estes são os cachorros com os quais a gente está trabalhando agora — diz Remo. Os cães se colam às grades das gaiolas e uivam enquanto passamos.

— Não parecem muito felizes — observo.

— Eles estão bem. Só estão querendo o jantar.

Voltamos para o quintal, e Remo trancou a porta do canil.

— A reunião vai ser lá em cima, na parte principal da casa, mas a gente ainda tem tempo. Quer descer e conhecer o laboratório?

Respiro fundo.

— Claro, boa idéia.

Uma porta dá para o jardim, o tipo de porta oblíqua que abre para fora, revelando as escadas que levam ao porão. Lembro-me subitamente de que a casa da minha avó tinha um porão com uma porta assim, onde eu gostava de me esconder quando era bem pequeno. Remo abre a porta e faz um gesto em direção ao interior.

— Você primeiro — diz ele.

Desço as escadas com cautela. Está escuro até Remo apertar o interruptor de luz. Estou preparado para todo o tipo de horrores, mas o que vejo parece um porão como qualquer outro. Há uma mesa grande no meio, uma pia no canto e uma fileira de armários contra a parede. Sobressalto-me um pouco quando vejo uma série de bisturis e outros instrumentos cirúrgicos sobre o balcão ao lado da pia.

— É aqui onde tudo acontece — declara Remo. — Quando tiver entrado para a Sociedade e pago suas mensalidades, você vai ter acesso a tudo isso. Presumo que esteja trabalhando em casa.

Faço um gesto afirmativo com a cabeça.

— Você vai ver que aqui é mais prático. Esta sala é à prova de som, e a gente tem um bom estoque de instrumentos e éter, material para sutura, todo o necessário.

Faço outro gesto afirmativo.

— Ótimo — digo com voz sumida.

Remo prossegue.

— Por falar nisso, a sua cadela não me pareceu ter sido alterada. É isso mesmo? Você ainda não começou as operações?

— Ahn, não. Minha formação é em lingüística, e resolvi tentar uma abordagem não-cirúrgica primeiro.

Remo me olha com ceticismo.

— E o que você tem feito com ela?

— Ultimamente, tenho usado cartões ilustrados e tentado fazer com que ela associe certas palavras a uma série de símbolos visuais que eu criei. Mandei fazer um teclado especial com esses símbolos, e espero um dia conseguir que ela digite uma frase com o focinho. — Paro por aí. Parece ridículo até para mim.

Remo sorri com sarcasmo.

— E tem dado certo?

— Confesso que está devagar demais para o meu gosto.

Ele ri.

— Foi o que pensei. Olhe, você não é o primeiro que tenta esse tipo de método, mas aqui, na Sociedade Cérbero, a gente sabe que sem cirurgia não se faz progresso. Se decidir ser um dos nossos, você vai ter acesso a nossa biblioteca. — Ele aponta para duas prateleiras que contêm fichários e livros de veterinária. — Acho que, depois de ler um pouco, vai chegar à mesma conclusão que a gente.

Remo vai até um fichário ao lado da "biblioteca". Abre uma gaveta e tira alguns papéis, que me entrega.

— Este é o material para futuros membros. Dê uma olhada e diga depois da reunião se vai ou não entrar para a Sociedade. A anuidade é de 300 dólares. Pode parecer pesado, mas a gente usa o dinheiro para pagar os materiais médicos, a alimentação dos cães e os eventuais oradores convidados. — Ele sorri. — É claro que a gente não vai pagar nada ao orador desta noite. Ele vai receber seus honorários em ração.

Forço um sorriso.

— Está bem, vou dar uma olhada.

Remo olha para o relógio.

— Bom, é melhor a gente subir. — Ele anda em direção à escada, pára e se vira para mim. — Esqueci de perguntar. Você é casado?

— Não, sou viúvo.

— Bom, meus pêsames, mas provavelmente é melhor assim. A maioria das mulheres não entende o trabalho que a gente faz. A gente tem um ditado aqui: "Só é permitida a entrada de cadelas que latem." — E ele ri ruidosamente.

Desvio os olhos. Remo nota que não estou rindo.

— Não quis desrespeitar sua falecida esposa.

— Não — digo. — Claro que não.

Remo e eu subimos a escada do porão e voltamos ao quintal. Ao ouvir o barulho que vem do canil, sinto um pouco de enjôo.

Voltamos para a frente da casa e subimos os degraus. Remo abre a porta e entramos num pequeno saguão. À direita fica a sala, com várias filas de cadeiras diante de um estrado. É engraçado que tenham montado um palco para o Cão J. Cerca de 20 homens conversam em pequenos grupos.

— Venha — diz Remo. — Vou apresentá-lo.

Ele me conduz até um grupo de três homens. Bate nas costas de um deles, um tipo volumoso, de cabelos ralos, que segura uma prancheta.

— Lucas, este é o Paul. Ele está pensando em entrar para a nossa sociedade. Paul, o Lucas é nosso tesoureiro. É para ele que você vai dar seu cheque.

— Não, pode dar para mim — diz outro homem, de cabelos ruivos e pele muito branca. — Eu fico com seu dinheiro. — Todos riem.

— Esse é o Aaron — diz Remo. — Não ligue para o que ele diz.

— E não lhe dê dinheiro, sob hipótese alguma — acrescenta o terceiro homem, que é baixo e parece um rato de olhos grandes. Mais risos. — Sou o Tom — diz ele.

Aperto a mão de todos.

— O Paul tem uma *ridgeback* — anuncia Remo. — E vi que ela já foi nossa.

— Uma fujona? — pergunta Tom.

— Isso mesmo — diz Remo. — Mas eles sempre acabam voltando, mais cedo ou mais tarde, não é? — Vira-se para Lucas. — Foi você quem trabalhou com uma ninhada de *ridgebacks* há uns sete ou oito anos, não foi?

— Eu mesmo. Então essa cadela é minha filha pródiga. Está no canil?

— Não, Paul a levou para casa. Parece que ela não gostou muito de vir aqui. — Os homens riem. — Paul ficou muito preocupado com o bem-estar dela. — Remo e Lucas trocam um olhar que não entendo. — Talvez, se você pedir com jeito, ele deixe você dar uma olhada nela.

— Eu gostaria muito — retruca Lucas. — Talvez eu passe na sua casa um dia desses. Vamos ver, você mora... — Ele consulta a prancheta. — Na rua Turner, certo?

— Isso mesmo — respondo, contrariado por aqueles homens saberem meu endereço.

Remo vê minha expressão e sorri.

— Eu disse a você que a gente precisa tomar cuidado.

— Naturalmente — digo.

— Diga, Paul, você já operou a garganta dela? — pergunta Lucas.

— Não — digo. — Ainda não.

— O Paul é novo nesse ramo — informa Remo. — Está tentando uma "abordagem não-cirúrgica". — Os outros três caem na gargalhada.

— Ah, então você joga nesse time? — diz Lucas.

Olho para eles, constrangido, sem saber o que dizer. Remo me empurra de leve.

— Não se ofenda, amigo. A gente está só brincando.

— Todo mundo já foi assim — diz Tom, o homem-rato. — Eu também comecei desse jeito. Passei três anos tentando ensinar meu *beagle* a dizer "batatinha quando nasce". Finalmente entendi que ele não tinha sido bem projetado, e que eu não arrancaria uma palavra dele se não o consertasse.

— E qual foi o resultado? — pergunto, receoso.

— Bom, esse não agüentou. Mas eu estou trabalhando em outro agora que consegue fazer o som *k*.

— Todos nós estamos fazendo progressos — diz Remo. — Mas nenhum ainda obteve o sucesso de Wendell. O homem é um gênio. — Os outros assentem com um murmúrio de aprovação.

— Por isso a gente está tão entusiasmado com o convidado de hoje — diz Lucas. — Falando nisso — ele olha para o relógio —, acho que está na hora de começar o *show*.

— Sente-se — diz Remo para mim. — Vou ver se sua alteza canina está pronta.

— Também peço licença — diz Lucas. — Preciso cuidar de umas coisas antes do começo das festividades.

Remo e Lucas passam para outro cômodo enquanto Tom vai avisar aos outros que a reunião vai começar. Aaron senta-se ao meu lado.

— E como você entrou nessa? — pergunta ele.

Hesito em lhe dizer a verdade, mas qual outra história pareceria plausível?

— Minha mulher faleceu no outono passado — digo. — E nossa cadela, Lorelei, foi a única que presenciou a cena. Acho... acho que eu quero descobrir o que ela viu.

Percebo o absurdo que disse e fico vermelho, mas Aaron simplesmente aquiesce.

— Minha história não é muito diferente. Eu desconfiava que minha mulher, ou melhor, ex-mulher, estava me traindo. E achei que o único que podia me dizer a verdade era sua *poodle*, Fluffer. — Ele sorri com melancolia. — Sempre odiei esse nome.

— E... Fluffler lhe disse?

— Não precisou. Cheguei em casa um dia e encontrei minha mulher na cama com um cara. Ela foi embora e levou a cadela junto. Mas eu já tinha conhecido esse pessoal — ele gesticulou de modo a incluir todos ao redor — e já era tarde demais. Estava fisgado.

Aquiesço. Esse é um grupo muito estranho. Mas, de certa maneira, eu sou um deles.

A reunião começa com uma breve saudação de um homem chamado Jeff, que parece ser o secretário. Ele lê alguns anúncios e depois passa à ata da reunião anterior. Parece uma reunião como qualquer outra a que eu já assisti, exceto pelos detalhes vagamente sinistros que emergem. Jeff anuncia que um livro de veterinária sumiu da biblioteca e pede que seja devolvido assim que possível. Lembra que a limpeza dos instrumentos cirúrgicos é uma exigência para participar da sociedade. Um homem na platéia levanta a mão e anuncia que encontrou um lugar que vende ração de cachorro a granel. Outro membro avisa que uma de suas cadelas está prenhe, caso alguém precise de filhotes. Eu me sinto cada vez menos à vontade. Olho para o relógio. Já faz quase 20 minutos que a reunião começou.

De repente, todos ficam em silêncio. Remo e Lucas estão voltando à sala, carregando um cesto para cachorro coberto com um pano escuro. Baixam o cesto cuidadosamente, e Remo sobe ao palco. Jeff desce e se senta na fileira da frente.

— Boa-noite, senhores — diz Remo ao microfone. — E obrigado, Jeff. Esta é uma ocasião gloriosa para a Sociedade Cérbero. Foi há cerca de 11 anos que conheci um homem chamado Wendell Hollis. Eu não passava de um amador na época, fazendo uma experiência ou outra com um vira-lata que peguei no canil da prefeitura. Mas minha vida mudou quando conheci Wendell Hollis. Nunca tinha visto um homem com tanta determinação, tanta dedicação inabalável a uma causa. Ele é um visionário desse novo campo, um verdadeiro visionário. Tudo que sei aprendi com ele. Infelizmente, como sabemos, Wendell não está presente esta noite devido à ignorância e miopia do sistema penal americano. Mas nós trouxemos algo melhor ainda. Trouxemos a sua realização máxima. Alguns o chamam de Herói, mas eu prefiro chamá-lo pelo seu verdadeiro nome. Senhores, com vocês... o Cão J.

Os aplausos fazem tremer a sala. Ao meu lado, Aaron se levanta e assobia entre os dentes. Remo vai até o cesto, ergue o pano, abre a grade da frente. Estico o pescoço para ver, mas, assim que o cachorro sai, preciso desviar os olhos. Ele quase não tem mais focinho. Dos ombros para trás, é um labrador amarelo comum, já adulto, mas ainda com o andar saltitante de um filhote. Mas sua cabeça foi totalmente reconstituída. Seu focinho está tão reduzido que sua cara parece afundada. Sua mandíbula foi alargada e moldada de forma a parecer uma mandíbula humana. Mesmo a quatro fileiras de distância, vejo a cicatriz em seu pescoço, onde, segundo as notícias nos jornais, Hollis o cortou para operar sua laringe.

Aaron se inclina para mim.

— Que beleza de trabalho, não? — sussurra ele.

Remo pega a grande criatura nos braços e a acomoda sobre um amplo banco na frente do palco. Ajusta o microfone diante da pobre boca deformada do cachorro. A sala fica no mais profundo silêncio quando o Cão J começa a falar.

O som que ele produz é sobrenatural, algo entre o uivo e o ganido, os ruídos se articulando dolorosamente numa série de vogais e consoantes aleatórias. Nunca vi uma criatura emitir sons semelhantes. Nunca ouvi nada tão triste. Mas não é fala.

— *Ayayay* — diz o cão. — *Kafofwayo.*

Olho em volta. Os homens sorriem e o olham enlevados.

— *Woganowoo* — enuncia o Cão J. — *Jukaluk.*

— Incrível — sussurra Aaron. — *J* e *k* são muito difíceis.

Fico imóvel, ouvindo aquela infâmia e esperando que alguém reaja. Mas todos parecem satisfeitos. Ao lado do palco, Remo sorri com beatitude. Há uma nova luz em seus olhos, que se reflete em todos os semblantes ao meu redor.

Será que o problema é comigo?

— O que ele está dizendo? — sussurro para Aaron, mas ele me repele com um gesto.

— Preste atenção. Está claríssimo.

De repente, ouço batidas fortes na porta, que abafam o triste ganido do animal. Sinto-me aliviado.

— Polícia! — gritam do lado de fora. — Abram!

O pânico se instala entre os ouvintes, que correm para a porta de trás. No palco, Remo agarra o Cão J e o empurra para dentro do cesto. Ele diz algo a Lucas, e ambos se viram e olham para mim. Depois erguem o pesado cesto e desaparecem pela porta de trás. Fico por um momento imóvel em meio ao caos, com gente me empurrando para passar, virando cadeiras, correndo para escapar.

A chegada da polícia me alegra. Quero que prendam essa gente, que libertem os cães. Estou prestes a abrir a porta para eles quando algo me ocorre — os policiais vão pensar que eu sou do grupo. Como explicar minha presença ali, ao lado desses criminosos? O melhor é fugir, entrar no carro e voltar para casa o mais rápido possível. Saio pela porta dos fundos no instante em que a polícia entra pela da frente. Com a confusão que se instalou no quintal, ainda dá para eu escapar. Faço um caminho confuso pelos quintais dos vizinhos até chegar ao quarteirão onde estacionei. Entro no carro e saio a toda.

Entro na garagem, tonto de adrenalina, e desligo o motor. Demoro um pouco no carro, ouvindo as batidas loucas do meu coração no súbito silêncio. Acabei de fugir da polícia. Será que isso vai me causar problemas? Lembro-me de que, com exceção da fuga, eu não fiz nada além de assistir a uma reunião. Tento pensar se meu nome está em algum lugar na casa de Remo. Mas eu não me inscrevi, não paguei taxa de adesão, portanto meu nome não está em nenhum registro da Sociedade. Mas eu me lembro, com uma pontada de medo, que Wendell Hollis mandou para Remo meu nome e endereço. Certamente a polícia vai querer examinar toda a correspondência enviada por Hollis. E Lucas tem meu nome e endereço em sua prancheta. Calma, digo a mim mesmo. Logo vai ficar claro que eu não passo de um figurante nesse drama. Não tenho nada a ver com o seqüestro do Cão J, e muito menos participei de sua mutilação. Não fiz nada de errado.

Mas, no mesmo instante, vejo que é mentira. Eu não deveria ter ido. Onde estava com a cabeça, indo a um lugar como esse? Sinto que vou passar o resto da vida tentando esquecer o que vi esta noite. A única coisa que eu quero, que pode me ajudar, é envolver com os braços o corpo denso e peludo da minha cadela. Saio do carro e cruzo o jardim quase correndo.

Mas, quando alcanço o portão dos fundos, estaco e gelo por dentro. O quintal está vazio.

TRINTA E DOIS

Lexy e eu nos acomodamos em uma rotina tranqüila depois daquela terrível noite em que ela destruiu a primeira máscara mortuária, a noite em que tentou desaparecer e em que eu a trouxe de volta abraçando-a forte. Sabia que ela sentia vergonha de sua ira, que se manifestou de modo tão incontrolável, avançando como um grande cachorro raivoso e deixando suas marcas no tecido imaculado do dia. Mas achei que ela estava sendo cuidadosa demais comigo, se vigiando. Não gostava daquela mudança. Eu a queria do jeito que ela era, minha menina espontânea e tempestuosa. Também me preocupava o fato de ela passar tanto tempo entre os mortos. Era hora de trazê-la de volta ao mundo dos vivos.

Decidi levá-la para longe. Ela nunca havia comemorado o carnaval. Imaginem... Justo Lexy, a criadora de máscaras. Era perfeito. Eu a levaria, num impulso de momento, relembrando aquela primeira semana que passamos juntos. Uma fuga de nossa lúgubre rotina de inverno, movida a sopas. Eu levaria peças extravagantes para ela. Um vestido com lantejoulas. Um boá de plumas. Precisávamos de disfarces, folias, mascaradas. Uma farra ébria. Eu a levaria aonde ela precisava ir. Um hotel romântico com sacadas, portas francesas e histórias sinistras. Eu a vestiria, cobrindo-a de brilhos. Ela me compraria com colares de contas.

O momento era perfeito. A Páscoa seria mais tarde naquele ano, em meados de abril, e o feriado de primavera se anteciparia um pouco. Naturalmente, minha espontaneidade nunca é realmente espontânea — chegar em Nova Orleans na semana do carnaval, e esperar encontrar um quarto de hotel? Eu ficava doente só de pensar. E passei meses planejando a viagem em segredo.

Falei com ela na véspera da nossa partida. Fingi que a idéia tinha acabado de me ocorrer, mas ela me desmascarou bem rápido.

— Ei, tive uma idéia — falei. Era noite de sexta, a primeira do meu feriado universitário, exatamente a época do ano em que havíamos nos conhecido. — O que você acha de a gente pegar um avião para Nova Orleans, para o carnaval?

Ela parou de ler seu livro.

— Sério? Assim, sem mais nem menos?

— Isso mesmo — disse eu, estalando os dedos de um modo que logo me pareceu forçado. Mas ela não pareceu notar. — Vai ser legal.

— O que a gente vai fazer com Lorelei? Acho que Jim viajou. — Era o vizinho que tomava conta de Lorelei quando viajávamos.

— Vamos deixa-lá num canil.

— Pode não ter vaga assim, em cima da hora. As reservas acabam com semanas de antecedência. Lembra no Dia de Ação de Graças, quando a gente teve que levá-la para a casa da sua irmã junto com a gente?

— Bom, esse feriado é mais concorrido. Vou dar uma ligada. Quem sabe ainda tem vaga.

Ela estudou meu rosto por um momento e abriu um sorriso.

— Você já ligou, não é? Deve ter ligado há um mês.

— Do que você está falando? — disse eu, tentando manter o rosto impassível. Nunca soube mentir.

— Quer dizer que, se eu revistar sua mesa agora, não vou encontrar duas passagens de avião? Nem informações impressas sobre o hotel em que a gente vai ficar?

— Claro que não — protestei. — Tive a idéia nesse minuto.

— Então você não saiu e comprou um guia de Nova Orleans, não reservou um carro na locadora e não imprimiu uma lista com os melhores restaurantes da cidade?

Foi a lista de restaurantes que me desarmou. Eu havia achado uma idéia natural — afinal, por que correr o risco de acabar num mau restaurante? Mas não contive o riso quando vi como ela me conhecia bem.

— Tudo bem, você me pegou. Fiz tudo isso mesmo. Mas e daí? O que conta é a intenção.

— Claro, e aposto que a intenção não sai da sua cabeça há muito tempo.

— Tá, tá... Amanhã de manhã vou entrar num avião para Nova Orleans. Você vem comigo ou não?

— Estarei lá — disse ela, me beijando.

— Com plumas e paetês — falei.

— Isso eu já não sei.

— Eu sei. Já fiz sua mala.

A única coisa que deixei para Lexy fazer foi escolher as máscaras que usaríamos.

— Leve o que você quiser — disse-lhe eu. — Escolha quem você quiser que a gente seja.

— Se você tivesse me contado antes, eu teria preparado algo especial.

— Mas aí não teria sido tão espontâneo e romântico.

Ela sorriu.

— Romântico, sim. Tudo bem, tenho muitas opções. Vou escolher algumas.

Ela não me mostrou quais havia escolhido. Guardou as máscaras numa outra mala e me disse para esperar.

Em Nova Orleans, ficamos num hotel assombrado por um fantasma — uma jovem cujo amante fora morto num duelo. Ela era chamada de Blue Mary devido ao tom cobalto do vestido que usava. Encontramos um pequeno folheto sobre ela na recepção do hotel. Dizia que ela aparecia no pátio nas noites de verão — uma mulher com vestido azul e cachos negros presos no alto da cabeça. Ela morreu de tristeza, dizia o folheto, e agora vagava pela casa, chamando o nome do amante. Alguns dizem que também viram o amante. Ele anda pelo pátio ainda empunhando a pistola do duelo. Eles nunca estão no mesmo lugar, na mesma hora. Um casal de fantasmas, em eterno desencontro.

Se você encontrar Blue Mary, dizia o folheto, se você a vir numa noite sem luar, não fuja. Converse um pouco com ela. Diga-lhe o que sabe. Tente sossegá-la. Se você encontrar Blue Mary, segure a sua mão. Tente. Ficará surpreso com sua solidez. Sentirá que ela é fria. Diga-lhe para ficar com você, para se deter um pouco. Quando ela perguntar se você viu seu amante, diga que sim. Diga que ele a ama e que deseja que descanse. Diga-lhe que ela pode parar de procurar. Dê-lhe uma única rosa, aconselhava o folheto. Diga que ele a mandou. Ela dirá que está com muito frio. Dê-lhe seu casaco, coloque-o gentilmente sobre os ombros dela. E, quando ela desaparecer, como sempre acontece, reze para que dessa vez não volte. Afinal, os fantasmas não são assustadores. Têm histórias tristes, todos eles. Ela perambula, eternamente esperando pelo beijo dele. A linda moça de azul. Você pode visitar o seu túmulo, se quiser. Dizem que é este aqui. Repare no anjo esculpido no alto. Passe suas mãos sobre ele. Vamos.

Lexy ficou extasiada com a história, mas não acreditei nela nem por um segundo. Desconfiei que o hotel a tivesse inventado, por mais sincero que o recepcionista tenha parecido ao explicá-la para nós. Era tudo ingênuo demais, como aquelas canções trágicas dos anos 60, "Last Kiss" e "Leader of the Pack". Cheirava a lenda urbana, mulher que pede carona e desaparece, a velha que abre a porta com um sorriso triste: "Hoje faz dez anos que ela morreu." Já ouvimos essas histórias mil vezes.

Seja como for, pensei, é tudo uma ilusão otimista. Se os mortos permanecessem entre nós, se seus espíritos continuassem presentes, por que ficaríamos tristes? Por mais assustador que seja, é isso que desejamos. Para continuarmos vivendo.

Mas Lexy me silenciou quando comecei a expressar minhas objeções.

— É uma história comovente — disse ela. — E quem é você para afirmar que é falsa? Não pode aceitar, uma vez que seja, algo sem sentido lógico?

Não, pensei. Não posso. Claro que não. Mas estávamos de férias, eu queria ver Lexy feliz, e reduzi minhas afirmações céticas a um mínimo.

Na primeira noite, fomos ao bairro francês. Ao vivo, era totalmente diferente do que eu havia imaginado. Não encontrei o mistério e a magia sinistra que eu esperava. As ruas estavam cheias de música alta, universitários bêbados mostrando os paus, moças erguendo as blusas e exibindo os seios em troca de colares de contas. Era uma devassidão forçada e equivocada. Eu estava velho demais para aquilo.

— Vamos voltar para o hotel — falei.

— Deixe disso — disse Lexy. Ela bebia uma mistura alcoólica feita com cereais que havia comprado numa barraquinha. Vinha num copo plástico com o formato de uma granada. — Acabamos de chegar. Está divertido, vamos aproveitar. Vamos a algum lugar dançar.

— Não. Esse não é meu tipo de ambiente.

— Claro que não. E esse é o ponto. Vamos fazer alguma coisa fora do comum. Não foi por isso que me trouxe até aqui?

Eu já não sabia mais por que a havia levado até lá. Estava tarde e eu queria dormir. Era naquele tipo de situação que eu me lembrava que Lexy tinha oito anos a menos que eu. Ou talvez a idade não fosse a questão. Será que algum dia eu teria gostado de estar naquela confusão?

— Não faça cara feia — disse ela. — Vou buscar uma bebida para você. Quer a que vem numa cabeça de macaco ou a que vem num coco falso?

— Nenhuma das duas — disse eu, fazendo careta. — Bebi vinho no jantar, e é melhor não misturar.

— Bom, você não vai encontrar vinho aqui.

— Vamos voltar — falei. Paramos no meio da rua, e as pessoas que passavam dos dois lados nos empurravam. Peguei o braço de Lexy e a puxei para a calçada. — A gente precisa acordar cedo amanhã para conseguir um bom lugar para ver os desfiles.

— Não acredito — disse ela. — Você me traz para essa viagem, que é a coisa mais romântica que já fez, e, quando a gente chega, você se recusa a se divertir.

— Eu me sinto deslocado no meio dessa garotada. E se eu encontrar um dos meus alunos?

— Eles iriam achar que você é bem mais legal do que eles jamais tinham pensado.

— Vou voltar para o hotel. Você vem ou não?

— Não — disse ela. — Vou ficar e me divertir.

— Tudo bem — falei. Estava irritado e começava a sentir dor de cabeça. — Você se lembra de como voltar para o hotel?

— Lembro, eu chego lá. — Ela me deu as costas e se afastou. Vi que estava aborrecida comigo e, enquanto abria caminho em meio à multidão, comecei a me arrepender. Quase decidi ficar, mas, quando me virei e a procurei, ela já tinha desaparecido.

Ao chegar ao hotel, estava me sentindo péssimo. Lexy tinha razão. Eu a havia levado até lá para se divertir e depois me recusado a aproveitar a noite. Comecei a me preocupar com ela, sozinha em meio à multidão. E se acontecesse alguma coisa com ela? E se ela decidisse simplesmente não voltar? Como eu iria encontrá-la naquela cidade cheia de gente?

Quando a ouvi girando a chave na porta uma hora depois, estava pronto para lhe pedir perdão de joelhos. Mas, ao entrar, ela estava corada e agitada. Não parecia nada brava.

— Lexy — falei, saltando da cadeira. — Me desculpe. Você tinha razão. Eu fui um cretino. Desculpe por estragar tudo.

— Tudo bem — disse ela. — Você tinha razão. Não estava divertido. Era uma cena de mau gosto. Fiquei só mais uns 15 minutos depois que você foi embora.

— Então, por que demorou tanto para voltar?

— Paul — disse ela com o rosto brilhando de emoção. — Eu vi. Eu vi Blue Mary.

TRINTA E TRÊS

Lexy estava convencida de que tinha visto Blue Mary. Disse-me que tinha voltado para o hotel e decidido andar pelo pátio a caminho do nosso quarto. Estava em pé ao lado da piscina, sentindo o ar fresco da noite, quando viu uma mulher de vestido de baile azul sentada na beirada de uma espreguiçadeira, cobrindo o rosto com as mãos. Parecia estar chorando. Lexy não estranhou o vestido enfeitado e antiquado. Afinal, era carnaval, e havia baile de máscaras todas as noites. Aproximou-se dela.

— Tudo bem? — perguntou.

Lexy era esse tipo de pessoa, capaz de falar com uma desconhecida aos prantos e oferecer ajuda.

A mulher levantou os olhos, e Lexy viu que ela era muito pálida.

— Não consigo encontrá-lo — disse ela. — Não sei aonde ele foi.

Enquanto falava, ela segurou a mão de Lexy, que sentiu seu toque frio como gelo. Foi então que ela entendeu com quem estava falando.

— Sinto muito — disse Lexy. — Talvez seja hora de parar de procurar.

Ao ouvir isso, a mulher ficou furiosa.

— Parar de procurá-lo? — gritou ela. — O que você fez com ele? — Seu rosto ficou medonho e, quando ela se levantou, parecia muito mais alta do que Lexy. — O que você fez com ele? — repetiu.

— Eu não fiz nada — disse Lexy,

— Então, onde ele está? — rugiu a outra.

Lexy se endireitou e a olhou bem nos olhos.

— Ele morreu — disse ela. — Você não pode mais encontrá-lo.

A expressão no rosto da mulher um instante antes de se virar e fugir foi de horror e de uma dor enorme. Lexy se arrependeu imediatamente das próprias palavras e tentou pegar o braço da mulher, mas ela já havia desaparecido.

— O que você acha? — perguntou Lexy, quando estávamos sentados na cama do hotel. — Era ela. Só pode ser.

— Não sei — disse eu, o cretino cético de sempre. Se Lexy me visse agora, acreditando numa cadela falante! — Podia ser uma hóspede do hotel que voltava de uma festa à fantasia, e você foi lhe dizer que o marido dela tinha morrido.

— Se você tivesse sentido como as mãos dela estavam frias...

— Bom, isso não quer dizer nada. Algumas pessoas sempre têm mãos frias. É um problema de distribuição de temperatura corporal. — Meu Deus, olha o que eu disse...

— Ela desapareceu, Paul. Sumiu no ar, e bem na minha frente.

— Será que você não desviou os olhos e não a viu fugir?

— Eu não olhei para o lado.

— Não sei, Lexy, mas não acredito que você tenha visto um fantasma.

— Eu sei que você não acredita em mim — disse ela, deitando-se na cama. — Mas eu sei o que vi.

Mais tarde, naquela noite, acordei com os soluços de Lexy.

— Estou com tanto medo — disse ela. — Estou com medo de que você morra.

Eu a apertei contra mim até meu peito ficar úmido.

Na manhã seguinte, enquanto Lexy ainda dormia, acordei, me vesti e saí de mansinho para pegar bolos à moda francesa e café. Quando voltei com uma sacola de doces, encontrei Lexy sentada no sofá, de camisola, olhando para o folheto sobre Blue Mary. Ela estava tão linda sob a luz matinal que por um momento perdi o fôlego.

— Bom-dia — disse eu. — Trouxe o café da manhã.

— Ótimo — respondeu ela, sem levantar os olhos.

— O que você está lendo? — perguntei, embora pudesse ver perfeitamente o que estava em suas mãos.

— Estou lendo sobre a Blue Mary. — Ela olhou para mim. — Acredite ou não, tenho certeza de que foi ela que vi ontem à noite.

Fiz que sim. Não queria discutir.

— Bom, venha comer uns bolinhos. Ainda estão quentes. E depois vamos tentar encontrar um lugar para ver o desfile.

— Acho melhor não — disse ela. — Queria ir ao cemitério, procurar o túmulo de Mary.

— Mas e o desfile? Foi por causa dele que a gente veio.

— Paul, tem mais uns cinco desfiles até terça-feira.

Suspirei.

— Lexy, estou preocupado. Você tem estado tão envolvida com a morte ultimamente, fazendo máscaras mortuárias e tudo mais... Eu trouxe você até aqui para afastar você de tudo isso.

Ela me olhou e sorriu.

— Não há por que se preocupar. As máscaras mortuárias são importantes para mim. Abriram um novo caminho para o meu trabalho, e eu estou empolgada. Mas prometo que não vão me tornar uma pessoa mórbida. Só que essa história da Blue Mary é diferente. Nunca tive uma experiência como essa. Quero investigar isso um pouco mais. A gente podia se divertir com esse caso, se você não fosse tão cético.

— Tudo bem, vou tentar ser mais aberto. — Hesitei por um momento. — E ontem à noite, quando você chorou?

— Pois é. — Ela baixou os olhos. — Não sei o que me deu. É que às vezes fico morrendo de medo de perder você.

— Não precisa se preocupar comigo — falei. — Não vou a lugar nenhum. — Andei até o sofá onde ela estava e beijei sua cabeça. — Agora venha tomar café enquanto está quente.

E fomos procurar o túmulo de Blue Mary. Ficava num desses estranhos cemitérios de Nova Orleans, com as sepulturas acima da terra. Era bastante pitoresco, na verdade, com as antigas lápides de mármore e as trepadeiras pendendo das árvores. Fiquei surpreso ao constatar que não estava aborrecido com a visita.

Seguimos as instruções do folheto do hotel e finalmente localizamos o túmulo. Era um grande bloco de granito, encimado pela cabeça e as asas de um querubim. Li a inscrição em voz alta.

— "Aqui jaz o corpo de uma Desconhecida, encontrado nas ruas de Nova Orleans em 27 de dezembro de 1872.

Como nenhum Parente ou Amigo Bem-intencionado reclamou o corpo da Bela Jovem de Vestido Azul, este Memorial foi erguido com Fundos levantados pelos Cidadãos de Nova Orleans no dia 24 de agosto de 1873. Descanse em paz, no Seio do Senhor".

Lexy se inclinou e passou a mão sobre as letras apagadas.

— Pena que eu não trouxe papel para fazer um decalque.

— Para quê?

— Para guardar de lembrança.

Apalpei meus bolsos e tirei o itinerário de três páginas que eu havia feito para a viagem. Passei os olhos pela primeira, que descrevia o que deveríamos estar fazendo naquele momento — o desfile, seguido por um almoço num restaurante cuidadosamente selecionado e visitas a lojas de máscaras —, antes de lhe entregar o papel.

— Você tem um lápis? — perguntei.

Lexy sorriu para mim.

— Acho que tenho — disse ela, remexendo na bolsa.

E foi assim que passamos nossa segunda tarde em Nova Orleans, marido e mulher ajoelhados na grama úmida, riscando o papel para decalcar a inscrição do túmulo de uma estranha. As palavras encheram todas as páginas do meu itinerário.

Depois daquele estranho dia, nossa viagem entrou nos eixos e as coisas passaram a ser mais ou menos como eu havia planejado. Havia mais desfiles do que era possível acompanhar, e não fazia mal ter perdido um. A cidade toda estava tomada por uma atmosfera de folia e mascaradas. Era contagiante. Vimos coisas maravilhosas: acrobatas que pareciam andar no ar, um cachorrão branco cujo pêlo havia sido tingido de modo a combinar com as roupas do dono. Lexy estava alegre e empolgada. Alguma coisa na viagem, o meu bom planejamento (como eu gostaria de ter acreditado) ou seu encontro com Blue Mary pareciam tê-la animado, superando minhas expectativas.

Na última noite, a Terça-feira Gorda em si, enquanto nos preparávamos para sair, Lexy abriu a mala que continha nossas máscaras. Entregou-me uma cara de leão, cercada por uma extravagante juba.

— Por que um leão? — perguntei, encantado.

— Por nenhum motivo. Achei que ficaria bem em você.

Devo ter parecido desapontado, porque ela riu.

— Tudo bem, vamos ver. Eu trouxe a máscara de leão porque você é forte, selvagem e feroz. — Ela se aproximou e rosnou na minha orelha. — É melhor ninguém mexer com você.

— Não precisa inventar histórias.

Ela sorriu.

— Nem sempre existem motivos para tudo. É só um disfarce. E não tive muito tempo para pensar, você sabe. Mas acho que você é uma espécie de gatão, se é que isso ajuda.

— Obrigado, ajudou bastante. E você, o que vai usar?

— Achei melhor a gente ir combinando — disse ela, tirando da mala uma linda máscara de leoa, cercada por uma guirlanda de flores de papel machê que parecia entrelaçada ao pêlo.

— Perfeito — disse eu. Examinei minha máscara. — Nunca vi essas máscaras. Quando você as fez? Não teve tempo antes da viagem.

— Eu estava experimentando modelos. Pensei em guardá-las para o nosso aniversário de casamento, mas esta é uma boa ocasião para estreá-las.

— Adorei — disse eu. — Vamos ser o casal mais bem vestido da noite.

Fomos para o saguão, com as máscaras ainda nas mãos. Estávamos na fila da recepção — nosso hotel adotava a antiga prática de deixar a chave com o recepcionista —, quando uma mulher se aproximou e deu um tapinha no braço de Lexy. Era uma moça morena, muito bonita. Usava um vestido de baile vermelho.

— Oi, lembra-se de mim?

Lexy se virou e a olhou atentamente. Ela não respondeu.

— Daquela noite, ao lado da piscina — disse ela. — Estava querendo encontrar você para pedir desculpas. — Ela se virou para mim e explicou. — Eu estava voltando de uma festa. Tinha bebido muito e acabei brigando com meu marido. Fiquei sentada lá, chorando, e sua amiga foi muito legal comigo. Mas eu fui horrível. Acho que gritei com você, não foi? — disse ela, sorrindo para Lexy. — E depois, saí correndo.

Olhei para Lexy. Ela estava muito pálida.

— Pensei que você fosse outra pessoa — disse ela por fim. — Suas mãos estavam tão frias.

A mulher olhou para Lexy de modo curioso.

— Estavam? — disse ela. — Seja como for, eu só queria pedir desculpas para você. — Olhou para a máscara que Lexy segurava. — Que máscara incrível! Vista-a, deixe-me ver.

Lexy colocou a máscara, sem dizer uma palavra.

— É linda! — exclamou a mulher. — Onde você comprou?

Respondi por Lexy.

— Minha mulher as faz. Também tenho uma — disse eu, vestindo-a.

A mulher admirou nossas máscaras e depois ficou ao nosso lado, de conversa fiada, até chegar nossa vez. Quando ela finalmente se afastou depois de pedir desculpas mais uma vez, peguei a mão de Lexy.

— Você está bem? — perguntei.

— Estou — disse ela, e não percebi pela sua voz se era verdade ou não. — Acho que você tinha razão.

— Sinto muito — eu disse. — Preferiria não ter.

Saímos para a rua barulhenta. Era uma noite quente, e comecei a sentir calor debaixo da máscara quase imediatamente. Lexy não disse nada enquanto abríamos caminho pela multidão. O que ela estava pensando enquanto avançávamos pelas ruas apinhadas, o suor correndo pelo meu rosto sob a máscara? Não sei. Não conseguia ver seu rosto.

Ficamos na rua até tarde, andando pelas festividades sem participar delas de fato. Lexy não tirou a máscara sequer uma vez. Quando finalmente voltamos para a calma do hotel, tirei a máscara do seu rosto.

— Você está bem? — perguntei. Abracei-a, e ela descansou a cabeça em meu peito, encolhendo os ombros.

— Só porque aquela mulher não era a Blue Mary não significa que ela não existe — falei. — A gente pode sair e procurar por ela agora mesmo.

Ela balançou a cabeça e pousou o dedo em meus lábios. Depois pegou minha mão e me guiou até a cama. Lentamente, começou a me despir.

— Ah, entendi — digo.

Quando estava nu, ela me puxou delicadamente até eu sentar-me na cama. Inclinou-se e me deu um longo beijo. Depois levantou o dedo, indicando que eu deveria esperar um pouco, e entrou no banheiro.

Acomodei-me sob os lençóis. O quarto estava escuro, mas, quando Lexy voltou, pouco depois vi que usava uma camisola branca e que estava com a máscara.

— Opa — falei. — Que novidade. Devo usar uma também?

Ela não respondeu. Deitou-se na cama ao meu lado e puxou o meu lençol. Fechei os olhos enquanto ela se estendia sobre mim e começava a se movimentar contra o meu corpo. Senti a borda dura da máscara contra o rosto quando ela se ergueu e me guiou para dentro dela.

— Mais devagar — falei. — Para que a pressa? — Abri os olhos e, à luz do luar que entrava pela janela, vi que Lexy não estava com a máscara da leoa e sim com a de Jennifer. A máscara da menina sorridente.

Comecei a me afastar.

— Não, Lexy. Tire isso.

Ela me segurou na cama e balançou a cabeça negativamente.

Eu deveria ter resistido mais. Se pudesse voltar àquela noite, eu resistiria. Se eu pudesse recuperar aquele momento, tiraria a máscara do seu rosto e beijaria seus próprios lábios macios. Mas não fiz isso. Deixei que ela continuasse. Ela fez amor comigo usando a máscara de uma menina sorridente, e eu fiquei ali deitado e deixei. Quando gozei, tive a impressão de haver traído a nós dois.

Isso aconteceu em março. Lexy morreu em outubro. Nosso tempo já estava se esgotando.

TRINTA E QUATRO

O quintal está vazio. Procuro desesperadamente, mas Lorelei não está em lugar algum. Sei que tranquei o portão ao sair. Lembro-me da sensação do gancho de metal enquanto eu o prendia no trinco. E lembro-me de Lorelei pulando para encostar o nariz na minha mão enquanto eu puxava o portão para ver se o havia fechado bem. Mas o portão está escancarado. A cadela desapareceu, e sei que ela não saiu daqui sozinha.

Sento-me na grama, sentindo-me tonto. Lorelei sumiu, Lorelei sumiu... Repito a frase mentalmente, buscando um modo de desmenti-la. A culpa é minha, eu sei. Pus Lorelei em perigo. Arrastei-a de volta ao local onde ela sofreu seu trauma de infância e a exibi a homens que queriam lhe fazer mal. Qual deles roubou minha cadela? Lembro-me então de Lucas ao meu lado, inclinando-se levemente para mim quando ouviu que Lorelei era uma *ridgeback*, espiando-me com olhos diminuídos pela gordura do rosto. *Deve ser minha filha pródiga*, dissera ele. Deve ter sido ele quem a levou, achando que tinha algum direito sobre ela, um assunto inacabado com a fugitiva. Remo também podia estar envolvido. Mas quando tiveram a oportunidade? Não podia ter sido depois de a polícia chegar, não houvera tempo. Devia ter sido durante a primeira parte da reunião, antes de exibirem o Cão J. Lembro-me que Lucas pediu licença, dizendo que precisava cuidar de algumas coisas. Lembro-me de ver meu endereço na sua prancheta e de ele me olhar de cima a baixo.

Um arrepio me percorre quando imagino o que estão fazendo com ela naquele momento. Preciso recuperá-la, mas sequer sei os sobrenomes deles. Vou à polícia, não há outro jeito. Contarei o que sei. E talvez eles me ajudem a encontrá-la.

Levanto-me e entro em casa para procurar na lista telefônica a delegacia mais próxima. Minha cabeça roda. Por trás de minha preocupação com Lorelei, outro pensamento me assedia, mas eu não quero lhe dar atenção. O Cão J. O Cão J não sabe falar. Durante todos esses meses, o caso desse cão foi uma baliza para mim. "Viu? Não é impossível." Sempre que eu começava a sentir que embarcara numa loucura, que meu trabalho nunca daria em nada, eu abria a gaveta da minha mesa e tirava os recortes de jornal sobre o Cão J. E eles me davam esperança. Agora eu não sabia o que pensar. Todos naquela sala ouviram o mesmo som deturpado que eu; e todos, menos eu, interpretaram-no como fala. O que achavam que ele estava dizendo, aquele pobre cão mutilado? E quanto aos jurados que haviam condenado Wendell Hollis depois de ouvirem o testemunho do Cão J? E os repórteres, que publicaram as palavras do animal? Será como a história da roupa nova do imperador, quando se ouve o que se quer ouvir e se acredita no que se quer acreditar? Não pode ser. Porque ninguém quer acreditar mais do que eu.

Enquanto olho a lista telefônica, ligo no canal de notícias locais. Lá está, é a notícia principal. "A polícia diz que nunca viu um caso tão chocante de crueldade animal", diz a âncora. Mostram cenas de agentes tirando um cachorro depois do outro do canil de Remo. Alguns cães mal conseguem andar. Procuro Lorelei entre eles, em vão. "No início da noite", diz a âncora, "a polícia recebeu uma denúncia anônima e invadiu a casa de Remo Platt. Procuravam Herói, o famoso cão falante que desapareceu semana passada do apartamento de seu dono em Nova York. Não encontraram Herói, mas o que encontraram basta para virar o estômago dos amantes dos animais." Entra a imagem de um repórter parado na frente da casa de Remo, explicando que a polícia interrompeu a reunião de "uma bizarra seita de mutilação de animais", cuja maioria dos membros fugiu quando a polícia chegou. "Ao revistar o local", continua ele, "a polícia encontrou um laboratório improvisado onde Platt e seu grupo aparentemente realizavam experimentos com cachorros. A literatura encontrada no local" — e o repórter exibe um *kit* de inscrição idêntico ao que Remo me deu no começo da noite — "sugere que o grupo tem modificado cães cirurgicamente na tentativa de dar-lhes o dom da fala. Os membros do grupo parecem ter se inspirado no antigo dono de Herói, Wendell Hollis, conhecido como 'O Carniceiro do Brooklyn'."

Depois de algumas brincadeiras idiotas entre o âncora e o repórter, aparecem as fotos dos três homens que a polícia conseguiu prender. Um deles é Aaron, o ruivo traído pela mulher; os outros dois eu reconheço vagamente da reunião. "Platt continua solto", diz a âncora. "Se você tiver alguma informação, por favor avise a polícia."

Então Remo conseguiu fugir com o Cão J. E Lucas conseguiu fugir com Lorelei. Desligo a televisão e ando de um lado para outro da sala. Visto o casaco e me preparo para ir à delegacia, mas, antes de eu sair, a campainha toca. É um policial.

— Paul Iverson? — pergunta ele quando abro a porta. Assinto. — Venha comigo. Gostaríamos de lhe fazer algumas perguntas.

Está quase amanhecendo quando volto para casa. Estou exausto. A noite foi extenuante. Descubro que a polícia esteve me vigiando. Depois do sumiço do Cão J, eles examinaram a correspondência recente de Wendell Hollis e, naturalmente, deram com o meu nome. De fato, eles me seguiram até a reunião. Levei algum tempo para convencê-los de que eu não era exatamente um membro central da Sociedade Cérbero. E as palavras "eu estava a caminho da delegacia quando vocês chegaram" não parecem causar muita impressão. No final, é claro que eu não tinha nenhuma informação que pudesse ajudá-los. Não fazia idéia de onde Remo poderia estar. Não sabia os detalhes do seqüestro nem os planos de Remo para o Cão J. E, embora tenham anotado a descrição de Lorelei e tenham dito que me avisariam se ela aparecesse, estava na cara que aquilo não seria uma prioridade para eles. Não é ela o cachorro que o público quer encontrar.

Pelo menos eles não me prenderam. Foi o que pareceu que fariam no começo, embora eu tenha logo provado que não estava envolvido com o seqüestro. Mas raramente em minha vida fui tão humilhado. O detetive que me interrogou, um brutamontes chamado Caffrey, foi muito agressivo até perceber que eu não era uma ameaça. Depois, me tratou como um imbecil. Quando lhe falei da morte de Lexy e do meu subseqüente trabalho com Lorelei — achei importante explicar as circunstâncias que haviam me levado à reunião —, ele chegou a rir de mim.

— Então devo anunciar que a gente está procurando outro cachorro falante? — perguntou ele, com um sorriso malicioso.

— Não — respondi calmamente. — Ela ainda não aprendeu.

— Entendi — diz ele. — Ela *ainda* não aprendeu. Pode deixar que a gente avisa se ela aparecer aqui pedindo ajuda.

Bem nessa hora, o inspetor Anthony Stack, o mesmo que havia investigado a morte de Lexy, entrou no recinto.

— Dr. Iverson — diz ele. Senti vontade de abraçá-lo por chamar-me de doutor. — Soube que estava aqui e passei para cumprimentá-lo.

— Inspetor Stack, que prazer em vê-lo — falei. — Estou tentando ajudar a resolver o caso da Sociedade Cérbero, mas parece que não tenho nenhuma informação útil.

— Fiquei um pouco surpreso quando vi seu nome. Não acreditei que estivesse envolvido com aquela gangue.

— Mas não estou. Acabei de dizer ao inspetor Caffrey que...

— O professor aqui está tentando ensinar sua cadela a falar — interrompeu Caffrey. — Ela vai virar uma cadela policial e resolver o mistério da morte da mulher dele.

— Dr. Iverson, o senhor sabe que a morte de sua mulher foi considerada acidental — disse o inspetor Stack.

— É, mas... Eu só queria... Notei algumas incongruências — concluí frouxamente.

O inspetor Stack me lançou um olhar penetrante e assentiu com ar duvidoso.

— Mas, como eu dizia ao inspetor Caffrey — prossegui —, minha cadela desapareceu. Um dos homens da reunião a roubou. — Percebi como aquilo devia ter soado absurdo.

— E, ao que parece — disse Caffrey —, a cadela é a única capaz de resolver essas "incongruências".

Stack lançou a Caffrey um olhar de advertência.

— Bem, vamos tentar encontrar sua cadela — diz ele, com voz amável. — Agora, é melhor o senhor ir para casa. Precisa que alguém o leve?

Por um instante, eu me vi como ele deve ter me visto — arrasado, frágil, abatido —, e senti vergonha.

— Não — respondi. — Obrigado.

E saí da delegacia para a noite sem estrelas.

Agora estou de volta à minha casa vazia, e o sol está começando a nascer. Por mais que seja tarde, não sinto vontade de dormir. Resolvo fazer o que tenho feito ultimamente quando me sobram alguns momentos. Pego o telefone e disco o número que já decorei.

— Obrigada por ligar para os Serviços Paranormais — diz a mulher do outro lado da linha. — Aqui é *lady* Arabelle.

TRINTA E CINCO

— Aqui é *lady* Arabelle — repete ela quando eu não digo nada. — Ramal 43981. Vou ver sua sorte nas cartas do tarô. Preciso do seu nome, da sua data de nascimento e de seu endereço.

— É *lady* Arabelle mesmo? — pergunto, mesmo conhecendo a sua voz de cor.

— Ela mesma. Com quem estou falando?

— Com o Paul.

— Paul, querido, diga-me sua data de nascimento para a gente poder começar.

— Vinte de setembro — digo. — Mas não estou ligando para saber minha sorte.

— Não? — diz ela. Sua voz é doce como caramelo.

— Não. — Procuro uma maneira de começar. — Estou tentando falar com você há semanas. É que minha mulher morreu em outubro e, há uns dois meses, eu estava vendo TV e ouvi você falando com ela em um dos seus programas. Foi ela quem disse: "Estou perdida, não sei o que fazer." Sabe de quem estou falando?

— É claro que conheço o programa, mas infelizmente não posso lhe dizer nada sobre nenhuma ligação. Para começar, elas são confidenciais, e, para ser franca, não me lembro dos detalhes de todas as ligações que recebo.

— Claro que não, mas tente pensar um pouco, lembrar de alguma coisa. É muito importante para mim.

Ela começa a dizer alguma coisa, mas eu a interrompo e prossigo com precipitação.

— Quanto ao sigilo, compreendo suas normas, mas elas se aplicam também a quem já morreu?

Lady Arabelle suspira.

— Sabe, pode nem ser a voz da sua mulher que você ouviu. Pode ter sido outra pessoa. Será que sua dor não o levou a se enganar?

— Conheço a voz da minha mulher — digo, surpreso com a frieza da minha voz. Respiro fundo e me recomponho. — Além disso, encontrei a ligação na minha conta telefônica. Foi no dia 23 de outubro. Às 23h23. Horário da costa Leste. Você falou com ela durante 46 minutos. Não é possível que não se lembre de nada. Não poderia pelo menos tentar? — Como ela não diz nada, continuo. — Olhe, estou pagando cinco dólares por minuto para falar com você e não vou desligar até me dar uma resposta. Vai desperdiçar uma oportunidade dessas?

Ela não ri, mas, quando fala, noto que sua voz abrandou.

— Então, fale-me da sua mulher.

E eu falo. Falo tudo que me vem à cabeça. Como conheci Lexy e como ela morreu. Dos meses solitários que passei desde então, desvendando pistas que talvez nem sejam pistas. Do meu trabalho com Lorelei, do portão aberto, do quintal vazio. Não sei quanto tempo falo, mas, quando finalmente paro, minha garganta está seca.

Faz-se um longo silêncio depois que termino meu relato.

— *Lady* Arabelle — digo. — Ainda está aí?

— Estou aqui, meu bem.

— E então? O que eu disse ajudou? Você se lembrou da ligação de Lexy? — Minha voz treme. Acho que eu não suportarei se ela disser não.

— Acho que posso ajudá-lo — diz ela. Minha respiração sai quase num soluço. — Não me lembro da ligação, preciso ser franca. Recebo umas 200 ligações por mês, e todas elas acabam se parecendo depois de algum tempo. Mas eu faço anotações.

Anotações! Meu Deus, ela possuía anotações do telefonema de Lexy! Minha voz nem sai para responder.

— Estou escrevendo um livro sobre minhas experiências como *lady* Arabelle. Desde o último outono, venho anotando todas as ligações que recebo. Se me disser a data e a hora de novo, posso ver o que tenho e volto a ligar.

— Obrigado — digo. — Obrigado, você não sabe...

— Eu sei, meu bem — diz ela.

Dou-lhe as informações e desligo. Estou tremendo todo. Sinto-me exultante e assustado.

Amanheceu totalmente e o sol entra pelas janelas. Preciso me acalmar. Preciso me ocupar com alguma coisa enquanto espero *lady* Arabelle me ligar. Sento-me e redijo um anúncio para o jornal, mas, assim que escrevo as palavras "*rhodesian ridgeback* de oito anos desaparecida", meus olhos se enchem de lágrimas e tenho de largar a caneta. Em vez disso, vou para o escritório e ligo o *laptop*. Ainda não terminei de listar os livros da estante. Estendo-me no chão e começo a listar os livros das últimas duas prateleiras.

As Piores Músicas do Mundo (Que Você Teria Adorado) (Um livro que Lexy me deu de brincadeira, porque sempre disse que tenho péssimo gosto musical.)
O Caso do Cadáver Trocado (Dela. Uma coletânea de contos policiais.)
Um Teto Todo Seu (Dela, da faculdade. Não sei se o leu ou não.)
Doce Tentação (Dela. Um livro de culinária grande e luxuoso, com receitas complicadas e lindas fotos. Nenhum de nós nunca o usou.)
Exercícios para um Coração Sadio (Meu. É um romance que encontrei exposto por engano na seção de saúde de uma livraria.)
Detalhes de um Pôr-do-sol (Meu, da faculdade. Nunca li.)
O Alienígena: Esse Estranho Outro (Dela. Comprou o livro por causa das ilustrações, depois que um cliente encomendou uma máscara para uma peça.)
Jogos de Viagem (Nosso. Compramos naquela primeira viagem à Flórida, antes de começarmos o longo trajeto de volta.)
O Rio e a Safira (Dela. Um livro de poemas.)

Acabei de listar todos, e ainda não descobri nada. Começo a ficar sonolento. Afinal, passei a noite em claro. Pouso a cabeça no carpete. Sua maciez é uma bênção. Fecho os olhos e durmo.

Sonho que encontro Lexy na cozinha, cortando uma cebola. No sonho, sinto os olhos arderem devido ao cheiro acre.

Ela me olha e sorri.

— Eu ia só descascá-la. Mas, depois de tirar algumas camadas, a gente acaba tendo de cortar.

— Lexy, você está viva — digo. Mas não sinto surpresa, júbilo nem assombro. Fico furioso com ela. Nunca senti tanta raiva.

— Pensei em ligar — diz ela.

— Pensou em ligar? — replico asperamente. — Ah, isso me alivia muito...

Lexy ri.

— Desculpe.

— Você não pode simplesmente voltar assim. Tem idéia do que passei? Que porra você tinha na cabeça? — Estou gritando com ela.

— Quer que eu vá embora? — pergunta ela, levantando-se da mesa.

— Não, pode continuar cortando a porra da cebola.

O sonho fica estranho depois — há algo mais, algo a respeito de Lexy precisar do seu corpo, o corpo que eu enterrei, e eu não sei como recuperá-lo para ela.

— É tudo culpa sua — grito. Estou descontrolado. — Se você não tivesse abandonado seu corpo, a gente não precisaria trazê-lo de volta agora.

Acordo com a raiva ainda queimando no estômago. O telefone está tocando. Olho para ele por um instante, desorientado, antes de atender.

É *lady* Arabelle.

— Encontrei minhas anotações — diz ela. — Tenho uma coisa que você não vai gostar de ouvir.

Respiro fundo.

— Preciso saber.

— Tudo bem, querido, preste atenção. — Ela faz uma pausa. Ouço-a remexendo as páginas com as anotações, embora ela já saiba o que tem a me dizer.

— Sua mulher... — diz ela. — Estava grávida.

Fico em silêncio por muito tempo. Quando finalmente falo, minha voz parece muito distante.

— É — digo. — Eu sei.

TRINTA E SEIS

Eu só soube depois da morte dela. Ela nunca me contou. Apareceu na autópsia, é claro, e o inspetor Stack me ligou para dar a notícia. Ela estava com dois meses. Mas eu descobri antes. Encontrei um pedaço de papelão, um fragmento de uma caixa que continha um teste caseiro de gravidez. Não encontrei o teste em si, pois ela teve o cuidado de jogá-lo fora. Mas na lixeira do banheiro — confesso que, naqueles primeiros dias, eu virei a casa do avesso em busca de pistas do que havia acontecido, examinando cada fio do carpete e cada envelope manchado de café jogado no lixo —, na lixeira do banheiro, debaixo dos lenços de papel, cotonetes e fios dentais emaranhados, encontrei um pedaço de papelão rosa que ela deixou passar. Foi uma das... anomalias que encontrei naqueles dias terríveis. Uma das pistas que me colocaram nessa trilha. O pedaço de papelão tinha três letras: CLE. As letras e a cor do papelão não lembravam nada que costumávamos ter em casa. Então fui até a farmácia com o pedacinho de papelão rosa e andei pelos corredores até encontrar a caixa correspondente. As letras eram da palavra "clear" e a caixa continha um teste de gravidez. E foi assim que eu descobri.

Não aconteceu em Nova Orleans, teria sido cedo demais. Mas quando? Usamos anticoncepcionais o tempo todo, e eu não me lembrava de nenhuma ocasião específica em que eles pudessem ter falhado. Acho que sempre tive a idéia romântica de que, quando concebemos uma criança, acontecia algum tipo de cataclisma, alguma indicação de que algo grandioso havia ocorrido. Mas não houve nada parecido. Consultei o calendário, guiando-me pelo relatório da autópsia, e localizei a semana provável. Eu tinha algumas recordações daquela semana, algumas bastante alegres, mas não havia acontecido nada de especial, nada tremendo. Foi apenas outra semana da minha vida.

Mas que diferença fazia saber que ela estava grávida? De que me adiantava? Não ajudava a esclarecer nada. Apenas ampliou o círculo de imagens na minha cabeça. Pensei, por exemplo, que, se ela estava grávida, poderia ter sentido tontura. Subiu na árvore por motivos que não consigo imaginar, mas que poderiam ter feito bastante sentido no momento, ficou tonta e caiu. Ou seriam os hormônios. Grávidas têm alterações de humor. Ela pode ter sentido uma onda de desespero bem quando chegou ao galho mais alto. Uma onda de desespero causada por uma mudança hormonal, e não pelo que sentia em relação a mim, a ela mesma ou ao bebê. Poderia ter acontecido de tantas maneiras. Ela ainda não mostrava sinais de gravidez. Ou mostrava? Será que seus contornos já se arredondavam e eu não notei? Torturei meu cérebro, mas não consegui me lembrar dela na última vez em que a vi nua. Não consegui me lembrar nem de quando havia sido essa última vez.

Como nos tornamos cegos para certas coisas quando as vemos todos os dias! Houve uma época em que ver seu corpo nu bastava para me deixar sem ar. Em que eu não podia nem olhar para ela sem que uma onda de excitação me percorresse como fogo. Quando foi a última vez que me aproximei por trás e tomei seus seios em minhas mãos? Quando a visão dela saindo do chuveiro se tornou corriqueira? Meu corpo vibrando ao vê-la. Não que fizéssemos amor com menos freqüência — bom, era um pouco menos freqüente em relação àqueles primeiros e inebriantes meses. Quem consegue manter uma paixão tão constante por mais de um ano e pouco? Mas o sexo não era mais a corrente por trás de tudo que fazíamos. Será que ela havia percebido? Achava que eu já não a amava tanto quanto era capaz? Sentia-se rejeitada? Meu desejo por ela teria se tornado muito distante, como o papel de parede de nossa vida, e não a peça central? Meu Deus, será que ela pensava que eu não a achava mais linda? Que se preocupava com as mudanças que um bebê causaria a seu corpo? Não. Ela não era tão mesquinha, tão insegura. Então, o que houve? O que eu fiz e o que deixei de fazer? Como falhei com ela? De quantas maneiras? Eu sabia que havia errado. O problema, agora, era saber os detalhes do meu erro. O problema era explicá-lo de um modo que eu pudesse entender. Talvez nem Lexy tivesse sido capaz de fazê-lo.

As anotações de *lady* Arabelle não me revelam muito mais. O resto de nossa conversa gira em torno das cartas de tarô que ela tirou para Lexy.

— Eu tiro a sorte com dez cartas de tarô usando o método celta — diz ela. — Sabe alguma coisa sobre tarô?

— Não — respondo.

— Tiro dez cartas, e cada uma tem um papel específico na leitura. Em seu conjunto, as cartas me dão um retrato do momento pelo qual a pessoa está passando, entendeu? Olhando a seqüência, tenho condições de sugerir que caminhos a pessoa deve seguir. Não prevejo o futuro. O futuro não está fixo. Tudo depende das decisões que você tomar a partir do instante que estamos analisando. As cartas ajudam a determinar o melhor rumo a tomar. Entendeu, querido?

— Sim, entendi.

— Bom, no caso da sua mulher, a primeira carta que tirei foi a do Mágico.

— O mágico? — digo, procurando um papel onde tomar notas.

— Isso mesmo. A carta do Mágico estava na posição do Significador, que indica a situação geral da vida da sua mulher na noite em que ela ligou.

— Isso parece importante — digo.

— Claro, todas as cartas são importantes. Todas atuam juntas. O Mágico ter aparecido nesse lugar indica que sua mulher tinha condições de controlar o que aconteceria com ela. O Mágico representa potencial inexplorado, oportunidades e possibilidades. E sua mulher tinha o poder de aproveitar essas oportunidades. Estava no controle de sua vida.

— Certo — digo. — Isso é bom.

— A segunda carta é a carta da Passagem. Indica o problema básico que sua mulher estava enfrentando. A carta que apareceu foi a dos Amantes.

— Certo — digo, anotando.

— A carta dos Amantes indica uma decisão muito importante que precisa ser tomada, e que afetará o rumo da vida. Forças conflitantes estão em ação, e é preciso refletir com cuidado sobre as implicações da decisão. Bom, a terceira carta foi a da Coroa, que representa a situação geral sobre a cabeça da pessoa naquele momento em particular. Para sua mulher, foi um Pajem de Copas, que indica que ela recebeu uma notícia. Geralmente é a notícia de um nascimento ou de um novo começo. Pensei que fosse a notícia da gravidez.

— Sim, com certeza — digo.

— A quarta carta é a Base da Questão. Mostra o que realmente está na raiz da situação. No caso dela, foi o Ás de Paus, mas saiu invertido.

— Como assim?

— A carta veio de cabeça para baixo, o que faz com que tenha um sentido um pouco diferente. Geralmente, o Ás de Paus significa um novo começo, às vezes um nascimento ou apenas um novo rumo na carreira ou algo assim. Mas, quando vem invertido, significa que esse novo começo não foi bem planejado. As circunstâncias não são propícias, e a pessoa pode não ter sucesso nesse empreendimento. Ou pode ter sucesso, mas não tem a segurança necessária para arriscar.

— Como ela reagiu quando você disse isso?

— Infelizmente, isso não está nas minhas anotações, meu bem. Mas não acho que tenha reagido mal. Com certeza, mostrei o aspecto positivo e disse que, se acreditasse em si mesma, tudo daria certo. Certamente lhe disse isso.

— Certo — digo.

Isso está ficando confuso. Tudo isso parece muito importante, mas não sei o que concluir. Assim mesmo, anoto zelosamente. A quinta carta, diz ela, representa influências passadas. No caso de Lexy, saiu o Seis de Copas, que, aparentemente, tem algo a ver com recordações felizes, mas não entendo muito mais além disso. Sacudo a cabeça para clareá-la, disposto a ouvir com mais atenção.

— A carta seguinte, a sexta, é o oposto. Representa influências futuras. Saiu o Sete de Paus, uma carta que recomenda que a pessoa tome uma atitude. Ela pode não saber o que fazer, mas tem que fazer alguma coisa. Qualquer ação é melhor do que nada.

— Qualquer ação é melhor do que nada — anoto.

— Isso. A sétima carta chama-se Sua Posição. É mais ou menos como o Significador, mas vai além. Representa o estado interior da pessoa e dá uma idéia do que ela poderá fazer. No caso de sua mulher, a carta foi o Louco.

— Está chamando Lexy de louca? — digo, tentando fazer soar como brincadeira.

— Não, longe disso. Mas o Louco representa alguém que... Vou descrever a carta. Mostra uma pessoa caminhando em direção a um abismo. Varia de um baralho para outro, mas geralmente tem um animal tentando impedi-la de cair, como um cachorro.

— Um cachorro? — digo, endireitando-me.

— Ou às vezes um pássaro. A questão é que quem está ao redor do louco sabe que ele vai cometer um erro, e provavelmente o próprio louco também sabe. Mas ele se recusa a admitir e, se continuar naquela trajetória, acabará caindo no precipício.

— Então é uma carta da morte?

— Não, geralmente não é tão literal. Significa apenas que a pessoa tem uma decisão a tomar e, se tomar a decisão errada, as conseqüências podem ser sérias.

— Certo — digo.

A oitava carta, diz ela, representa como as outras pessoas vêem Lexy. Saiu o Ás de Copas, que é uma carta muito boa, segundo *lady* Arabelle. Representa felicidade, amor, fertilidade. Um casamento feliz e uma vida em família.

— Isso é como os outros viam Lexy? — pergunto. — Não como ela se via?

— Bom, é a posição da carta. Mas não quer dizer nada, meu bem. Nada sugere que ela não era feliz no casamento. Nada mesmo.

Não digo nada. Sinto um súbito nó na garganta.

— A nona carta, coragem, meu bem, estamos acabando, é a carta da Esperança e do Medo. A idéia é que a esperança e o medo são dois lados da mesma moeda. O Cinco de Espadas saiu nessa posição. É uma carta muito negativa, que sugere grande perda e tragédia. Completa ruína. Acho que era isso que sua mulher temia.

— Não é o que todo mundo teme?

— Claro, meu bem — diz *lady* Arabelle. — É o que todo mundo teme. Bom, a décima carta, a última, representa o Desfecho Final. Mas é um termo um pouco enganoso, porque, como eu disse, e como devo ter dito a ela, não há nada que a gente não possa mudar. "Desfecho Final" significa apenas o desdobramento provável das circunstâncias.

— E qual carta apareceu?

— Não precisa ficar impressionado, meu bem, mas foi o Enforcado.

— Santo Deus...

— Mas o Enforcado não significa morte. Significa apenas sacrifício pessoal, renúncia. Indica que a pessoa pode ter de abdicar de alguma coisa em nome de outra mais importante.

— Entendo — digo. — Acabou?

— Acabou. — Ela faz uma pausa. — Quero deixar bem claro que não foi uma leitura negativa. Não vi nada que justificasse preocupação quanto ao futuro da sua mulher.

— Está bem. E suas anotações não dizem mais nada?

— Bom, deixe-me ver. Anotei que ela tinha 35 anos, era casada e estava grávida. Isso ela me disse de cara. Tenho a data de seu nascimento e a lista das cartas que tirei para ela. Também anotei que ela havia parado de chorar quando desligou. Ela me agradeceu e disse que eu a tinha ajudado.

Fiz um sinal de mais perto do registro, indicando que a consulta foi positiva. E isso é tudo.

— Obrigado — digo. — Muitíssimo obrigado.

— De nada, querido — diz ela. — Cuide-se bem. Tente superar tudo isso. Sei que ela teria desejado assim.

— Está bem — digo. — Obrigado.

Desligo, me sentindo perdido. Eu esperei tanto dessa ligação, durante tanto tempo, mas agora que terminou continuo sem saber o que aconteceu. Ganhei mais anotações para arquivar com todas as outras que já fiz — sobre o comportamento de Lorelei, sobre fisiologia canina, as listas dos livros arrumados numa ordem que não parece fazer o menor sentido. De repente, sinto uma falta desesperada de Lorelei. Quero, mais do que tudo, mais do que a revelação dos segredos da morte, talvez até mais do que ter minha mulher de volta em meus braços, quero me estender na cama e sentir o conforto do corpo peludo e volumoso de Lorelei ao meu lado. Colocar a mão em seu flanco quente e senti-la respirar até cair no sono. Levanto-me para ir ao banheiro, parando para fechar as cortinas e esconder o dia luminoso. Deito-me na cama e mergulho num sono aflito e desamparado cheio de mulheres caindo e cães invisíveis latindo.

TRINTA E SETE

Lexy e eu voltamos de nossa viagem a Nova Orleans num estado de humor sombrio. Ela mantinha-se em silêncio, recusando-se a falar de Blue Mary ou da noite em que veio até mim usando a máscara. Jogou fora os papéis com os decalques do túmulo de Blue Mary e, quando os resgatei do lixo e os desamassei, disse-me que não os queria mais. Assim mesmo, guardei-os cuidadosamente na minha mala para o caso de ela mudar de idéia.

Lexy voltou às máscaras mortuárias, mas com menos interesse do que antes. Não sei se isso tinha a ver com Blue Mary ou se ela simplesmente havia se cansado daquela forma de expressão. Continuou a aceitar encomendas, mas parou de colocar anúncios, e os pedidos começaram a rarear. Além disso, ela parecia não querer mais produzir o mesmo tipo de máscaras. Tinha novas idéias que não levava até o final, fazendo esboços apurados de máscaras que nunca chegava a produzir. Pensou em uma linha de máscaras de Halloween para crianças, mas de qualidade — bruxas e demônios grotescos que teriam sido um milhão de vezes melhores que as máscaras baratas de plástico ou borracha que eu havia usado na infância —, mas concluiu que a maioria dos pais não pagaria os preços que ela teria de cobrar. Durante alguns dias, ela se empolgou com uma série que chamou de Almas de Lavanderia, a partir de uma frase que apareceu num de seus sonhos. Não conseguiu me dizer o que a frase significava, mas o sonho havia sido tão evocativo, as palavras tão misteriosas quando ela as sentiu nos lábios ao acordar, que precisava fazer algo para lhes dar vida. Mas, passados alguns dias, a sensação se atenuou, como é da natureza dos sonhos, e ela não conseguia recuperar o estado de espírito da hora em que acordou. Outra idéia, inspirada nos cães disfarçados que víramos no carnaval, era produzir máscaras com cara de gente para animais, um tipo de contraponto às máscaras de animais para seres humanos que sempre estiveram entre seus maiores sucessos. Chegou a fazer uma, usando Lorelei como modelo, e o efeito foi bastante estranho — um rosto infantil vitoriano, com faces rosadas e cachos loiros, tendo abaixo o focinho de Lorelei. Mas ela perdeu o interesse também por esse projeto. Lorelei, por sua vez, passou dias com gesso grudado aos pêlos, até conseguirmos marcar uma hora para ela na *pet shop*.

Eu estava preocupado com Lexy. Havia dias que eu chegava em casa e a encontrava deitada no sofá com Lorelei aninhada a seu lado. "Não fiz nada o dia inteiro", dizia ela. Além disso, não dormia bem. Certa noite, acordei e não a vi na cama. Fui procurá-la e a encontrei em seu ateliê, andando de um lado para outro.

— O que você está fazendo? — perguntei.

— Estou pensando — respondeu ela. — Tentando decidir o que vou fazer.

Eu queria fazer alguma coisa para ajudá-la, e falei com uma amiga do departamento de artes dramáticas, Patrícia Wellman, que se preparava para dirigir uma produção de

Macbeth. Pretendia montar a peça de modo ousado — havia escalado mulheres para os papéis masculinos e homens para os femininos, por exemplo, e o cenário seria um bar de karaokê em Hackensack — e, quando sugeri que todas as personagens usassem máscaras, ficou muito entusiasmada.

Lexy no começo não se empolgou com o trabalho. Não era exatamente algo novo para ela, e as idéias de Patrícia eram um pouco vagas e podiam mudar a qualquer minuto — numa semana ela queria que todas as personagens usassem máscaras sem feições, brancas e inexpressivas, e na semana seguinte queria que fossem carinhas sorridentes redondas e amarelas —, mas parecia fazer bem a Lexy ter um trabalho fixo, prazos, uma tarefa a desempenhar. Ela gostava de ir aos ensaios e de ver o espetáculo tomando forma, e nós dois nos divertíamos rindo das idéias mais estapafúrdias de Patrícia.

Fomos à estréia da peça, que acabou sendo um pouco melhor do que eu esperava. As máscaras de Lexy foram um ponto focal da produção. Ela havia conseguido convencer Patrícia a desistir das caras sorridentes e as duas se decidiram por máscaras que revelavam o tormento interno de cada personagem, o que deu um efeito pungente e surpreendente a uma produção de resto bastante tola. Depois, Patrícia nos convidou para a festa de estréia, que aconteceu (onde mais?) num bar de karaokê. Lembro que nos divertimos muito naquela noite. Após várias doses de tequila, Lexy me convenceu a subir no palco com ela e cantar em dueto "I Got You, Babe". Tenho um instantâneo mental de Lexy, corada e risonha, com um microfone na mão, cantando uma canção de amor para mim. Quando cantei "Put your little hand in mine", ela estendeu para mim sua mão quente e macia. Depois, a caminho de casa, nós nos beijamos no táxi, como dois adolescentes, enquanto o motorista se concentrava em nos ignorar. Foi um momento de pura felicidade, não só para mim, mas para nós dois. Ela estava feliz naquela noite, entenderam? *Ela estava feliz.*

Isso aconteceu em meados de agosto. A mesma semana, segundo as melhores estimativas do legista, em que concebemos nosso filho.

TRINTA E OITO

Penso no bebê o tempo todo. Faz uma semana que Lorelei desapareceu, e não tenho mais o que fazer. Cobri o bairro todo com fotos suas, coloquei anúncios nos jornais e ligo para a polícia todos os dias, mas, por enquanto, nada. Fico sentado em casa, esperando notícias da minha cadela e pensando em tudo que perdi. Estamos em julho. O bebê teria dois meses, seria quase capaz de erguer a cabeça sozinho, talvez até de sorrir. Tento imaginar essa outra vida, esse outro inverno, em que eu teria observado o corpo de Lexy se expandir com uma nova vida, em que sua bolsa se romperia no meio da noite e mediríamos o intervalo entre suas contrações com um cronômetro. Em que voltaríamos para casa num belo dia ensolarado e Lexy entraria em casa com nosso filho pela primeira vez. Imagino primeiro uma menina, com covinhas nos dedos e uma macia penugem cobrindo a pequena cabeça. Depois, um menino, um meigo menino, com a boca em botão. E finalmente descubro que estou com raiva.

Estou com raiva de uma morta. Não é um sentimento agradável. E, quando tento seguir o fio da minha raiva até o fim, encontro um nó após o outro. Acho que estou com raiva porque ela subiu até o alto da macieira sabendo que tinha nosso filho no ventre. Estou com raiva por ela sequer ter me contado que estava grávida, por ter me negado uma informação tão latente de possibilidades. E, é claro, estou com raiva — mas você não tem certeza de nada, digo a mim mesmo — porque, se ela acabou com a própria vida, sabia que levava consigo uma outra vida.

Tenho vontade de gritar, de esmurrar as paredes, de quebrar cada objeto da casa. Meu sangue ferve nas veias e não consigo me segurar. Ando de um lado para outro nos cômodos vazios, saboreando essa emoção desconhecida, que se alimenta de si própria e cresce dentro de mim, até o ponto de eu precisar fazer algo para extravasá-la. Só depois de passar pela porta do porão umas 50 vezes é que decido abri-la e descer até o ateliê de Lexy. Não é a primeira vez que entro lá desde a sua morte, é claro, mas é a primeira vez em que olho para a sala sem os olhos toldados pela ternura e pela dor. Minha vontade é derrubar tudo, arrancar as malditas máscaras da parede, mas me contenho. Mais do que tudo, eu quero *entender.* Quero ver Lexy como ela realmente era. Tem de haver alguma coisa aqui que me ajude a entender.

Num canto há uma mesinha onde ela guardava seus papéis, os recibos das máscaras que vendia, os esboços de futuros trabalhos. Jogo-me contra o móvel e começo a tirar os papéis das gavetas. Vasculho uma gaveta após a outra, procurando alguma coisa, qualquer coisa, que me diga algo novo. E é nesse frenesi desesperado, nessa desrespeitosa violação das coisas que ela prezava, que encontro seu caderno de sonhos.

Reconheço-o imediatamente — quantas vezes não o vi em suas mãos — e não acredito que nunca pensei em procurá-lo. É um lindo caderno, que ela própria fez, com capa de veludo azul e macias páginas de papel artesanal. Não é o caderno original, que ela iniciou na infância. Esse primeiro diário, um surrado caderno vermelho com a capa quase caindo e a espiral escapando em ângulos perigosos, era o que ela ainda usava quando nos conhecemos. Mas, no primeiro Natal que passamos juntos, dei-lhe um *kit* para trabalhos com papel e ela levou semanas passando cuidadosamente cada sonho do caderno antigo para o novo que ela mesma criou.

Seguro o caderno, assustado, perplexo com a descoberta. Por um momento, penso em não abri-lo, em escondê-lo de novo, queimá-lo, enterrá-lo, como haviam feito os pais de Jennifer, sem sequer ler o diário da filha, sem descobrir os segredos que continha. Mas, no mesmo instante, percebo que o lerei. Como não lê-lo?

Sento-me no sofá e abro o caderno. Os sonhos estão organizados em ordem cronológica. Lexy tem 11 anos quando começa a anotá-los, e inclui todos os anteriores de que se lembra. O primeiro, segundo a data aproximada, acompanhada de um ponto de interrogação, ela teve aos quatro anos. É um dos que me lembro de ela me contar a caminho da Disney: "Eu estava num castelo, que tinha só um cômodo. O rei entrou e eu me escondi atrás do trono. Mas ele me viu e gritou comigo. Fiquei com medo." O sonho seguinte, datado de dois anos depois, também é um pesadelo: "Havia aranhas por toda parte. Eu nem estava no sonho, só as aranhas." Quando ela estava com nove anos: "Meu cachorro Sunshine morreu, e fiquei triste." Sobre um sonho que teve aos dez anos, ela escreve: "Casei com Jonathan Weiss, o menino de quem eu gostava na escola. Quando acordei, achei que ele estivesse mesmo em casa, e o procurei por toda parte." À medida que ela cresce, que ela e seus sonhos amadurecem um pouco, as descrições ficam mais detalhadas, como nesse sonho, anotado quando ela estava com 12 anos: "Eu estava na casa da minha amiga Lisa, mas também era o McDonald's do *shopping center* Wal-Lex. Tentei encontrar Lisa para lhe dizer que aquela não era sua casa, mas a mãe dela me levava para trás do balcão e me obrigava a fazer cachorros-quentes. Eu gritava que o McDonald's não vende cachorro-quente, mas ela nem ligava." Vários sonhos são assim: comuns, serpeantes, moldados pela lógica interna que existe apenas no inconsciente. E é isso — são apenas sonhos. O que podem me revelar?

Viro as páginas, passeando pelo universo mágico e prosaico dos sonhos de uma menina. Um deles, datado de quando ela estava com 16 anos, me faz prender a respiração: "Eu andava no teto de um prédio alto, perto da borda, e escorreguei. Achei que fosse cair até o chão, mas, no meio do caminho, descobria que sabia voar." A altura, a queda... Fico tonto por um momento. Mas tanta gente sonha que cai, que voa — eu mesmo já tive sonhos assim, e acordo com o coração batendo forte, convencido de que acabei de cair de uma grande altura —, que sou obrigado a concluir que isso não significa nada.

Pulo seus sonhos da faculdade, de provas perdidas e sexo com estranhos, pulo um pesadelo recorrente que ela teve aos 20 anos sobre descer com o carro por uma escadaria de pedra, pulo até a parte em que ela me conhece. E lá estou eu, um novo elemento em seus sonhos, às vezes como protagonista, às vezes apenas como reles coadjuvante: "Paul e eu decidimos comprar uma casa nova, mas ela era tão grande que eu me perdia. Ele me chamava, eu tentava guiar-me por sua voz, mas não conseguia encontrá-lo." Ou: "Estava num trem em algum lugar da Europa e não sabia onde tinha de descer, mas isso não me preocupava muito. Comia doces deliciosos. Paul também estava no sonho." Prefiro os sonhos dos quais eu participo, mesmo quando meu papel é pequeno. É gratificante saber que aparecemos nos sonhos de alguém. De certo modo, é uma prova de nossa existência, de que temos valor e substância fora das paredes de nossa própria mente.

A própria Lexy havia me contado tantos daqueles sonhos — como os das almas de lavanderia, como o da frase "Lembro-me da minha mulher de branco" — que começo a sentir vergonha. Ela não escondeu nada de mim. Pelo menos, nada que estivesse naquele caderno. Entre os sonhos que eu não conhecia, alguns eram muito enigmáticos, como se ela mesma só se lembrasse de detalhes vagos: "Uma cobra comendo dinheiro", dizia um deles. "Muita gente lhe dava dinheiro." E outro dizia apenas: "Ponho um em metal, outro em vidro e outro em madeira."

No primeiro inverno depois de nosso casamento, sonhos sobre gravidez e parto começam a aparecer. "Dei à luz uma menininha que tinha medo de mim", dizia um deles. "Tive um filho, mas não era meu", dizia outro. Num sonho, Lorelei tinha filhotes e os engolia um a um. Em outro, Lexy aparecia com uma barriga enorme, sentada num tribunal. "Desculpe", dizia-lhe o juiz, "mas precisamos dar um fim nisso." Ela olha para baixo e vê que sua barriga está novamente lisa.

Verificando as datas dos sonhos, vejo que coincidem com a época em que tentei convencer Lexy a termos um filho. Pareceu-me, então, que ela havia descartado a idéia despreocupadamente, sem dar-lhe a devida consideração, mas eu via agora que a decisão a havia atormentado, até durante o sono. Bom, e daí?, penso, uma centelha da minha raiva voltando a brilhar. Era razoável esperar que formássemos uma família. Eu não podia me sentir culpado por desejar o que todos desejam.

Esperava que os sonhos assumissem um caráter macabro por volta da época em que ela começou a fazer máscaras mortuárias, mas isso não acontece. Na verdade, encontro apenas um sonho sobre morte durante todo aquele período, embora bastante significativo: "Morri, e estou no meu próprio enterro", escreve ela. "Paul está na fileira da frente, chorando. Sinto vontade de consolá-lo. Ando até ele e ponho minha mão em seu ombro, mas ele não sente. Depois, olha direto para mim, mas sei que não me vê. 'Estou chorando', diz ele, 'porque sinto um imenso alívio.' E eu acordo."

Mas preciso sublinhar que nem todos os sonhos são assim. Para cada sonho pleno de simbolismo e revelações, há outros dez que não passam de triviais. Na semana antes do sonho do enterro, por exemplo, ela escreveu: "Estou no supermercado, comprando um monte de abacaxis." E na noite seguinte ao sonho em que eu sentia alívio por sua morte, ela sonhou que: "Paul, Lorelei e eu fazíamos um longo passeio de carro. Lorelei estava com a cabeça para fora da janela, e Paul e eu ríamos."

Após nossa viagem a Nova Orleans, seguiu-se um intervalo de cerca de um mês sem nenhum sonho. Não sei o que pensar. Será que Lexy não teve sonhos durante todo esse tempo ou simplesmente não os anotou? O primeiro sonho depois desse período árido não esclarece muita coisa: "Estou nadando numa piscina, mas na verdade é o oceano. Quando abro os olhos debaixo d'água, vejo peixes coloridos nadando a meu redor."

Sinto certo temor ao me aproximar do final, enquanto as datas avançam inexoravelmente para o dia da morte de

Lexy. Não sei quando, exatamente, ela soube que estava grávida, quando começou a desconfiar, quando fez o teste, mas tenho certeza de que tudo isso se refletirá em seus sonhos. Mais uma vez estou enganado. Aquilo não é um diário, afinal. É um registro de movimentos sinápticos aleatórios que resistem a minhas tentativas de atribuir-lhes significados. Não há sonhos sobre bebês em seus últimos dias de vida. Mas um sonho datado de uma semana antes de sua morte — "Meu corpo está coberto de cicatrizes da cabeça aos pés" — poderia refletir preocupação com mudanças corporais. Mas, por outro lado, poderia não ser isso. Quatro dias antes de morrer, ela sonhou que fora ao tintureiro; na noite seguinte, sonhou que preparava uma maravilhosa refeição. O último sonho de sua vida, ou, pelo menos, o último que ela anotou, é esse, datado de um dia antes de sua morte: "Sonhei que abriam meu peito e que eu tinha dois corações. O segundo era pequeno e tinha cor diferente. Estava escondido sob o coração principal, e eles não o viram no começo. Fiquei muito surpresa quando me contaram, mas o médico disse que era completamente normal. A maioria das pessoas tem dois corações, mas não sabe."

Fiquei intrigado com esse sonho, e não só porque é o último. Afinal, não é verdade que todos temos dois corações? Um coração secreto, encolhido, contraído como um punho, batendo sob o coração normal e aberto que mostramos ao mundo. Lembro-me de uma noite, há cerca de um ano, quando fiquei acordado ao lado de Lexy, sem conseguir dormir. Por algum motivo, comecei a pensar numa mulher que havia conhecido na faculdade, com quem havia saído durante apenas seis ou sete semanas. Não foi um relacionamento sério, pelo menos não para ela, mas eu me apaixonei, e me envergonhava perceber que, tantos anos depois, ainda me doía ela não ter me amado. Como pode, me perguntei, estarmos deitados ao lado da pessoa que amamos com total entrega, uma pessoa que amamos mais do que o ar que respiramos, e ainda nos lembrarmos de alguém que nos fez sofrer anos atrás? É a traição desse segundo coração, com sua carne atada, como um dedo amarrado com um único fio de cabelo, azulado pela falta de sangue. E sua vergonhosa pontada. Deitado ali naquela noite, com Lexy ao meu lado, fiquei surpreso ao me ver naquele lugar. Fiquei surpreso por ter vivido toda uma vida naquele meio tempo. E sentado aqui agora, com todos os sonhos de Lexy no colo, percebo que há coisas sobre ela que eu nunca saberei. Não é o conteúdo de nossos sonhos que escurece nosso segundo coração; são os pensamentos que cruzam nossas mentes nos momentos de vigília, quando o sono não vem. São essas as coisas que nunca contamos a ninguém.

TRINTA E NOVE

Continuei a ligar para o inspetor Stack todos os dias, esperando ter notícias de Lorelei, mas sem sucesso. Mas hoje é ele quem me liga.

— Dr. Iverson — diz ele. — Quero avisar que a gente prendeu Remo Platt e Lucas Harrow ontem à noite. Houve uma denúncia sobre o esconderijo deles.

— Graças a Deus! E Lorelei? Vocês a encontraram?

— Não tenho certeza. Vários cães foram resgatados do local onde eles estavam, mas não sei se sua cadela estava entre eles. Os policiais os levaram para a Administração de Animais. Estão no canil público, se o senhor quiser dar uma olhada.

— Muito obrigado, inspetor — digo. — Fico muito grato.

— Não foi nada — diz ele. — Espero que encontre sua cadela.

— Os cachorros estavam... bem? — pergunto.

Ele faz uma pausa.

— Alguns não estavam cem por cento — diz ele. — Não vou mentir. E foram encontrados indícios no local de alguns cães que haviam sido... que faleceram.

— Entendo — digo. — Bom, muito obrigado.

Vou de carro até o canil, imaginando todas as possibilidades: Lorelei não estaria lá, ou estaria, mas gravemente machucada. Ou estaria lá, mas querendo distância de mim. A última hipótese era remota, eu sei, mas quem poderia culpá-la? Até cães podiam se sentir traídos. Ela sabe que confiou em mim e eu a levei de volta ao local onde a haviam maltratado no passado. Um homem que ela temia foi buscá-la, e eu não estava presente para ajudá-la.

Tento me preparar para o fato de que ela esteja morta, mas não suporto essa idéia. Quando imagino aqueles homens ferindo-a, talvez matando-a, começo a tremer tanto que tenho de parar o carro para me recompor.

Finalmente, chego ao canil. Estaciono o carro e entro. Há uma moça na recepção. Tem um ar bondoso. Seu crachá informa que se chama Grace.

— Olá — diz ela, sorrindo, quando me aproximo. — Posso ajudá-lo?

— Espero que sim — respondo. — A polícia me informou que alguns cães foram trazidos para cá ontem à noite. Acho que minha cadela pode ser um deles.

— Ah... — O rosto dela se abate um pouco. — Os cachorros do caso de abuso animal?

— Isso.

— Que história horrível... Ainda bem que prenderam aqueles sujeitos. Se você visse o que eles fizeram com alguns desses... — Ela se contém. — Desculpe. Como é sua cadela?

— É uma *rhodesian ridgeback*. Chama-se Lorelei.

— Que lindo nome. Estamos com uma *rhodesian ridgeback*. Não sei se é a mesma. Os cachorros estavam sem coleira ou placas de identificação. Mas ela é um doce. Passei quase a manhã toda com ela. Ficamos amigas.

— Ela está bem? — pergunto.

Grace baixa os olhos.

— Bom... ela está bem, não se preocupe. Ela vai ficar boa. Mas eles fizeram uma cirurgia nela. Nosso veterinário a examinou esta manhã e parece que... — Ela olha nos meus olhos. — Eles removeram sua laringe.

— Meu Deus... — digo. — Meu Deus...

— Sinto muito — diz ela. — Mas não é muito grave. Ela está se recuperando bem. O veterinário disse que a cirurgia foi muito bem-feita, se isso serve de algum consolo. Ela vai ficar boa, só não vai mais poder latir e nem nada assim.

Meus olhos se enchem de lágrimas.

— Ela não vai poder falar — digo, e de repente dou uma risada diante do ridículo do que disse.

Grace abre um sorriso hesitante, mas, quando fala, sua voz é suave.

— Não, ela não vai poder falar.

Faço que sim e inclino a cabeça, desejando que as lágrimas parem de correr pelo meu rosto.

— Ah, não chore... — diz Grace. Ela se levanta, tira alguns lenços de papel de uma caixa a seu lado e anda até mim do outro lado da mesa. Aperta meu braço delicadamente.

— Tudo bem — diz ela, entregando-me um lenço. — Está tudo bem.

Ela me dá um momento para me recompor. Enxugo o rosto e assôo o nariz, envergonhado por me comportar daquela forma diante de uma estranha.

— Vamos até lá? — diz ela. — Ver se é sua cadela mesmo, afinal de contas?

— Vamos — digo. — Obrigado.

Passamos por uma porta trancada e por um corredor cheios de jaulas. Lembro-me, com tristeza, do canil na casa de Remo. Cães se jogam contra as grades das gaiolas, latindo e uivando enquanto passamos. Vejo que alguns têm ferimentos, envoltos por curativos limpos e brancos.

— Ela está na penúltima gaiola à direita — informa Grace.

Apresso o passo, olhando à frente, tentando ver dentro da gaiola. E, quando a alcanço, lá está ela, minha Lorelei, minha doce cachorrinha. Está deitada no fundo da gaiola, mas, quando me vê, dá um salto e um giro no ar. Avança para mim com grande força, pousando as patas da frente no alto das grades, olhando-me direto no rosto. Vejo que sua garganta tem ataduras recentes. Ela produz um som, um tipo de chiado vazio e sibilante, como o som do vento entre os juncos. Passo os dedos pelas barras, e ela os lambe furiosamente.

— Lorelei — exclamo. — Que boa menina! Boa menina! Eu sinto tanto, menina. — Rio quando ela mete a língua por entre as barras, tentando lamber meu rosto.

Grace está sorrindo.

— Acho que essa é a cadela que o senhor procurava — diz ela.

Retribuo o sorriso, sentindo uma felicidade que há muito não sentia.

— Sim, essa é a cadela que eu procurava.

Levo Lorelei comigo, de volta para nossa casinha. Alimento-a e verifico seus curativos, seguindo as instruções do veterinário. Depois, ela se acomoda em seu canto favorito e cai num sono profundo, com as patas se contraindo e tremendo enquanto sonha. Fico imaginando se seus sonhos, quaisquer que sejam — afinal, eu nunca saberei ao certo —, mudaram depois do que ela passou. Enquanto dorme na segurança de nossa sala, será que ela sonha com homens munidos de facas, que a trancafiam em gaiolas e fazem sua garganta arder como ácido? Por que fizeram isso com ela, aqueles homens cuja meta era *capacitar* cães a falar? Mas, de repente, compreendo, e sinto um enjôo tão forte que tenho de me sentar. É por minha causa. Lembro-me então que Remo e Lucas olharam para mim quando os policiais entraram pela porta. Sabiam que eu era responsável por tê-los guiado até lá, tolo inconsciente que eu era. E, como não podiam silenciar a mim, silenciaram a ela. Se era uma mensagem para mim — eles sabiam que seriam pegos? — ou se simplesmente quiseram se vingar, eu não sei. Mas é minha culpa, assim como tudo parece ser minha culpa, e eu não sei se jamais conseguirei compensá-la pelo que ela sofreu.

Lorelei começa a fazer ruídos enquanto dorme, chiados e arquejos, que poderiam ter sido ganidos em outra época de sua vida. Ajoelho-me a seu lado e acaricio seu flanco até que ela acorda com um sobressalto e me olha com olhos bem abertos, sem me reconhecer.

— Shh, querida — digo. — Está tudo bem.

Ela suspira e volta a baixar a cabeça, caindo num sono mais tranqüilo.

Dias depois, Lorelei e eu voltamos ao abrigo de animais para uma consulta de acompanhamento com o veterinário que examinou sua garganta. Na saída, Grace, a recepcionista, nos chama.

— Eu estava esperando vocês aparecerem — diz ela, passando para o meu lado do balcão e se inclinando para cumprimentar Lorelei. — A polícia mandou algumas coleiras que encontraram no... bom, você sabe, na cena do crime. Uma delas pode ser de Lorelei. Quer dar uma olhada?

— Sim, eu gostaria. Ela tinha aquela coleira praticamente desde que era filhote.

Grace tira uma caixa de papelão que estava debaixo de sua mesa.

— Pode olhar — diz ela.

Começo a examinar as coleiras. Há 30 ou 40 — coleiras de náilon, de couro, cravejadas de diamantes falsos. Uma delas tem o nome Oliver inscrito com letras prateadas imitando biscoitos para cães. Aquilo me entristece. Todos aqueles cães tinham donos que os amavam, e nem todos tiveram a mesma sorte que Lorelei e eu. Finalmente, encontro a espessa coleira de couro de Lorelei. Está afivelada, como se ainda estivesse em seu pescoço. Tiro-a da caixa.

Abro a fivela e a viro para cima. Vejo palavras escritas com caneta hidrográfica no avesso, e um choque percorre meu corpo. É a letra de Lexy. Levo um minuto para entender o que diz. E o que diz é: *Você é meu melhor cavaleiro.*

Sinto minha respiração quase parar, sinto o mundo quase parar, caio de joelhos e escondo o rosto no pescoço nu de Lorelei. Sussurro contra seus pêlos, agradecendo-lhe por me dizer o que ela sempre soube.

Levanto os olhos para Grace.

— Minha falecida esposa... — digo. — Eu nunca soube... Nunca soube...

Fico mais alguns momentos no chão com Lorelei. Agarro-me a ela, sólida e morna como uma rocha ao sol, até conseguir me levantar, prender a coleira em seu pescoço e levá-la para casa outra vez.

Quando chegamos em casa, vou direto para o escritório. Eu entendo agora, acho que entendo, o que estou procurando. E lá está. Como eu não consegui ver antes?

***Se** Eu Pudesse Falar: Aquisição de Linguagem na Infância*
***Eu** Fui George Washington*
*Se Meu Amor **Soubesse***
*Não Foi Aí que Eu Parei **Ontem***
***O Que** Você Precisa Saber para Participar de um Programa de Auditório*
*Mas **Isso Não** É um Pato!*
*Você **Sabia**?*
*Eu Não o **Teria** Reconhecido: Onde Estão os Astros do Passado*
*Tem um **Trocado**? A Lingüística das Esquinas*
*Conheça **Seus** Cães: O Rhodesian Ridgeback*
*Não Feche os **Olhos***
*Moças de **Cinza***
*A Fortuna nas Vendas **por** Catálogo*
*Cozinhando para **Duas** Pessoas*
*Eram Duas **Pedras** Azuis e Outras Fábulas de Esopo*
*Entradas **Frias** e Outras Receitas Rápidas*
*Hotéis **e** Pousadas no Norte da Califórnia*
*Livre-**se** do Passado e Aproveite o Presente*
***Eu** Tenho um Sonho: O Movimento pelos Direitos Civis e a Realidade*
*Eu Poderia Fazer Qualquer Coisa (Se **Soubesse** o Quê)*
*Te Amo Hoje como **Ontem** e Outras Declarações de Amor*
*Cães **que** Brilham: De Rin Tin Tin a Beethoven*
***Eu** Quero Ir para o Zoológico*
***O** Valor Lingüístico dos Trocadilhos*
*Eu Não **Perderia** por Nada: As Melhores Montanhas-russas do Mundo*

As Piores Músicas do Mundo (Que Você ***Teria*** *Adorado)*
O Caso do Cadáver ***Trocado***
Um Teto Todo ***Seu***
Doce *Tentação*
Exercícios para um ***Coração*** *Sadio*
Detalhes de um ***Pôr****-do-sol*
O Alienígena: Esse Estranho ***Outro***
Jogos ***de*** *Viagem*
O Rio e a ***Safira***

É um trecho do conto "Tam Lin". É o que a fada-rainha diz para Tam Lin antes de deixá-lo partir para o mundo dos mortais. Quando percebe que o perdeu. Quando Lexy me contou a história, achei essas palavras amargas, cheias de maldade e despeito, e talvez, para a fada-rainha, fossem mesmo. Mas, ao ler aquelas palavras agora, acho-as muito tristes. Vejo que também podem ser palavras de bondade, de proteção. Um sortilégio, um desejo de não causar dor. Quantas vezes, depois da morte de Lexy, não desejei olhos que não pudessem chorar, um coração que não pudesse quebrar?

Mas vejo agora que o desejo dela se realizou só pela metade. Estive enxergando com olhos de pedra todo esse tempo. E agora meu coração inútil, falível, meu coração humano, parece se partir em dois, e dentro dele descubro a verdade que esteve lá dentro o tempo todo. E compreendo finalmente que minha Lexy se matou.

QUARENTA

Como estava Lexy naqueles dois meses, entre o momento em que concebemos uma criança e o momento em que ela subiu na macieira? Ela estava bem, pelo menos me parecia. Estava bem. A depressão e a letargia que se seguiram à nossa viagem a Nova Orleans pareciam ter desaparecido, e ela começava a se interessar por novos projetos. Um café cujo tema era o carnaval veneziano começou a exibir suas máscaras, e ela conseguiu algumas vendas. Passamos um fim de semana na praia no início de setembro e passeamos de mãos dadas à beira-mar. Meu rosto ficou vermelho de tanto sol e comemos meio quilo de caramelo feito com água salgada no carro voltando para casa. Um colega meu se casou, fomos à cerimônia. Meu aniversário chegou e o celebramos de todas as maneiras habituais. Passei uma semana repintando nosso banheiro. Lexy se interessou por culinária chinesa e fez excursões especiais a um supermercado asiático para comprar ingredientes. Estava tudo normal, entendem? Não fiquei tão alerta quanto deveria porque tudo parecia normal. Eu não sabia que o fim estava tão próximo.

Mas, em algum lugar dentro dela, alguma coisa aconteceu que mudou tudo, e eu nem notei. Em algum ponto, Lexy descobriu que estava grávida. Lembro-me de uma noite, no meio ou final de setembro, quando ela se queixou de náusea. E num domingo, talvez uma semana depois, ela tirou um cochilo, algo que raramente fazia. Teriam sido esses os sintomas que a levaram a fazer o teste de gravidez? A menstruação dela não era muito regular nas melhores circunstâncias, mas talvez ela tenha notado que havia se passado um tempo longo demais desde a última. A pergunta era quando. Desde quando ela convivia com aquela informação? Por quanto tempo vivi com ela naquela situação nova sem notar que algo estava diferente?

A única pista que tenho é o pequeno retalho de papelão rosa que achei no lixo. Talvez eu possa reconstituir os fatos a partir daí. Nosso lixo é coletado uma vez por semana, é claro, mas a lixeira do banheiro nunca se enchia rápido o bastante para ser esvaziada todas as semanas. Não sei com que freqüência a esvaziávamos — a tarefa, confesso, ficava com Lexy. Posso dizer o seguinte: desde que ela se foi, não devo tê-la esvaziado mais do que uma vez por mês. Mas antes, quando ela era o receptáculo de todos os detritos femininos de Lexy, de esponjas descartáveis a bolas de algodão empapadas de loção de limpeza, ela certamente se enchia pelo menos duas vezes mais rápido. E, quando a examinei depois de sua morte, estava só pela metade. Portanto, parece que se trata de uma semana — somente durante sua última semana de vida ela sabia que estava grávida. E sabendo o que sei hoje, sabendo que aquela semana termina com Lexy subindo na macieira com a intenção de acabar com sua vida, preciso tentar reconstruir aquela semana.

Lexy morreu numa quarta-feira. Começarei pela quinta-feira da semana anterior. Lembro-me que ela acordou antes de mim. Será que foi o dia em que acordou cedo para fazer o teste? Parece-me agora que ela estava mais animada do que o normal naquela manhã. Quando me disse bom-dia, talvez tenha sorrido um pouco mais longamente do que de hábito. Mas não tenho certeza. Tomamos café da manhã e lemos o jornal juntos, depois tomei uma ducha e me vesti para o trabalho.

— O que você vai fazer hoje? — perguntei antes de sair.

— Tenho que terminar algumas encomendas de Halloween — disse ela. — E, de tarde, vou fazer supermercado.

— Que ótimo — disse eu, beijando-a. — Tenha um bom dia.

Estão vendo como tudo era corriqueiro, maçante, rotineiro naquela semana? Por mais que eu tente, não consigo extrair mais significado daqueles dias agora do que na época. Fui trabalhar, encontrei-me com um dos meus orientandos para discutir sua dissertação. Preparei um pedido de bolsa que, no final, acabaria nunca mandando. Fui para casa, Lexy fez uma massa para o jantar. Assistimos a um filme, sentados juntinhos no sofá. Tudo muito normal. Lemos na cama, cada um perdido em seu próprio livro, e adormeci antes dela. Mais um dia de nosso casamento, e eu estava contente com ele. E acredito, mesmo hoje, que Lexy também estava.

Na noite de sexta caiu uma tempestade. Estávamos jogando um jogo de palavras, desses que só precisam de caneta e papel, quando acabou a luz. Achamos velas com facilidade — por algum motivo, ganhamos uns 500 castiçais de casamento, e tínhamos velas por toda parte —, mas os fósforos foram mais difíceis de achar. Tropeçamos pela sala, esbarrando em mesas e chamando um ao outro no escuro. Estávamos ouvindo música quando a energia acabou, e nossas vozes soaram estranhamente altas no súbito silêncio. Lorelei estava frenética — morria de medo de trovões e relâmpagos —, e eu ouvia sua respiração aflita enquanto andava pela casa. Finalmente, encontrei fósforos no peitoril da janela sobre a pia da cozinha, e acendemos algumas velas. À luz suave, vi Lorelei apertada entre o sofá e a parede. Ela tremia violentamente e babava de medo.

— Pobrezinha — disse Lexy. Ela se sentou no chão ao lado da cadela e começou a acariciá-la e a falar com ela baixinho. Acomodei-me ao lado de Lexy e, juntos, tentamos acalmar o animal trêmulo.

— Eu sempre me perguntei — disse Lexy — se o medo que ela sente de tempestades tem a ver com a tempestade que caía no dia em que a encontrei.

— Talvez — disse eu. — Mas a maioria dos cachorros tem medo do barulho.

— Eu já contei para você por que dei a ela o nome de Lorelei?

— Não. Pensei que você simplesmente gostasse do nome.

— E gosto. Mas eu também estava lendo muita mitologia na época, tentando encontrar novas idéias para máscaras. Não agüentava mais Medusas e Bacos. E encontrei a história de Lorelei. É um mito alemão. Você conhece?

— Não.

— É sobre uma mulher linda que se afogou porque seu amante era infiel. Virou uma sereia e costumava ficar sobre uma rocha no rio Reno, atraindo marinheiros para a morte com seu canto irresistível.

— E você leu isso e pensou: "que nome perfeito para uma cachorrinha".

— Não, claro que não. Mas, quando vi Lorelei tremendo na chuva, meio que afogada, achei que parecia uma figura trágica. E ela sempre tem uma expressão preocupada, mesmo quando está feliz. Achei que combinava com ela.

Imaginei uma mulher com a cara de cachorro de Lorelei, sentada numa rocha, uivando uma canção sinistra.

— E você fez uma máscara de Lorelei? — perguntei. — Da Lorelei mitológica, quero dizer.

— Fiz, mas não ficou muito boa. Eu a imaginei com uma expressão bem atormentada e melancólica, mas era difícil só com os buracos para os olhos. Nunca fiquei satisfeita com ela.

— Ainda está com você?

— Não, eu a vendi para um casal alemão. Na verdade, eles queriam alguma coisa mais americana, como uma máscara do Bill Clinton ou algo assim, para levar como suvenir, mas, quando ouvi o sotaque deles, tentei lhes vender a máscara de Lorelei. Eles conheciam o mito, ao contrário de todo mundo, e eu fiz um bom preço.

Um trovão alto fez-se ouvir, e Lorelei estremeceu com força debaixo da minha mão.

— Calma, menina — disse eu. — Está tudo bem.

Mas ela não se acalmou. Quando Lexy e eu fomos dormir, deixamos que se deitasse entre nós. Durante a noite toda, ela perturbou meu sono com seus tremores e gemidos. Só de manhã, quando a chuva parou e o sol mostrou um mundo fresco e renovado, foi que o corpo de Lorelei relaxou. Passado o perigo, ela fechou os olhos e dormiu.

Meu último fim de semana com Lexy foi tranqüilo, cheio de momentos calmos quando ela poderia ter me contado o segredo que guardava. Era outono, a estação dos bazares caseiros, e passamos a tarde de sábado percorrendo bairros desconhecidos, tentando decifrar a caligrafia dos cartazes onde o anunciante ficava sem espaço e tentava comprimir todos os detalhes no canto inferior. Era algo que gostávamos de fazer juntos, que nos lembrava de como havíamos nos conhecido. Comprei um colete de que Lexy não gostou e um relógio para meu escritório. Lexy comprou um moedor de café elétrico e uma fôrma que fazia gelos com desenho de coração. Disse que havia gostado do seu ar *kitsch*. A esperança contida nesses artigos me perturba agora. Ela ainda imaginava um futuro em que, de manhã, beberíamos café moído na hora. Em que colocaríamos pequenos corações de gelo em nossa bebida para vê-los boiar.

No último bazar do dia, Lexy parou em frente a uma mesa com brinquedos infantis. Pegou uma máscara plástica de Halloween, dessas que se prendem com um elástico. Era uma máscara de Frankenstein, barata e de cores berrantes.

— Prefiro as suas — disse eu a Lexy, baixinho para que a mulher sentada na cadeira de jardim a poucos metros de nós não ouvisse.

— É, mas essas são engraçadas. Lembram os Halloweens de nossa infância. Acho que vou levar esta.

Ela deu uma moeda à mulher, e atravessamos o jardim até o carro.

— Eu acho — disse Lexy, e sinto uma pontada no peito ao me lembrar disso — que vou começar a colecionar estas máscaras.

No domingo, dormimos até tarde e Lexy fez panquecas, seguindo um livro de receitas.

— Eu não sabia que era tão fácil de fazer — disse ela. — Minha mãe nunca fazia nada do zero, e eu morria de inveja quando dormia na casa das minhas amigas e as mães delas eram do tipo que faziam panquecas de manhã. Mas na verdade é bem fácil.

— Viu? — disse eu. — Você poderia ser mãe.

Ela olhou para mim por um longo instante, e acho que pensou em me contar. Mas não. Virou-se para colocar mais massa na frigideira e disse apenas:

— É, acho que poderia.

Eu arquivei aquelas palavras mentalmente como um pequeno triunfo. Eu as lembraria em outra ocasião, quando o assunto de ter filhos viesse à tona outra vez. Comi as panquecas alegremente, satisfeito com aquela pequena concessão. Ainda há esperança, pensei.

Demos um passeio à tarde e depois fomos ao cinema. Jantamos na nossa pizzaria favorita. Domingo foi um dia delicioso. E segunda foi normal.

Mas na terça... Na terça tivemos nossa última briga.

QUARENTA E UM

Estamos chegando mais perto. Estamos perto do fim. É claro que vocês sabem disso. Sabem desde o começo. Desde a primeira frase que falei. Fico mais tenso à medida que nos aproximamos, querendo ir mais devagar e correr ao mesmo tempo.

Minha terça-feira não foi muito produtiva — eu tinha que terminar um trabalho para um congresso, mas não conseguia me concentrar. A certa altura, comecei a pensar no mito de Lorelei. Não saía da minha cabeça a imagem que me viera no dia da tempestade — uma mistura das duas Loreleis, a cadela e a sereia, uma mulher com longos cabelos e uma canção mortal, seu rosto substituído pelos traços sérios e franzidos de uma *rhodesian ridgeback*. Era uma imagem cativante, pelo menos para mim, e me levou a pensar que esse poderia ser o próximo grande projeto de Lexy. Ela parecia meio sem rumo desde que havia terminado as máscaras de *Macbeth* no verão, e achei que aquela podia ser a saída. Aproveitava alguns elementos que ela havia utilizado no passado e permitia infindáveis combinações; toda a mitologia estava a seu dispor, e todos os tipos de cães. Os egípcios não tinham um deus com cara de cachorro? Por que não estender isso a outras mitologias? Imaginei a Medusa com o rosto feroz de um doberman, as cobras brotando do pêlo negro e lustroso da testa. Imaginei a Vênus de Botticelli emergindo de uma concha com o rosto meigo de um *sheltie*. Fiz até alguns rascunhos toscos. Um Cupido com cara de *pug*, uma Atena com rosto de dálmata irrompendo da testa de labrador de seu pai, Zeus. Imaginei Hermes com o capacete alado sobre a cabeça de um *terrier* Jack Russell. Deixei-me levar pela idéia. Meus desenhos eram medíocres, mas com certeza Lexy seria capaz de melhorá-los.

Olhei para o relógio. Eram quatro horas, e era óbvio que eu não conseguiria trabalhar mais naquele dia. Saí da minha sala e fui para a biblioteca. Encontrei um livro ilustrado sobre mitologia mundial e outro sobre raças de cachorro. Usando a máquina de xerox e tesouras e fita adesiva que peguei emprestadas no balcão, criei alguns protótipos. Um Posêidon com o rosto de um cão de caça português. Hades com a carranca de um buldogue. Ri alto da minha obra, fazendo com que vários estudantes — as provas trimestrais se aproximavam, e a biblioteca estava cheia — lançassem olhares irritados na minha direção. As imagens que eu havia criado eram rudes e desproporcionadas, mas algo nelas fazia sentido para mim. Pelo menos Lexy teria uma idéia do que eu tinha em mente. Fiz uma última colagem, combinando o rosto de um *ridgeback* com o corpo de uma sereia — não achei uma ilustração da Lorelei alemã, e tive de usar uma das sereias gregas — e fui para casa mostrar minhas criações a Lexy.

Quando cheguei, ela estava picando legumes para o jantar. Beijei-a na testa e sentei-me à mesa da cozinha, na sua frente. Ela sorriu para mim.

— Oi — falou. — Como foi seu dia?

— Bom — respondi. — Excelente. Tive uma ótima idéia.

— Conte — disse ela, colocando de lado a cebola picada e passando para um pimentão vermelho.

— Bom, na verdade, é uma idéia para você. Bolei seu próximo projeto.

Ela largou a faca e me lançou um olhar desconfiado.

— Tudo bem, mas eu não costumo usar as idéias dos outros no meu trabalho — disse ela. — Precisa vir de mim, entende? Preciso ficar inspirada com algo sozinha. É que nem quando você publicou seu primeiro livro didático de lingüística e seu tio começou a lhe dar idéias sobre romances policiais. Você não ia abrir mão de seu próprio trabalho para desenvolver as idéias de outra pessoa.

— Claro que não. E as idéias dele eram horríveis. Mas acho que a minha é boa. Deixe-me mostrar para você.

Ela suspirou.

— Tudo bem, mas fique sabendo que eu posso não seguir seu conselho.

Tirei meus desenhos e colagens do bolso do paletó e alisei as páginas sobre a mesa. Lexy olhou-as com desconfiança. Não sorriu.

— São figuras mitológicas com caras de cachorro. Não é interessante?

Ela encolheu os ombros.

— Pode ser.

— É claro que não estão muito bem-feitas, mas acho que se *você* fizesse...

Ela não disse nada. Olhava fixamente para a mesa, evitando meus olhos.

— Sabe — continuei —, tive a idéia quando você me falou do mito de Lorelei e que, quando a nossa Lorelei apareceu, parecia a personagem mitológica. E comecei a imaginar uma sereia mítica com a cara da Lorelei. — Percorri as páginas até achar a montagem com a *ridgeback*. — Olhe, é esta aqui.

Ela pegou a página, olhou-a, deixou-a cair sobre a mesa.

— Não é tão simples, Paul — disse ela, com uma súbita rispidez na voz. — Olhe, algumas destas imagens não podem nem se aplicar a máscaras. Esta Vênus na concha... se eu fizer só a cabeça, ninguém vai entender do que se trata.

— Bom, você pode dar um título explicando. Não é assim que os artistas fazem? Pode chamar de "Vênus *Sheltie*" ou "Vênus *Sheltie* número 1".

— Ah, então eu devo fazer mais do que uma? Toda uma série de Vênus com cara de *sheltie*? E essa será minha escada para a fama?

— Lexy, eu passei metade do dia trabalhando nisso. Você podia pelo menos...

— Eu não pedi nada.

— Não sei por que você ficou tão chateada — falei, também elevando a voz. — Estou só tentando ajudar. Faz semanas que você está à toa, procurando alguma coisa nova para desenvolver. Por que pelo menos não considera minha idéia?

— Porque é um lixo.

— Não vejo por que é pior do que outras coisas que você inventou. "Almas de Lavanderia"? Que raio é isso?

Ela se levantou da mesa e me olhou com tanta fúria que tive de desviar o olhar.

— Não acredito que você disse isso — falou ela com a voz trêmula, fechando e abrindo os punhos. Deixou escapar um grunhido de raiva contida e, num único gesto, mandou para o chão tudo que estava sobre a mesa, os papéis, os legumes, a tábua de cozinha. A faca bateu no chão com tanta força que ricocheteou, e ela teve de recuar um passo para evitá-la.

Não fui benevolente.

— Ótimo — disse com frieza. — Lá vamos nós outra vez.

Ela bateu o punho com força na mesa, uma, duas vezes, depois parou e esfregou a mão como se doesse.

— Vá para o inferno — disse ela, e saiu da cozinha, com movimentos rígidos e convulsivos. Ouvi a porta do porão bater.

Apanhei meus papéis e os desamassei, mas deixei o resto da bagunça no chão. A tábua de cozinha, notei, havia se partido ao meio.

Andei de um lado para outro, com a raiva aumentando. Por que tudo tinha de ser tão difícil? Outras pessoas tinham uma vida bem mais fácil, pensei. Outras pessoas não precisavam se preocupar se pequenos gestos de atenção despertariam fúria nas pessoas que amam. Naquele momento pensei, pela primeira vez, em deixar Lexy. Por um momento apenas, imaginei minha vida sem ela e vi que seria melhor. Mais fácil. Mais leve. Naquele momento, meu segundo coração pareceu se libertar. E foi naquele mesmo momento que ouvi um grito no andar de baixo.

Desci até o ateliê de Lexy e a encontrei sentada no sofá, chorando. Tinha um livro no colo, um grande livro ilustrado com máscaras africanas, sobre ele um pedaço de papel. Olhava para as mãos estendidas. Elas estavam cobertas com um líquido vermelho que pensei a princípio ser sangue. Uma poça do mesmo líquido espalhava-se pelo papel.

— O que aconteceu? — perguntei.

— Eu estava tão furiosa que não sabia o que fazer.

— O que você fez?

— Achei que me sentiria melhor se escrevesse, mas assim que comecei a escrever perdi o controle e comecei a bater com a caneta no papel com toda a força, a apunhalar o papel, e a caneta quebrou.

— Isso é tinta? — perguntei.

Ela fez que sim. Abaixou a cabeça e começou a soluçar mais forte.

— O que há de errado comigo? Eu quebrei uma caneta. Que tipo de pessoa faz isso?

Fiquei parado, vendo-a chorar. Estava reunindo forças para me aproximar e consolá-la quando vi a caneta destruída em suas mãos e percebi de qual se tratava. Era uma caneta de ouro que eu havia ganho de meus pais quando me formei. Eu a usava para corrigir trabalhos e provas, e por isso a enchia de tinta vermelha. Era uma caneta muito especial para mim e, mesmo que desde então tenha me arrependido diariamente da minha atitude, naquele momento não consegui agir com bondade.

— Vou subir — disse eu. — Será que você consegue não quebrar mais nada meu?

Deixei-a lá, chorando, com as mãos cobertas de tinta vermelha como sangue.

Não a vi mais naquela noite. Ela ficou no porão até depois de eu ir dormir. E, apesar da minha raiva àquela altura já ter passado, apesar de eu ter limpado a sujeira do chão e deixado um bilhete pedindo desculpas, o estrago já havia sido feito. Naquela noite, enquanto eu dormia, Lexy pegou o telefone e ligou para *lady* Arabelle, e lhe contou o segredo que havia decidido não me revelar. "Estou perdida", disse ela. "Não sei o que fazer." E na manhã de quarta-feira, quando acordou, quando se vestiu, quando me pediu desculpas durante o café da manhã, quando me deu um beijo na boca antes de eu sair para o trabalho, ela já sabia que aquele seria o último dia de sua vida.

Ou talvez não. Posso estar enganado quanto a isso. Conhecendo Lexy, sua espontaneidade, sua frase "o suicídio é uma questão de momento", acho que ela pode só ter tido certeza quando chegou ao alto da macieira e olhou para baixo. E vejo agora que essa foi a grande mentira de sua vida e a grande mentira de sua morte. Porque, para a maioria de nós, o suicídio é um momento que nunca escolheremos. Só pessoas como Lexy, que sabem que poderão um dia fazer essa escolha, acham que têm uma escolha a fazer. E então Lexy, vivendo o seu dia, deixando enigmas para eu decifrar, permitiu-se acreditar que havia uma chance de descer ilesa da macieira. E por isso ela se perdoou.

Qual é a sensação, Lexy? Você acorda e sente — o quê? Um peso, uma dor que não passa. Sim. A carne se crispando suavemente. A sensação de que todas as suas superfícies interiores estão em carne viva. Uma voz na mente — não vozes, nada parecido com "ouvir vozes", nada de loucura, apenas a própria voz interior, a que diz "vire à esquerda na esquina" ou "não se esqueça de passar no correio", só que agora ela está dizendo "eu me odeio". Está dizendo "eu quero morrer". Começa de manhã, logo que você acorda. Você vê o sol através das cortinas, é um lindo dia, talvez, não importa. Você se vira para ver se consegue dormir mais um pouco, mas já é tarde. O dia já alcançou você. Você quer se esconder, se encolher na cama, mas também não é isso que você realmente quer. Afinal de contas. Isso não cala sua mente, não é? Não apaga a dor. Não é uma fuga. O dia se estende diante de você. Como suportá-lo? Você quer fugir, mas, aonde quer que vá, a sensação irá junto com você. Dentro de você, como uma náusea. Até mesmo no sono — você acorda com o maxilar doendo de tanto apertar os dentes e a sensação de que passou a noite toda temendo a hora de despertar. O sol brilhando de nada lhe adianta. Chorar ajuda, às vezes, assim como o ato violento de vomitar alivia a náusea por alguns momentos. E o jeito com que ele castiga suas entranhas é exatamente o mesmo.

Você não quer sair da cama, mas tampouco quer se tornar um clichê, sabe o perigo que isso representa. Então você se levanta e tenta encontrar prazer nas pequenas coisas, a primeira xícara de café na sua caneca preferida, a invasão mentolada em sua boca quando escova os dentes, mas você sabe o esforço que isso exige. Toma o café da manhã com seu marido, seu doce e alheio marido, que não vê nada além da promessa de um novo e luminoso dia. E você pede desculpas — sente muito, está sempre sentindo muito, são palavras familiares como o sabor da água em sua língua — e o beija nos lábios quando ele sai, e ele vai embora.

Você atravessa a manhã, mas suas interações parecem falsas, todas as coisas em que você nem repara normalmente, a necessidade de sorrir para os vizinhos na rua, de ser simpática com o rapaz desajeitado e de triste figura que registra suas compras no supermercado. O sorriso está deslocado em seu rosto. Você olha para outras pessoas, sabe que elas também têm problemas, mas parece que eles não as afetam com tanta força. Elas não têm aquele timbre oco na voz quando falam.

Você se força a tratar das coisas imediatas, que precisam ser feitas, como preencher o cheque para pagar a conta do gás, colocar os congelados no *freezer*, mas as tarefas mais amorfas, as coisas que não são tão cruciais nesse momento, mas que acabarão transformando sua vida em algo digno de nota, essas coisas são as mais difíceis de enfrentar. Você prefere se perder em algo estúpido, que é um desperdício de tempo, mas ocupa sua mente por alguns momentos — televisão, palavras cruzadas, revistas de gente famosa. Você passou dias inteiros fazendo coisas assim. E depois se apavora porque mais um dia de sua vida se foi, e o que fez com ele? O que encontrarão, você se pergunta, quando me encontrarem morta? Anos podem se passar assim. Anos. Os prazeres do corpo, comida e sexo, andar sobre as folhas do outono, podem lhe dar algum pequeno conforto, mas mesmo nessas horas sua mente se agita em segundo plano, se preocupa, sofre, odeia, se desespera. As cobras no seu couro cabeludo não a protegem de nada. Talvez nunca a tenham protegido. O que você pode fazer para ser feliz? Em todo esse vasto mundo, não parece haver nada. Então, como, como sequer pensar em trazer uma criança para essa sua vida? Você não confia em si mesma nem por um segundo. Não confia em si mesma para nada. O que fará quando ficar desse jeito? Prejudicará a criança, parece inevitável. Como você pode encarar esse risco? Seu filho, o filho de Paul, merece coisa melhor.

Você, cedendo à tentação de se deitar na cama no meio da tarde. Deixando as compras no chão, ainda nos sacos plásticos, durante dois dias. Repara num livro debaixo do sofá e demora dias para apanhá-lo. Deixa a poeira se acumular. Como trazer uma criança para o meio de tudo isso? Você não faria nada direito, e o que está em jogo é valioso demais para arriscar. O engraçado é que é isso que você sempre quis. Mais do que tudo.

Você sentiu esperança naquele momento, não foi? No momento em que descobriu que levava uma vida dentro de si. Sentiu esperança. Pensou, sim. Talvez eu consiga, afinal. Mas depois nós brigamos e a raiva dilacerou seu corpo. Você se lembrou de quem era. E se você soubesse ontem o que sabe...

Mas você se conhece. É impossível. Você precisa abrir mão de algo, foi o que a vidente lhe disse. Você pode precisar abrir mão de alguma coisa em nome de outra mais importante. E qualquer ação é melhor do que nenhuma. Renunciar, eis a coisa mais difícil que você já fez. Mas talvez a mais corajosa. A mais adulta. Você está fazendo o que é certo.

Sua única preocupação é com Paul, com a dor que vai lhe causar. Mas você sabe que ele irá superar. Você lhe deixa um bilhete, escrito com títulos de livros, uma mensagem numa coleira, um enigma para ele decifrar. Algo para fazê-lo esquecer a dor. E Lorelei — você lhe deixa Lorelei. É tudo que resta a fazer. Você faz e está feito.

Então você sai e sobe numa árvore. É mais difícil do que quando era criança. Quando chega ao topo, suas mãos estão feridas devido à casca áspera e impiedosa. Você se acomoda num galho e vê como é a vista dali. Espera para ver se essa perspectiva, essa visão do alto, tornará as coisas mais claras. E torna. Você não pensa a respeito, não vacila. Você se ergue, equilibrando-se no tronco. É uma sensação inebriante. Parece que você violou alguma lei da física. Você se sente andando no ar. Estende os braços e fecha os olhos. Inclina-se para trás, curvando a cabeça para sentir o sol no rosto. E você se desliga de tudo, e o alívio é tão grande. E você cai.

É aqui que vamos parar, com Lexy suspensa no ar. Uma imagem congelada, uma técnica cinematográfica que a impeça de chegar ao chão. Olhem para ela, flutuando no sol de outono, seus cabelos jogados para cima pela força do vento. Seus braços estão bem abertos e sua blusa infla suavemente com o ar que a invade. Ela não olha para o chão que se precipita em sua direção; ela olha para o céu. Mas sua cabeça está ligeiramente virada para o lado, e é a isso que sempre retorno. Por mais que eu olhe, não consigo ver seu rosto.

QUARENTA E DOIS

Sinto-me perdido agora. Sem saber direito o que fazer. Não há mais enigmas a decifrar, pistas a seguir. Minha pesquisa chegou ao fim. Mesmo que o chiado ofegante de Lorelei não me lembrasse diariamente que meu projeto nunca terá sucesso, a lembrança do Cão J me adverte que algumas coisas nunca devem ser tentadas, em nome da ciência ou do amor. E, no entanto, não consigo deixar para lá. Fico sentado em casa, *the house of Paul*, com todas as pistas ao meu redor, e nenhuma delas consegue me ajudar. Não importa como eu as disponha, nenhuma é capaz de me dizer como continuar a viver.

Não paro de pensar no filé que Lexy preparou para Lorelei. Posso imaginar a cena — ela diante do fogão, a cadela a rodeando, atraída pelo cheiro da carne na panela. Lexy colocando o bife no chão. O caldo gorduroso e sangrento da carne escorrendo, esperando que Lorelei o lambesse. E o corpo de Lexy, talvez minutos depois, estendido no chão. Qual é o fio que liga esses eventos? O sangue espalhado na terra e o sangue espalhado no chão da cozinha. Qual a relação?

É em parte para escapar desses pensamentos obsedantes que decido subir na macieira. Só quero ver como é o mundo lá de cima. Só quero ver o que Lexy viu.

Fecho Lorelei na cozinha e saio para o quintal. O dia está quente, mas visto calça e camisa de mangas compridas. Faz algum tempo que não subo numa árvore, e um homem de meia-idade com joelhos e cotovelos arranhados é uma imagem patética.

Só depois de algumas tentativas consigo me agarrar bem para começar a subir. Enquanto me alço até os galhos inferiores, imaginando se agüentarão meu peso, ouço o som de algo raspando a porta da cozinha. É Lorelei, tentando sair. Há uma porta para cães que dá para o quintal, mas Lorelei nunca a utiliza. Foi instalada pelo proprietário anterior, que devia ter um cão menor, e é apertada demais para Lorelei; ela tem de se espremer para passar. Mas naquele momento vejo a porta se levantar e o focinho de Lorelei se projetar para fora. Com seu chiado suave e sibilante, ela se introduz pelo estreito espaço. Tenho medo de que fique presa.

— Lorelei — grito. — Entre. Está tudo bem.

Mas ela rebola e se contorce até conseguir passar com metade do corpo, e depois se precipita para fora, com olhos arregalados e alarmados, saltando e fazendo o ruído que agora passa por latido. Corre para a árvore. Olhando-me com olhos ansiosos e urgentes, põe-se a pular ao redor do tronco, latindo seu latido quase inaudível.

Uma imagem surge na minha mente, a imagem do cão na carta do tarô que *lady* Arabelle descreveu para mim, o cão latindo para o Louco prestes a despencar do abismo, e compreendo tudo ao mesmo tempo. Lorelei tentou deter Lexy. A certeza me vem como um golpe, uma queda. Tira-me o ar. Por isso ela preparou o bife para Lorelei. Para distraí-la, sossegá-la. Lexy saiu para subir na árvore, com a cabeça tomada pela idéia do sacrifício, do fim. Mas Lorelei não deixaria que ela partisse assim, tão fácil. E como Lexy conseguiria completar sua tarefa, como poderia fazer o que havia planejado diante de um amor tão bravio, tão feroz? Não podia. De jeito nenhum. Por isso ela entrou e deu à cadela um último agrado. Tirou o bife da panela e o colocou aos pés de Lorelei, sem nem mesmo as brincadeirinhas que os donos de cachorros gostam tanto, provocações do tipo "quem quer uma carninha gostosa?". E, balançando o rabo, Lorelei o aceitou com gratidão.

Tentem ver a situação da perspectiva de Lorelei. Um bife deixado a seus pés. Um presente, uma recompensa por sua vigilância. Ela agiu bem, e lá estava a prova. Imaginem sua gratidão, seu alívio. E Lexy, parando para olhar essa mostra de fome e saciedade animal, essa satisfação voraz dos apetites que moldam a vida, terá parado e questionado o que estava prestes a fazer? Não terá feito uma pausa? Não terá repensado, ainda que por um momento? Ou estava centrada demais em sua meta — o tempo que tinha para cumpri-la limitado ao tempo que uma cadela faminta levava para engolir um pedaço de carne — para parar e pensar? Lorelei se distraiu por um instante, só por um instante, no aroma que enchia a cozinha, na tarefa de rasgar a carne com os dentes, e quando levantou os olhos, quando terminou de lamber todo o saboroso caldo do chão, já não encontrou Lexy. Ela havia sumido. Lorelei, traída pelo estômago e pelo seu fino olfato. Traída pelo modo como seu focinho fremia com o aroma de carne sendo cozida e como a saliva enchia sua boca. Às vezes, basta um instante de desatenção, o instante em que uma mãe se vira para atender o telefone enquanto seu filho se aproxima da janela, em que o viajante, esquecendo-se que a direção do trânsito não é a mesma, olha para a direita e não para a esquerda. Basta um instante para que tudo se perca. Lexy, morta no chão. Lorelei, desolada, inconsolável. E tudo por causa de um pedaço de carne.

No chão, Lorelei salta e ofega, girando em círculos frenéticos.

— Está tudo bem, menina — grito para ela. — Vou descer.

Meço a distância até o chão — ainda era bem pouca — e salto, me desequilibrando um pouco ao atingir o chão. Lorelei salta sobre mim, quase me derrubando. Lambe minhas mãos, meus braços, tudo que consegue alcançar. Inclino-me e dou-lhe um abraço.

— Está tudo bem, menina — digo. — Estou aqui. Não vou a lugar nenhum.

Mais tarde, ponho Lorelei no carro e vou até o supermercado. Ela adora passear de carro, e ultimamente tenho lhe dado todos os prazeres que posso. Abro uma fresta na janela e deixo-a rosnar ferozmente para todos que ousam passar pelo carro enquanto corro até o açougue. Compro os dois melhores bifes que encontro, um para mim e outro para ela. Em casa, enquanto aqueço a grelha, pego o telefone e ligo para Matthew Rice.

— Matthew — digo. — Quero voltar para o trabalho.

E assim um ano se passou desde a morte de Lexy. Lorelei e eu levamos uma vida tranqüila. Damos longos passeios, as folhas mortas crepitando sob os nossos pés. Dou minhas aulas e converso com meus colegas, cuja desconfiança de mim parece diminuir a cada dia. Estou voltando a sentir os prazeres dos vivos — comer, ler, atirar uma bola para minha cadela buscar. E quando Grace, do abrigo para animais, me ligou semana passada e me convidou para tomar um café qualquer hora, só hesitei um instante antes de aceitar.

Não faz muito tempo, sonhei que Lorelei e eu entramos num bar, exatamente como todas as piadas descreviam.

— Cachorros não podem entrar — disse o *barman*, como eu sempre soube que diria.

— Você não está entendendo — falei, seguindo um *script* que sabia de cor. — Esta cadela é muito especial. Ela sabe falar.

— É mesmo? — disse o *barman*. — Então, quero ver.

Pus Lorelei sobre um banco do bar. Ela abriu a boca, e o *barman* e eu esperamos para ouvir o que diria. Mas ela não falou. Em vez disso, inclinou-se para mim e lambeu meu rosto. Em seguida, distraída por uma coceira, começou a mordiscar uma pata.

— Viu? — disse eu ao *barman*.

— Tem razão — diz ele, sem uma ponta sequer de sarcasmo. — Ela é uma cadela e tanto.

Quando acordei, me peguei sorrindo.

Eu me lembro da minha mulher de branco. Lembro-me dela andando na minha direção no dia de nosso casamento, com um buquê de flores vermelhas nas mãos. E lembro-me dela se afastando de mim furiosa, com o corpo duro como pedra. Lembro-me do som de sua respiração enquanto dormia. Lembro da sensação de tomá-la nos braços. Lembro-me, sempre me lembrarei, que ela trouxe conforto à minha vida, mas também dor. Que, para cada momento sombrio que vivemos, houve momentos de tanto brilho que eu mal conseguia suportar olhá-los de frente. Tento me lembrar da mulher que ela era e não da mulher que eu construí com peças avulsas para me consolar na minha dor. E descubro, cada vez mais, à medida que os dias passam e o bálsamo do perdão vem banhar a superfície crestada e fendida do meu coração, descubro que me lembrar dela como ela era é um presente que posso dar a nós dois.

AGRADECIMENTOS

Obrigada, em primeiro lugar, aos meus pais, Doreen C. Parkhurst e William Parkhurst, a minha madrasta, Molly Katz, e a minha avó, Claire T. Carney, por transmitirem sua sabedoria e por serem meus primeiros leitores e os que mais me incentivaram.

Obrigada a Kim Alleyne, Cybelle Clevenger, Lee Damsky, Paula Whyman e Katrin Wilde pela amizade, leitura perspicaz, conselhos e bom humor.

Obrigada a meu agente, Douglas Stewart, por seu excelente trabalho, e a todos na Curtis Brown, especialmente Ed Wintle e Dave Barbor.

Obrigada a minha maravilhosa editora, Asya Muchnick, e a todos da Little, Brown, especialmente Alison Vandenberg, Heather Rizzo, Michael Pietsch, Laura Quinn e Sophie Cottrell.

Obrigada a todos os ótimos professores que tive, especialmente Kermit Moyer, Richard McCann, Matthew Klam, Ann duCille e Roberta Rubenstein.

Obrigada a Barbara Fuegner por me falar de cachorros e a Annie Hallatt por me falar de máscaras.

Obrigada a meu filho, Henry, cujo nascimento iminente forneceu o prazo de que eu precisava para terminar o livro e cujo rosto alegre me lembra diariamente o que realmente importa. E obrigada, acima de tudo, a meu marido, Evan, que me apoiou em todos os sentidos e que me prestou o inestimável serviço de me fazer feliz.

Por último, embora eles não vão ler isto, gostaria de agradecer a todos os cães que me permitiram compartilhar suas vidas, especialmente a Chelsea, que foi uma cachorrinha tão boa que é difícil para os leigos entenderem.

SOBRE A AUTORA

Carolyn Parkhurst é bacharel pela Wesleyan University e mestre em belas-artes pela American University. Publicou trabalhos de ficção nas revistas *North American Review*, *Minnesota Review*, *Hawai'i Review* e *Crescent Review*. Mora em Washington, D.C., com o marido e o filho.

Este livro foi impresso na
LIS GRÁFICA E EDITORA LTDA.
Rua Felício Antonio Alves, 370 – Jd. Triunfo – Bonsucesso
CEP 07175-450 – Guarulhos – SP – Fone: (011) 6436-1000
Fax.: (011) 6436-1538 – E-Mail: lisgraf@uninet.com.br